民國文化與文學研究文叢

十一編
李 怡 主編

第 6 冊

五四新文學語境的一種解讀
——以《晨報副刊》爲中心

盧 國 華 著

館出版品預行編目資料

文學語境的一種解讀——以《晨報副刊》為中心／盧國

者 — 初版 — 新北市：花木蘭文化事業有限公司，2019〔
108〕

目 2+208 面；19×26 公分

（民國文化與文學研究文叢 十一編：第 6 冊）

ISBN 978-986-485-792-0（精裝）

1. 中國文學 2. 文學評論

820.9   108011475

特邀編委（以姓氏筆畫為序）：

丁　帆　　　王德威　　　宋如珊

岩佐昌暲　　奚　密　　　張中良

張堂錡　　　張福貴　　　須文蔚

馮　鐵　　　劉秀美

ISBN-978-986-485-792-0

9 789864 857920

民國文化與文學研究文叢

十 一 編　第 六 冊　　　　　　　ISBN：978-986-485-792-0

五四新文學語境的一種解讀
——以《晨報副刊》為中心

作　　者　盧國華

主　　編　李　怡

企　　劃　四川大學中國詩歌研究院

總 編 輯　杜潔祥

副總編輯　楊嘉樂

編　　輯　許郁翎、王筑、張雅淋　美術編輯　陳逸婷

出　　版　花木蘭文化事業有限公司

發 行 人　高小娟

聯絡地址　235 新北市中和區中安街七二號十三樓

　　　　　電話：02-2923-1455／傳真：02-2923-1452

網　　址　http://www.huamulan.tw 信箱 hml810518@gmail.com

印　　刷　普羅文化出版廣告事業

初　　版　2019 年 9 月

全書字數　156159 字

定　　價　十一編 12 冊（精裝）新台幣 23,000 元

五四新文學語境的一種解讀
——以《晨報副刊》爲中心

盧國華　著

作者簡介

盧國華，男，1970 年 11 月生。畢業於山東師範大學文學院，中國現當代文學博士。現爲山東青年政治學院副教授，主要從事文學、文化及傳播教學與研究。曾在《中國現代文學研究叢刊》《山東社會科學》等刊物發表論文多篇，出版著作 3 部，參與教育部人文社科規劃項目、山東省社科重點項目等課題研究，獲山東省第五屆「劉勰文藝評論獎」。

提　　要

　　現代大眾傳媒一出現就具備了兩種主要的運作模式：政治模式和經濟模式。所謂政治模式，就是傳播媒介被視爲國家或階級政黨的組成部分，自覺充任政府或政黨的輿論工具。所謂經濟模式，就是把傳播媒介作爲必須贏得利潤的產業來經營。這是我們透過《晨報副刊》重新解析和評估五四新文學歷史文化語境的重要基礎。

　　第一章主要在法律空間裏探討報紙副刊發展的軌跡和特點。從晚清到五四時期，以報刊律法爲參照的文化氛圍有一個漸趨寬鬆的過程。

　　第二章分析《晨報副刊》的商業性因素。《晨報副刊》作爲政黨報紙在商業經營中有其特殊性，其編輯手段的啓蒙追求和其商業效果是統一的，兩者（政治模式與經濟模式）具有較強的一致性。

　　第三章挖掘《晨報副刊》倡導新文學與其政治、政黨背景的關係。《晨報副刊》倡導新文學實際上是研究系知識分子爲實現其國家建設構想而進行的文化實踐。從《晨鐘》報第五版到《晨報》第七版，再到《晨報副鐫》，從李大釗時期強烈的政治思想性到孫伏園階段突出的文化文學性，《晨報副刊》一直處在研究系知識分子的話語系統之中。

　　第四章梳理了《晨報副刊》上新文學建設的具體案例。《晨報副刊》爲新文學提供了展示空間，培養了作家作品，傳播了新文學信息，擴大了社會影響，也促進了新文學各種體裁的繁榮。話劇和雜文的發展是《晨報副刊》對新文學最具個性的貢獻。

　　本文試圖在多重視域中審視《晨報副刊》之於新文學的意義，以充實我們對新文學歷史文化語境的認識。

從「純文學」到「大文學」：重述我們的「文學」傳統——《民國文化與文學研究文叢》第十一編引言

李　怡

　　歷史總是在不經意間爲我們增添或減除一些重要的意義，我們今天奉若神明的「文學」也是這樣。自「五四」開啓的百年中國文學的發展可以說就是以「提純」傳統蕪雜的「文章」概念爲起點，以倡導接近西方近代意義的「純粹」的「文學」爲指向的。在「五四」以降的百年來的中國文學史中，「回到文學本身」「爲了藝術」「重申文學性」之類的呼聲層出不窮，構成了最宏大也最具有精神感染力的一種訴求。不過，圍繞這些眞誠的不失悲壯的訴求，我們不僅看到了各種社會政治力量的阻力，而且也能夠眞切地感受到種種「名實不符」的微妙的實踐悖論。這都告訴我們，這看似簡明的「文學之路」絕非我們想像的那麼理所當然，其中包含著太多的異樣與矛盾。本文試圖重新對「五四」開啓的「文學」取向提出反思和清理，其目的是爲了重述長期爲我們忽略的現代「文學」傳統的來龍去脈和內在結構。

　　重述並不是爲了「顚覆」歷史的表述，而是爲了更加清晰地洞察這歷史的細節，特別是解釋那些歷史表述中模糊、含混的部分。我們相信，只有在關於「文學」觀念的細緻的梳理中，中國現代文學的方向和內在機理才能得到眞正的展現，而它的價值也才能夠進一步確立。

　　這樣的清理將形成與目前研究態勢的直接對話，特別是對倡導「回到五四」的1980年代的學術方式加以重新審視和觀察，雖然審視和觀察並不是爲了否定那個時代最寶貴的進取精神。

歷史轉折與「文學」地位的升降

　　自「五四」開啓的中國現當文學是在中外多種文化的滋養中發展壯大的，這是一個不容質疑的基本事實。

　　鑒於中國現代文學的發生是好幾代中國作家刻意突破傳統寫作方式重圍，勉力「別求新聲於異邦」的重大收穫，在一個相當長的時期內，是否承認外來文化、外來文學之於中國現代文學誕生的特殊作用，幾乎就是我們能否把握這一文學基本特質的最重要的立場，承認了這一事實，我們才有效地打開了進入現代文學的窗口，把握了文學發展的最重要的方向，拒絕這一事實，或者是以曖昧的態度講述這一歷史都可能造成我們視線的模糊，無法真正領會中國文學確立「現代的」「世界性」的目標的特殊意義。甚至，如果我們不能在情感的層面上體諒和認同這些新文學創立者因爲引入外來文化所經歷的種種曲折，付出的種種艱辛，我們簡直也無法深入到現代文學的精神內部，去把捉和揣摩其心靈的起伏、靈魂的溫度。

　　在長達一個世紀的歷史中，所謂現代中國知識分子的「五四情結」，一切「回到現代文學本身」的熱切的情懷，都只有在這種從理性到感性甚至本能情緒的執著「認同」的層面上獲得解釋。在已經過去、迄今依然令人回味的 1980 年代——有人曾經以「回到五四」來想像這個年代的歷史使命——我們將中國現代文學的精神最大程度地與國家的改革開放，與對待外來文化的態度緊密相連，在那時，通過對中國現代文學吸納外國文學、外國文化的挖掘，現代的文學確立起了前所未有的榮光，「走向世界」的聲音既來自國家政治，也理直氣壯地在中國現代文學的闡述當中得到了有力的支持。〔註1〕

　　儘管如此，我們卻不能認爲對「五四」、對中國現代文學的闡釋已經接近尾聲，也沒有理由將這一曾經的主流性理論當作永恆不變的前提，因爲，就如同近代作家通過舉起「一代有一代之文學」來突破傳統、確立自我一樣，今天的學人也有必要通過提煉、發現自己的「問題」來揭示文學發展更內在的結構和機理。

〔註 1〕參見曾小逸：《走向世界文學——中國現代作家與外國文學》（湖南文藝出版社 1986 年），這是最形象地體現 1980 年代中國現代文學學術精神的著作，不僅著作的正副標題都清晰地標注出了時代的主旨，著作的緒論全面地闡述了民族文學「走向世界文學」的宏大圖景，而且各選文的作者都緊緊圍繞中國現代文學如何在「世界文學（外國文學）」的啓示中茁壯成長加以論述，這些論述都代表了當時學界最活躍最有實力的成果，可謂是 1980 年代學術之盛景。

　　這並不是如一些人想像的那樣，需要通過否定「五四」、質疑甚至顛覆1980年代的學術來彰顯自己。中國學術早就應該真正擺脫「二元對立」「非此即彼」的思維模式了。自1990年代以降，我們不斷指謫「五四」和1980年代的進化論思維、「二元對立」思維，其實自己卻常常陷入這樣的思維而不能自拔，如果「五四」的確通過大規模引入外國文學與西方文化完成了對傳統束縛的解脫，如果1980年代是在改革開放、走向世界的「鼓舞」下撥亂反正，部分建立了學術的自主性，那麼這種呼喚創造的企圖和方向不也是任何時代都需要的嗎？為什麼一定要通過否定「五四」的「西化」態度、詆毀1980年代「走向世界」的赤誠來完成新的學術表述呢？

　　事實上，學術的質疑歸根到底還是對前人尚未意識到的「問題」的發掘，而不是對前代學術的徹底清算；學術的新問題的發現和解決最終是推進了我們的認識而不是證明新一代的高明或思想的「優越」。何況，在所有這些「問題」的不同闡述的背後，還存在一個各自學術的根本意義的差異問題：嚴格說來，學術的意義只能在各自的「歷史語境」中丈量和衡定，也就是說，是不同時代各自所面對的歷史狀況和問題的針對性決定了學術的真正價值，離開了這個歷史語境，並不一定存在一個跨越時空的「絕對的正誤」標準。不同時代，我們對問題的不同認知和解答乃是基於各自需要解決的命題，其差異幾乎就是必然的。

　　所有這些冗長的論述，主要是想說明一個問題：我們完全可以重新展開1980年代對文學史的結論，重新就一些重大問題再行討論，這並不是為了顛覆1980年代的「思想啟蒙」和學術立場，而是為了更有力地推進學術的深化。

　　在這裡，我想強調的是，今天，我們對於「文學」的認知其實已經與1980年代大有不同了。這不是因為我們比1980年代的人們更高明、更深刻，而是今天的我們遭遇了與1980年代十分不同的環境。

　　在1980年代，文學幾乎就是全社會精神文化的中心，甚至國家政治、倫理、法制、教育的巨大問題都被有意無意地歸結到「文學」的領域來加以確定和關注。

　　回顧歷史我們可以知道，「改革開放」的1980年代的中國人民生活，就是在以對新文化傳統的想像當中展開的，是對「五四」傳統的呼喚中開始的。那個時候，中國學術界的很多人，言必稱「五四」，言必稱魯迅。以我們中國語言文學學科為例，基本上無論是搞外國文學也好，搞比較文學也好，搞現

當代文學也好，搞美學也好，搞文藝理論也好，他們學術興趣的起點幾乎都是從「五四」開始的，從對魯迅的重新理解開始的。甚至普通的中國人也是這樣，那個時候新華書店隔一段時間「開放」一本書，隔一段時間「開放」一個作家，老百姓排著隊在新華書店買書，其中很多是新文學的作品。新文學、中國當代文學的一些探索，一些思考，一些問題，直接成爲我們思考、解決當前社會問題，包括解決我們人生問題的重要根據。那個時候講教育問題，我們首先想到的是劉心武的《班主任》。《班主任》的意義不是一本小說的意義而是帶來整個教育改革的啓迪。到後來，工廠搞改革，全國人民都知道一本《喬廠長上任記》，大家是通過閱讀這本小說來研究中國怎麼搞改革的。賈平凹的小說《雞窩窪的人家》，後來被改編成電影《野山》。電影上演後，引發了全社會對改革時期家庭倫理問題的討論，報紙上發表的文章，題目直接就是《改革，就必須換老婆嗎？》。因爲賈平凹在小說裏講述了農村改革時期兩個家庭的重新組合問題，大家認爲文學作品是一種家庭倫理關係的示範，生活中的家庭關係處理問題直接可以從小說中得到答案。中國人生活中的很多困惑都會通過 1980 年代那些著名的小說來回答，包括那個時候城鄉流動，很多農村人想改變自己的戶口，想到城裏邊來，改變「二等公民」的地位……那時候一部小說特別打動人，那就是路遙的《人生》。在《人生》開篇的地方，路遙引用了柳青的一段話：「人生的道路雖然漫長，但緊要處常常只有幾步，特別是當人年輕的時候。」這樣的文學表述一下子就被當作「人生金句」，成了中國人抄錄在筆記本上的格言，到處流傳。我們的文學就是如此深入地介入了現實社會、現實政治的幾乎一切的領域，直接成爲人生的指南！

1990 年代，一切都在發生著變化。一方面是西方的經濟方式繼續在中國滲透，中國人的日常生活開始有了新的娛樂方式，「文學失去了轟動效應」，另一方面，文學也不再探討社會改革的重大問題，不再執著於現代的啓蒙、反思和改造國民性之類的沉重話題，或者這些話題也巧妙地隱藏在各種「喜聞樂見」的娛樂形式之中，「大眾娛樂」的價值越來越受到文學家和藝術家的認可，一些重要的通俗文學地位上升，例如金庸武俠小說開始登上「大雅之堂」，進入了「文學史」。

最近一些年，人們開始提出了另外一個問題，這就是重新思考「五四」，質疑「五四」。其代表性的觀點就是：中國文化發展到今天出了問題，出了什

麼問題呢？我們曾經很長一段時間過分相信西方，「五四」雖然有好處，但是「五四」也犯了錯誤，犯了什麼錯誤呢？就是割裂了我們民族文化的傳統。「五四」的最大問題是以偏激的激進主義觀點，割裂了中華民族文化的很多優秀的傳統。所以說，「五四」那個時候有一個口號成了今天重新被人質疑的一個問題，這就是「打倒孔家店」。有人說今天我們怎麼能「打倒孔家店」呢？你看看今天人人都要重新談孔子，重新談國學，國學都要復興了，那「五四」不是有問題嗎？「五四」知識分子最大的問題就是偏激，他們偏激地引進西方文化，而又如此偏激地割斷了與傳統文化的聯繫。今天，在改革開放 40 年之後，歷史完成了一個循環，而這個循環就是我們這 40 年是以對「五四」的繼承開始的，但又是以對「五四」的質疑告終的。

在這裡，我們暫時不對形成這些歷史轉變的複雜原因作出分析挖掘，而只是藉此正視一個基本的事實：無論我們的情感態度如何，我們需要研讀的「文學」都已經出現了重大的變化；無論我們對這樣的變化持怎樣的遺憾或者批評，都不能不看到它本身絕非是荒誕不經的，也深刻地體現了某種思想文化邏輯的真實面相；在今天，我們只能將「失去轟動效應」的文學表現與曾經如此富有轟動效應的文學夢想一併思考，才能更全面更準確地把握歷史的脈搏，從而對一個世紀以來的「文學」的命運重新作出解釋。

「文學」研究：從大夢想回到小細節

與 1980 年代那些直接介入社會的巨大的文學夢想比較，今天的我們更應該展開的工作就是面對這命運坎坷、「瘡痍滿目」的「文學」的現實，認真地回答它「從哪裏來」，一路「遭遇」了什麼，又可能「走到哪裏去」。

對「五四」以降百年來中國文學的研究將從具體入手，從細節處的困惑開始。

這不是簡單對抗 1980 年代的宏大的夢想，而是將夢想的產生和喪失一併納入冷靜的觀察，理性梳理二十世紀文學之「夢」的來源和局限，同時從外部和內部多個方面來梳理「文學」的機理。

這也不是要否定文學被賦予的「社會責任」，不是為了拒絕這些「社會責任」而刻意攻擊 1980 年代的所謂「宏大敘事」。恰恰相反，我們是試圖通過對文學結構的更細緻更有說服力的探尋來重新尋找我們的歷史使命，重新建構一種介入中國文化問題的可能。

　　顯而易見，新的追問也不是對 1990 年代以來文學研究日益「學院化」，日益在「學術規範」中孤芳自賞的認同，在正視 1980 年代困境的同時，我們繼續正視 1990 年代以來的新的困境。

　　今天我們面臨的一大困境在於：文學被抽象化為某種「純粹」的高貴，而這種高貴本身卻已經沒有了力量，更無法解釋自「五四」以來中國現代文學自身就存在的那種干預社會的強大的能量，儘管 1980 年代所寄予文學的希望可能超過了文學本身的能力負荷，但是我們卻不能說當時的「希望」都是空穴來風，是完全沒有歷史根據的臆想。雖然我們今天也無法預測未來的中國文學究竟怎樣在文學的自主性與社會使命之間獲得平衡，比 1980 年代的理想主義更能切實地實現自己的歷史價值，但是重新回到中國現代文學發生發展的事實當中，更細緻更有說服力地清理其內在的精神結構，解釋那些文學家們如何既能確立自己，又能夠真誠地介入社會，而且，這一切的文化根據究竟有哪些？

　　我們的解釋可能就會擺脫「走向世界」的故轍，真正將中外多種文化都作為解釋中國作家的精神秘密的根據。因為，很明顯，近代以後，單純地強調「純文學」的引進已經不足以解釋中國文學的種種細節，例如魯迅，這位在民初大力引進西方「純文學」觀念的啟蒙先驅，後來又常常陷入「不夠文學」的寫作窘迫之中，而且從最初的無奈的自嘲到後來愈發堅定的自信，這裡的「文學」態度真是耐人尋味：

　　　　也有人勸我不要做這樣的短評。那好意，我是很感激的，而且也並非不知道創作之可貴。然而要做這樣的東西的時候，恐怕也還要做這樣的東西，我以為如果藝術之宮裏有這麼麻煩的禁令，倒不如不進去；還是站在沙漠上，看看飛沙走石，樂則大笑，悲則大叫，憤則大罵，即使被沙礫打得遍身粗糙，頭破血流，而時時撫摩自己的凝血，覺得若有花紋，也未必不及跟著中國的文士們去陪莎士比亞吃黃油麵包之有趣。〔註 2〕

　　歷史更有趣的一面是：就是這位在新文學創立過程中大力呼喚「純文學」（美術）的先驅者，到後來被不少的學者批評為「文學性不足」，甚至「不是文學」。這裡接受者、解讀者的思想錯位甚至混亂亟待我們認真清理——在現代中國，究竟有什麼樣的「文學觀」？何以出現如此弔詭的現象？

〔註 2〕魯迅：《華蓋集・題記》，《魯迅全集》第三卷 4 頁，人民文學出版社 2005 年。

　　至於整個中國現代文學，在當今已經獲得了一個很有代表性的印象：非文學。20 世紀的中國歷史幾乎被公認爲是「非文學」的時代：「中國新文學運動從來就和政治浪潮配合在一起，因果難分。五四時代的文學革命——反帝反封建；三十年代的革命文學——階級鬥爭；抗戰時期——同仇敵愾，抗日救亡，理所當然是主流。除此之外，就都看作是離譜，旁門左道，既爲正統所不容，也引不起讀者的注意。這是一種不無缺陷的好傳統，好處是與祖國命運息息相關，隨著時代亦步亦趨，如影隨形；短處是無形中大大減削了文學領地，譬如建築，只有堂皇的廳堂樓閣，沒有迴廊別院，池臺競勝，曲徑通幽。」〔註3〕即便不是出於刻意的貶低，我們也都承認，在這一百年之中，更需要人們解決的還是社會民生的一系列重大問題，「文學本身」並沒有太多的機會隆重登場。這一描述大概不會有太多的人否認，然而，困惑卻沒有就此消除：難道「文學」僅僅是太平盛世的奢侈品？在困苦年代人們就沒有資格談論文學，沒有資格獲得文學的滋養？古今中外大量的歷史事實都可能將這一結論擊得粉碎。這裡，再次提醒我們的還是一個事實，我們必須對「文學」觀念本身展開認眞的追問。正如朱曉進所說：「當我們回顧 20 世紀文學的發展時，我們看到的是這樣一個基本的歷史事實：在 20 世紀的大多數年代裏，文學的政治化趨向幾乎是文學發展的主要潮流。也許將此稱爲『思潮』並不準確，但文學與政治的特殊關係，卻無疑是其最爲顯性的文學發展的特徵之一。因此，在研究上述年代的文學現象時，首先應關注的也許倒不是純美學、純藝術層面的東西，而是文學的政治化潮流的問題。我們應該從政治文化的角度去看待這些年代的文學，對文學現象得以產生的政治文化氛圍，以及文學以何種方式、在多大程度上與政治文化結緣，政治的因素到底在多大程度上，到底以什麼形式，最終導致了一些文學現象的產生，以及最終支配了文學發展的趨向等等問題給予更多的關注。以政治或政治文化的角度來觀照和解釋 20 世紀文學發展中的許多現象，我們也許可以從更爲廣闊的範圍來探討其成因。」〔註4〕

　　其實，在現代中國，「非文學」的力量何止是政治文化，還包括各種生存的考慮，包括我們固有的對於寫作的基本觀念。所有這些力量都十分自然地

〔註 3〕柯靈：《遙寄張愛玲》，《張愛玲文集》第四卷 427 頁，安徽文藝出版社 1992 年版。

〔註 4〕朱曉進：《文學與政治：從非整合到整合》，《社會科學輯刊》1999 年 5 期。

組成了二十世紀中國知識分子的生活與精神現實，不可須臾脫離。或者說，「非文學」已經與我們的生命形態融會貫通了。

於是乎，中國現代文學那些「非文學」的追求總是如此真誠，也如此動人心魄，我們無從拒絕，也無從漠視，你斷定它是文學也好，非文學也罷，卻不能阻斷它進入我們精神需要的路徑，而一旦某種藝術形態能夠以這樣的姿態完成自己，我們也就沒有了以固定的文學知識「打壓」「排除」它們的理由，剩下的問題可能恰恰在於：我們本身的「文學」觀念就那麼合理嗎？那麼不可改變麼？

這樣的追問當然也不是完成某種對「文學」的本體論式的建構，不是僅僅在知識來源上追根溯源，並把那種「源頭性」的知識當作「文學」的「本來」，將其他的歷史「調整」當作「變異」，恰恰相反，我們更應當關注「文學」觀念如何組合、流動、變異的過程，在這裡，文學的理念如何在西方「純文學」召喚下發生改變的過程更值得清理。

這樣的努力，也將帶來一種方法論上的重要的改進。在過去，我們一般傾向於相信，中國現代文學的發生在很大程度上源於西方文化的衝擊和挑戰，是西方的「人文主義」文化確立了「五四」對「人」的認識，是西方文學獨立的追求讓中國文學再一次地「藝術自覺」，在西方文化還被置於「帝國主義侵略」的一部分而傳統文化理所當然屬於「國粹」的時代，承不承認這種外來影響的作用，曾經是我們能否在一個開闊視野上自由研究的基礎，然而，在今天，當中外矛盾衝突已經不再是社會文化主要焦慮的今天，當援引西方思想資源也不再構成某種精神壓力的時候，我們完全可以建立一種新的更平和地研討中外文學與文化關係的機制，在這裡，引進西方文化資源並不一定意味著更加的開放和創新，而重述中國的傳統資源也不一定意味著保守和腐朽，它們不過都是現代中國人的心理事實，挖掘這樣的心理事實，是為了更清楚地認識我們自己，讀解我們今天的文化構成，這是對 1980 年代以後中國現代文學研究「主體性」的真正重塑。

重述現代中國的「文學」觀，就應當從這些歷史演變的具體細節開始。

「文學」研究：從小純粹到大歷史

當強調學術研究從大夢想回到小細節，這個時候，我們獲得的「文學」研究也就從審美的「小純粹」進入到了一個時代的「大歷史」，也就是朱曉進

先生所謂「20 世紀文學發展中的許多現象，我們也許可以從更爲廣闊的範圍來探討其成因。」

在這裡，與傳統中國密切關聯的另外一種「文學」理解方式——雜文學或曰大文學理念不無啓示。雜文學是相對於近代以來被強化起來的「純文學」而言，而「大文學」則可以說是對包含了「純文學」觀念在內的更豐富和複雜的文學理念的描述。

現當代中國概念層出不窮，有外來的，有自創的，有的時候出現頻率之高，已經到了人們無法適應的程度，以致生出反感來。最近也有人問我：你們再提這個「雜文學」或「大文學」，是不是也屬於標新立異啊？是不是在中國現當代文學批評的沈寂年代刻意推出來吸引人眼球的啊？

我的回答很簡單，這早就不是什麼新概念了，相反，它很「舊」，五四時代就已經被運用了，最近十多年又反覆被人提起、論述。只不過，完整系統的梳理和反思比較缺少。今天我們試圖在一個比較自覺的學術史回顧的立場上來檢討它，應當屬於一種冷靜、理性的選擇。

據學者考證，「早在 1909 年，日本學者兒島獻吉郎就曾經出版過一部《支那大文學史》，這恐怕是『大文學』這一名稱見於學術論著的最早例證。稍後謝无量於 1918 年出版的《中國大文學史》，則將文字學、經學、史學等，都納入到文學史中，有將文學史擴展爲學術史的趨勢，故其『大』主要表現爲『體制龐大，內容廣博』。這裡的『大文學史』雖與第一階段的文學史寫作沒有本質的差別，但這一名稱的提出對於後來的文學史研究者卻無疑具有啓示意義。」〔註5〕在我看來，謝无量提出「大」乃是有感於五四時期西方「純文學」的定義無法容納中國固有的寫作樣式，以「大」擴容，方能將固有的龐雜的「文」類納入到新近傳入的「文學」的範疇。《中國大文學史》的出現，形象地說明了兩種「文」（文學）的概念的衝突，「大」是一種協調、兼容的努力。

當然，謝无量先生更像是以「大」的文學史擴容來爲傳統中國的文學樣式留下足夠的空間，也就是說，將早已經存在於傳統中國的、又不能爲外來的「純文學」理念所解釋的寫作現象收納起來，這更接近我所說的對「雜文學」的包容。傳統中國的「文學」專指學術，與當今作爲創作的「文學」概

〔註5〕劉懷榮：《近百年中國「大文學」研究及其理論反思》，《東方叢刊》2006 年 2 期。

念近似的是「文」──用今天的話來說就是「文章」，不過此「文章」又是包羅萬象，既有詩詞歌賦之類的「文學」作品，也有論、說、記、傳等論說之文、記敘之文，還有章、表、書、奏、碑、誄、箴、銘等應用之文，與西方傳入之抒情之「文學」比較，不可謂不「雜」矣。

我們可以這樣來粗略描述這源遠流長又幾經演變的「文學」過程：

在古老的中國，存在多樣化的寫作方式，我們以「文」名之，那時，人們無意在實用與抒情、史實與虛構之間做出明確的區分，因而不太符合現代以後的學科、文體的清晰化追求。但是，這樣的模糊性（尤其是混合詩與史的模糊性）卻不能說對今天的作家就完全喪失了魅力，「雜」的文學理念餘緒猶存。

在晚清民初，西方的「純文學」概念開始引起了人們的注意，人們試圖借助「純文學」對外在政治道德倫理的反叛來解放文學，或者說讓文學自傳統僵化思想中解脫出來，重新確立自己的獨立性，於是，有意識地去「雜」趨「純」具有特殊的時代啓蒙價值。

然而，新的「文學」知識一旦建立，卻出現了新的問題：傳統中國的各種豐富的創作現象如何解釋，如何被納入現有的文學史知識系統當中？謝无量借助日本學術的概念重寫《中國大文學史》，就是這樣一種「納舊材料入新框架」的努力。

進入現代中國以後，中國作家的創作同時受到多種資源的影響。這裡既有傳統文學理念的延伸，又有新的歷史條件下文學在事實上超越「純粹」的趨向，後者就不僅僅是「雜」的問題，更蘊含著現代中國式「文學」精神的獨特發展。我們或可以「大文學」的視野來觀察它們：相對於西方「純文學」而言，這些超出「藝術」的元素可能多種多樣，只能以「大」容之──「大」依然是現代知識分子文學關懷的潛在或顯在的追求，不能理解到這一層，我們就會失去對現代中國一系列文學現象的深刻把握，例如魯迅式雜文。關於魯迅式的雜文究竟是不是文學，曾經有過爭論，我們注意到，所謂非文學指謫的主要根據還是「純文學」，問題是魯迅雜文可能本來就無意受制於這樣的「純粹」，他是刻意將一切豐富的人生感受與語言形態都收納到自己的筆端，傳統「文」的訓練和認知十分自然地也成為魯迅自由取捨的資源。

除了雜文式的文學之「雜」，日記、筆記、書信甚至注疏、點評也可能成為中國知識分子抒情達志的選擇，它們都不夠「純粹」，但在中國人所熟悉的

人生語境與藝術語境中，卻魅力無窮，吸引著中國現代作家。

「大」與「雜」而不是「純」的藝術需求對應著這樣一種人生現實：我們對文學的期待往往並不止於藝術本身，在這個時代，我們需要迫切解決的東西可能很多，現實世界需要我們回答的問題也很多，遠遠超過了作為語言遊戲的文學藝術本身。換句話說，「純粹」並不能滿足我們，我們對現實的關懷、期待和理想都常常借助「文學」來加以闡發，加以表達，「大」與「雜」理所當然，也理直氣壯。現代中國文學不就是如此嗎？猶如學者斷言二十世紀本來就是一個「非文學」的世紀。這一判斷不僅是批評、遺憾，更是一種客觀的事實陳述，我們其實不必為此自卑，為此自責。相反，應該以此為基點重新梳理和剖析現代中國文學的一系列重要特徵。

在這個意義上，所謂的「大文學」也就是文學的寫作本身超過了純粹藝術的目的，而將社會人生的一系列重要目標納入其中。這就不可謂不「大」，或者不「雜」了。

從傳統的「文」到近代的「純文學」，再到因應「純」而起的「雜文學」之名，最後有兼容性的「大文學」，這一過程又與百年來中國學術的發展過程相共生，正如文學史家陳伯海所剖析的那樣：「考諸史籍，『大文學』的提法實發端於謝无量《中國大文學史》一書，該書敘論部分將『文學』區分為廣狹二義，狹義即指西方的純文學，廣義囊括一切語言文字的文本在內。謝著取廣義，故名曰『大』，而其實際包涵的內容基本相當於傳統意義上的『文章』（吸收了小說、戲曲等俗文學樣式），『大文學』也就成了『雜文學』的別名。及至晚近十多年來，『大文學』的呼喚重起，則往往具有另一層涵義，乃是著眼於從更廣闊的視野上來觀照和討論文學現象如傅璇琮主編的《大文學史觀叢書》，主張『把文化史、社會史的研究成果引入文學史的研究，打通與文學史相鄰學科的間隔』，趙明等主編的《先秦大文學史》和《兩漢大文學史》，強調由文化發生學的大背景上來考察文學現象，以拓展文學研究的範圍，提示文學文本中的文化內蘊。這種將文學研究提高到文化研究層面上來的努力，跟當前西方學界倡揚的文化詩學的取向，可說是不謀而合。當然，文化研究的落腳點是在深化文學研究，而非消解文學研究（西方某些文化批評即有此弊），所以『大文學』觀的核心仍不能脫離對文學性能的確切把握。」〔註6〕

〔註 6〕陳伯海：《雜文學、純文學、大文學及其他》，《紅河學院學報》2004 年 5 期，文章所論「發端」當指中國學界而言。

　　如果我們承認在這一闊大空間之中，活躍著多種多樣的文學樣式，那麼這些文學追求一定是既「大」且「雜」的。為了解釋這樣的文學，我們必須讓文學回到廣闊的歷史場景，讓文學與政治博弈，與經濟互動，與軍事對話，與人生輝映……

　　大文學，這就是我們重新關注百年中國文學之歷史意味所召喚出來的學術視野與學術方法。

　　這樣的新「文學」研究可以做哪些事呢？

　　顯然，我們可以更寬闊地揭示現代中國文學的生態景觀。也就是說，我們將跳出「為藝術」的迷幻，在一個更真實也更豐富的人生場景中來理解現代作家的生存現實，在這裡，除了獻身藝術的衝動，大量的社會政治的訴求、生存的設計乃至妥協都同樣不容忽視，它們不僅形成了文學的內容，也決定著文學的形式。

　　我們也有機會藉此更深入地挖掘現代中國作家精神中的現實與歷史基因。中國現代作家一方面沿著西方近現代文學的鼓勵不斷申張著「文學獨立」「為了藝術」等追求，但是一百年的現實問題並不可能讓他們安然陶醉於藝術的世界之中，從文學的象牙之塔走向十字街頭幾乎注定了就是普遍的事實，最終這種生存的事實又轉化成了精神的事實。

　　我們可以更準確地把握中國文化傳統之於現代文化創造的實際意義。跳出對「純粹」的迷信，我們就會知道，中國知識分子對「文學」的理解另有來源，包括我們「古已有之」的「文」的傳統、「文章」的傳統等等，在這個意義上，我們可以說，真正的古代傳統並沒有在「五四」激烈的批判中失落，作為一種文化血脈，它的確是一直潛藏在一代又一代中國知識分子的精神深處，並成為我們回應「現代問題」的重要資源。

　　當然，我們可以在這種精神資源的梳理中，更清晰地揭示現代中國作家文學觀念的民族獨創性。這也就是我們經常所表述的：無論「五四」一代知識分子如何激烈地傳遞著「西化」的願望，在現實關懷、家國意識等一系列問題上文學的特殊表達形態都依然存在，而且往往還發揮著關鍵性的作用，這種作用也不是「強制性」認同的結果，更屬於知識分子內心深處的無意識選擇，當它因呼應現代中國的生存問題而自然生成的時候，更可能閃爍著民族獨創的光彩，例如魯迅雜文。

　　現代中國作家這種深厚的民族獨創性讓我們能夠在一個表面的「西化」

「歐化」進程中深刻而準確地把握歷史的脈絡，從而對中國文學傳統的傳承和開拓作出更有價值的闡述。在這個基礎上，現代中國文學的豐富的藝術觀將得以重塑，而闡釋現代中國文學也將出現更多的視角和向度。總之，我們將由機會進一步反思、總結和提升中國文學的學術方式。

自然，在借助這種種之「雜」進入文學之「大」的時候，有一個學術的前提必須必辨明，這就是說今天的討論並不是要將中國文學的研究從傾向西方拉回頭來，轉入古典與傳統，這樣的「二元對立」式研究必須警惕，正如王富仁先生在反省現代中國學術時所指出的那樣：「在這個研究模式當中，似乎在文化發展中起作用的只有中國的和外國的固有文化，而作為接受這兩種文化的人自身是沒有任何作用的，他們只是這兩種文化的運輸器械，有的把西方文化運到中國，有的把中國古代的文化從古代運到現在，有的則既運中國的也運外國的，他們爭論的只是要到哪裏去裝運。但是，人，卻不是這樣一部裝載機，文化經過中國近、現、當代知識分子的頭腦之後不是像經過傳送帶傳送過來的一堆煤一樣沒有發生任何變化。他們也不是裝配工，只是把中國文化和西方文化的不同部件裝配成了一架新型的機器，零件全是固有的。人是有創造性的，任何文化都是一種人的創造物，中國近、現、當代文化的性質和作用不能僅僅從它的來源上予以確定，因而只在中國固有的文化傳統和西方文化的二元對立的模式中無法對它自身的獨立性做出卓有成效的研究。」〔註7〕

事實上，從單純強調中國文學與西方的關係到今天在更大的範圍內注意到古今的聯繫，其根本前提是我們承認了現代中國作家自由創造是第一位的，確立他們能夠自由創造的主體性是第一位的，只有當我們的作家能夠不分中外，自由選擇之時，他們的心靈才獲得了真正的創造的快樂，也只有中外文化、文學的資源都能夠成為他們沒有壓力的挑選對象的時候，現代文學的馳騁空間才是巨大的。在魯迅等現代作家進入「大文學」的姿態當中，我們可以比較清楚地看到這一點。

2019 年 1 月於成都江安花園

〔註 7〕王富仁：《對一種研究模式的置疑》，《佛山大學學報》1996 年 1 期。

目

次

前　言

　　今天，人們面對信息技術的高速發展眼花繚亂。它不僅使人們的生產方式發生了變化，甚至整個人類的生活方式也被網絡開拓出了新的空間。文學的發展自然也逃不過這巨大浪潮的衝擊，不僅逃不過，而且似乎文學還從未遇到過這樣令人困惑的考驗。上世紀九十年代，已經有人在絕望地宣稱傳統寫作方式的終結，也有人在擔憂文學的命運和前途，甚至有人在信息社會的背景下發現文學的表達限度已極盡終點，更有人在驚歎信息技術帶給文學的影響是一種足以稱之為革命性的震撼。今天回首，我們可能更願意接受這樣的說法：這種憂慮只是人們對一時的激變還沒能適應，而一旦一切喧囂沉靜，信息技術帶來的影響越來越清晰，人們就會發現：文學依然存在，只不過存在形式有了更新或變化；表達依然在繼續，只不過調整之後的表達已經大不同於以往。

　　近百年前，周作人在 1923 年 1 月 12 號《晨報副鐫》上發表的《讀報有感》中說：「舊文學的傾頹，不是新青年的嘲罵和五四的威赫，而是新文學既有理論又有實踐。」這段話看來平淡無奇，但意思卻非常明確：新文學的產生和成長，不是一人一事、一時一勢的造就，而是新文學本身具有某種讓自己站得住立得起的特性。如果說，五四這個激變的時代，無論是一項轟轟烈烈的事業還是一個茫然無助的個人，一切都充滿著不可捉摸的偶然與機遇，那麼新文學所具有的這種特性卻恰恰顯示出那無數個偶然和機遇背後的歷史必然。

　　那時的中國正跟蹌著由傳統走向現代。這種變化起碼有這樣兩個動因：一方面，「強大」的皇權統治秩序，「穩固」的封建社會構架，「悠久」的傳統

文化、思想信仰和價值觀念，這些古老而至高無上的社會柱石一個接一個頹然傾倒；另一方面，人類科技文明的進步又給社會生產和社會生活帶來了令人瞠目的結果。這兩種力量的相互作用帶來的巨大變化，反映在社會政治層面，就是群體力量的崛起。如果一個個峨冠華服的封建帝王是傳統社會華麗而顯赫的標籤，那麼群體作爲民主力量的崛起則一定是現代社會的一個重要特性。無論是被讚頌，被改造，還是被啓蒙，群眾的力量都在得到從未有過的重視與關注。人們已經認識到，未來的社會不管憑藉什麼進行組織，群體的力量都無法被忽視，它已經成爲主宰歷史的決定性力量。正因如此，科學、民主、啓蒙也好，白話文學、平民文學、爲人生的文學或者爲藝術的文學也罷，在五四新文化運動中走出來的新文學以群眾爲旨歸的自覺選擇，使它和上了這個群體時代歷史前行的有力脈搏。

也就是在群體時代，傳播媒介才顯示出極其重要的意義。首先，從本質上說，傳播媒介是信息的載體，是個人參與群體、社會和世界的重要渠道。傳播媒介在信息技術推動下突飛猛進的發展，也讓這個渠道對人們的影響更加深刻。事實上，現代傳播媒介最具力量的突破在於，作爲信息的載體，它把傳統社會狹窄的個人空間開拓到一個前所未有的廣闊空間，使個人借助傳播媒介與群體與社會與世界在這個廣闊空間內建立了種種聯繫，讓自己對社會對世界有了比以往任何時候都更爲明確和清晰的認識，從而更有效地參與到群體、社會和世界中去。而當這種傳播媒介像時間一樣滲入到人們日常生活細節中的時候，它就會改變人們的生活方式。在信息技術發達的今天，以前還是主導力量的傳統傳播方式，比如報刊，已經在承受巨大的生存壓力。而在某種意義上說，如今的信息技術已經強大到成爲掌握群眾的主要力量，不是政治，不是傳統意義上的經濟，不是國家，不是民族，甚至也不是某種宗教或信仰，竟然是這樣一種技術，一種工具。

其次，信息成爲商品，傳播媒介的運作必須遵循商品社會的規則。傳播媒介是一種可以帶來利益的產業，與之相關的人群可以以提供或傳播信息爲生存手段。同時，商業因素的注入，不僅會影響傳播媒介的傳播內容、方式、規模、速度等，甚至能決定傳播媒介的生存與發展，還會觸動人們通過傳播媒介參與群體、社會、世界的思想、態度和具體的行爲方式。

從傳播媒介的角度關注中國現代文學在初始階段的形態，其實能夠涉及到很多重大的文學問題：中國現代文學由舊而新的脫胎換骨到底是怎樣實現

的？傳播媒介起了多大作用？新文學在剛剛進入群體時代時到底是如何運行的？文學到底是怎樣平民化的？有關文學的某些具體因素，比如獨立的作家階層的形成、作家的寫作和生存方式、各類文體形成發展及地位的變化等等，如何在傳播媒介的影響中發生著意義深遠卻又細膩微妙的變化？由傳播媒介的特點引出的現代商品經濟的發展與新文學的發展變化有著怎樣的千絲萬縷的聯繫？也許，傳播媒介並不是改變文學內容或者文學性質的決定性因素，但是至少傳播媒介對於文學外部環境、外在形式方面的影響是難以否認的。

報刊是五四時期最主要的文學載體。報紙副刊更以其高速度、高頻率的出版方式成爲影響力頗爲可觀的文學傳媒。在中國新文學眞正確立其地位的最初幾年，傳播媒介（主要是報刊）爲新文學的脫胎換骨起到了最突出的作用。一是強化了文學的社會功能；二是報刊對於語言的要求，促進了現代文學語言的通俗化。

除此以外，還在很多方面產生了重要影響。首先，是傳播。五四新文化運動的先驅們借助傳播媒介，在群眾的土壤裏播灑科學和民主的種子；文學也經由傳播媒介，得以從高懸著「經」「道」牌匾的廟堂之上走進群眾；經由傳播媒介，有關新文學的理論、批評和創作，新文學傳達的事實、經歷、思想、觀念和情感，得到了空前的交流和廣泛的響應。第二，傳播媒介爲每個人提供了發表言論的機會，並旨在公開和傳播，這在個性覺醒的五四時代有著非同一般的意義。而這一點對文學的影響也顯而易見，至少，它會吸引、鼓勵、刺激更多的人參與文學。第三，不同的傳播媒介對於信息的要求各有不同，或者因爲傳播方式、體式、宗旨或者定位的不同，對文學發展的影響也指向不同的方面。第四，報刊在發展過程中，其娛樂功能增強，不僅成爲人們獲取信息的渠道，還成爲人們的一種消遣娛樂方式。比如報紙副刊，這種娛樂功能顯然會對它所承載的文學內容產生影響。第五，和其他傳播媒介一樣，報刊的信息傳播同樣帶有某種強迫性，強烈地體現著傳播媒介主體的傾向性，同時又擁有掌握信息的權威感和優越感，這對於受眾心理方面的影響深刻而微妙。同時，這種強迫性還體現爲對現實生活強烈的參與性。尤其當傳播媒介以如此迅捷的速度和頻率出現時，比如每天出版的日報，就使這種強迫性的強度趨於強化。承載著文學信息的報刊具有同樣的性質和功能，文學的被傳播和被接受當然會受到同樣的影響。第六，傳播媒介的商業化，也爲現代文學注入了商業性，文學的發展必定受到商業規律的影響甚至左

右。且不說報館、書局、出版社本身的商業運營，也不說它們與作家之間的存亡關係，單說作者與讀者，從商業角度看他們就成了生產者與消費者的關係。而像稿酬等具體方式，則對新文學形成獨立的作家群體或階層就有著推動作用。

五四新文化運動時期，北京的《晨報副刊》、《京報副刊》，上海的《時事新報》副刊《學燈》、《民國日報》副刊《覺悟》，是傳播新文學影響最大的四種副刊，被人們稱為五四時期「四大副刊」。其中，《京報副刊》在 1924 年創刊，其影響力大大延後；而《晨報副刊》在當時的副刊中，則擁有明顯的優勢和特點。關於《晨報副刊》這一稱謂，並不是對「晨報」的「副刊」的統一稱呼。《晨報副刊》的前身是《晨鐘》報，是以梁啓超、湯化龍為首的進步黨（後改為憲法研究會，即研究系）的機關報。1918 年 12 月，《晨鐘報》改組為《晨報》出版。但《晨鐘報》1916 年 8 月 15 日創刊時，即在第七版刊載小說、詩歌、小品文和學術講演錄等，因隨《晨報》附送，故稱《晨報副刊》。不過，那時《晨報副刊》上的許多文章仍是文言作品，比如舊體詩詞、文言小說、文言遊記。1921 年，《晨鐘》報把副刊部分獨立出來，成為一張單獨發行的獨立報紙，定名為「晨報附刊」，但當時主持報社的蒲伯英書寫為「晨報副鐫」，而編輯孫伏園仍然在報眉上保留了「晨報附刊」的名稱，即：報頭為「晨報副鐫」，報眉上則有小字「晨報附刊」。1924 年底，孫伏園從晨報副鐫辭職，1925 年徐志摩接手，才把報名改為「晨報副刊」，一直到 1928 年停辦。總體考慮到「晨報副刊」的發展歷史和它在報刊史特別是文學史上的特殊貢獻和影響，我們現在一般統一稱為《晨報副刊》。

《晨報副刊》與其他進步副刊一起，開創了影響中國文藝副刊百年發展的優秀傳統：以獨特的方式傳播思想、提供新知、開啓民智，保存和承傳知識分子的人文精神。《晨報副刊》，從中國現代文學誕生之日起就與它密切相關。很多在中國現代文學史上留下赫赫威名的大家，都與它有著或深或淺的淵源。它也因此成為中國現代文學初期新文學作家與作品、現代思想與藝術的搖籃之一。《中國報學史》作者戈公振曾說：「京都為人文淵藪，其中有思想高超，研究深密，發為文章，投諸報紙者，雖片言隻字，都覺可觀，以言附刊之精彩，舉國無其匹也。」這即是對《晨報副刊》的評價。

《晨報副刊》在中國報紙副刊發展過程中曾起到過關鍵性作用。1872 年上海《申報》在新聞之後附載詩詞，己具備副刊的潛在因素。1900 年日本人

在上海辦的《同文滬報》附出《同文消閒錄》副刊一張。而 1911 年《申報》出版的《自由談》，出版時間長，影響廣泛，為人所共知。副刊也在之後成為報紙必備的一欄。但當時一般的副刊都屬於消閒性的讀物，內容趣味低下。《晨報副刊》的率先改良對於報紙副刊在性質上發生根本性的變化產生了顯著的推動作用。1919 年 1 月 31 日，《晨報》發布啟事「本報改良預告」：從 2 月初日起將第二張大加改良，增設「自由論壇」一欄，歡迎「新修養、新智識、新思想之著作」，「無論文言或白話」；「譯叢」一欄「擬多採東西學者名人之新著」，「擇其有趣味者譯之」：「劇評」一欄「擬專擇與文藝有關係，比較的有高尚精神者登載之」。這一改良不僅立即使得晨報第七版成為參與新文化運動的重要園地，也在全國報業開啟了副刊改良的風潮。上海的《民國日報》在同年六月取消其「國民閒話」和「民國小說」兩個常登載黃色材料的副刊，改出以後在宣傳新文化和社會主義思想方面極有影響的「覺悟」；《時事新報》與《晨報》同屬「研究系」的報紙，1918 年 3 月就有《學燈》副刊，在《晨報副刊》改革後，也實行革新，主要以傳播科學和西方文史哲思想為主。

　　《晨報副刊》的這一舉措實際上是有內在因由的。在《晨報》前身《晨鐘報》創刊時，就聘請從日本留學歸國的李大釗擔任總編輯。《晨鐘報》的代發刊詞《「晨鐘」之使命》就出自李大釗之手。在這篇文章中，李大釗就號召青年衝破舊勢力的束縛，為「索我理想之中華」而鬥爭。雖不到兩個月就因政見不和被解聘，但在 1919 年 2 月《晨報》改組第七版時，李大釗又重新被吸收參與《晨報》工作，這對於《晨報》轉而傾向新文化運動意義重大。

　　1920 年 7 月，第七版由孫伏園主編，1921 年 10 月 12 日第七版改出四版單張，並定名為《晨報副鐫》，著重宣傳新文學，同時按月出版合訂本。1924 年 10 月，《晨報》另一編輯劉勉己擅自抽掉魯迅先生的稿件，孫伏園憤而辭職，並很快出任《京報副刊》主編。《晨報副鐫》改由徐志摩主編。1928 年 6 月，《晨報副刊》停刊。

　　可以說，《晨報副刊》伴隨著五四新文學的成長和發展，致力於傳播新文化思想，鼎力支持新文學的發展，尤其在戲劇、雜文等方面有獨特貢獻，同時也培養了很多有影響力的新文學作家。

　　陳平原這樣說：「文學史家為什麼要關注研究報刊，第一，有感於現代作家不斷根據時勢的變遷修改自己的作品；第二，讀報刊能讓我們對那個時代的文化氛圍有更為直接的瞭解；第三點，讀報刊時，經常可以發現新的資料，

讓我們對舊說提出質疑，對歷史有新的解釋。」而在上世紀 90 年代以後，受德國思想家哈貝馬斯「公共空間」理論和法國社會學家布迪厄的「文學場」理論的影響，「近幾年大陸的不少學者，對晚清以降大眾傳媒的出現，尤其是如何改變了傳統中國的思想文化地圖，很感興趣。」〔註1〕研究思維的拓展帶動了研究視野的轉移，更多現代文學研究者不再局限於對思潮、作家、作品等文學現象或史學現象作線性的分析與挖掘，而開始對現代文學產生和發展的歷史文化語境問題予以更多的關注。《新青年》、《申報》、《現代》等聲名顯赫的報刊進入了研究者的視野，以「大眾傳媒與現代文學」爲主題的研究成果也漸入佳境。

與此同時，五四時期著名的四大副刊《晨報副刊》、《時事新報》副刊《學燈》、《民國日報》副刊《覺悟》和《京報》副刊也吸引了不少研究者的目光。其中，以《晨報副刊》最受寵愛。

眞正把《晨報副刊》作爲獨立的研究主體，從傳媒角度探討它與新文學的關係，是在 1998 年以後。1998 年至今，公開發表的有關《晨報副刊》的研究成果並不很多，嚴格說來也就十幾篇。其中一些文章是作者在其碩士、博士論文中的成果。事實上，1998 年以來《晨報副刊》的研究成果主要集中在各高校新聞學、現代文學專業的碩士、博士論文中。如《「五四」新文化傳播中的晨報副刊》〔註2〕、《北京晨報研究》〔註3〕、《晨報副刊與中國現代文學》〔註4〕、《「人」與「文」的雙重關懷──二十年代晨報副刊研究》〔註5〕、《五四新文化運動中的晨報副刊》〔註6〕、《晨報附刊與「五四」新文學運動》〔註7〕、《整合：報紙副刊與中國現代文學》〔註8〕等。

張芹的《晨報附刊與「五四」新文學運動》梳理了《晨報》附刊在思想解放、科學啓蒙、文學革命等三個方面對新文化運動的「感應與貢獻」。

譚雲明的《整合：報紙副刊與中國現代文學》，視野較爲開闊。他把 20

〔註1〕陳平原《晚清：報刊研究的視野及策略》，《文學的周邊》第 106～107 頁，新世界出版社 2004 年出版。
〔註2〕樊亞平，碩士論文。
〔註3〕錢曉文，博士論文。
〔註4〕張濤甫，博士論文。
〔註5〕郅庭閣，博士論文。
〔註6〕王金華，碩士論文。
〔註7〕張芹，碩士論文。
〔註8〕譚雲明，博士論文。

年代到 40 年代報紙副刊對文學的影響進行了概括總結。他認爲，20 年代「副刊成爲文壇重鎮，……很多文學活動都在副刊上展開」；30 年代「副刊與文學創作的關係有所疏遠，但副刊上各種論爭此起彼伏」；40 年代「副刊上的文藝論爭，充滿著戰爭的硝煙味」。他對副刊之於文學關係的概括，雖然研究範圍擴大了，但其理論基點仍然是副刊的載體功能。

樊亞平的《五四新文化傳播中的晨報副刊》，則是基於報刊的傳播功能，側重研究《晨報副刊》在傳播新文學方面具有的特點。特別是與舊式副刊相比，「是副刊傳播功能及性質的革命」。「新式副刊特指傳播五四新文化、新思潮爲主要內容，以青年學生和新型知識分子爲主要讀者對象，採用白話文寫作，文風清新、文體多樣的報紙副刊發展形態」。

郅庭閣的《「人」與「文」的雙重關懷：20 年代晨報副刊研究》，更是從《晨報副刊》上的內容出發，探討《晨報副刊》對新文學的「人」、「文」貢獻。作者特別強調《晨報副刊》編輯的個人作用，「通過考察編輯旨趣，無論是孫伏園啓蒙至上的宗旨，還是徐志摩的彰顯個性、進而突出趣味的原則，其內在的精神理路並無實質的不同：即都試圖對人的發展、社會的不斷進步和完善付出一份眞誠的關懷和實實在在的努力；使剛剛起步的新文學不斷成熟，走上良性發展的道路。」

只有張濤甫的《晨報副刊與中國現代文學》，從中國知識分子的現代轉型角度切入報刊研究問題。他認爲，從中國傳統社會中解放出來的中國知識分子進入新聞報刊、文化出版和教育領域，建立了中國現代知識分子的「公共空間」，這「公共空間」在推動中國近現代社會歷史轉型和知識分子自身轉型過程中發揮了十分重要的作用。雖然他把《晨報副刊》納入了中國知識分子的現代轉型這一宏大主題中，但對《晨報副刊》本身的深厚背景及運行機制少有涉及，且缺乏具體分析。

通過對已有的主要研究成果的分析，我們發現：現有研究多從新文學的載體或傳播工具的角度進入晨報副刊的研究，以對報紙內容的整理與評價爲主，即使有個別文章提及哈貝馬斯的「公共空間」論並涉及中國知識分子的現代轉型〔註9〕，其論述也較爲籠統，缺少對報刊傳媒的本質特性和具體運行機制的深入探討。事實上，在傳播媒介日益受到學術界重視的現在，作爲文學研究者的我們仍然大大低估了現代傳媒對改變人類社會生活的重大意義。

〔註 9〕張濤甫的《晨報副刊與中國現代文學》。

　　報刊傳媒的出現從根本上改變了人們的信息交流方式。在此之前久遠的傳統社會中，人們只能以與身體有關的方式作爲傳播和交流的媒介。這種方式決定了交流的有限性。而這種傳播與交流本身的限制，也決定了這樣的交流和它的有效性最大限度地控制在交流雙方都能直接接觸的範圍內。因此，交流與傳播的過程成爲形成特定群體共享的情感空間的過程。現代傳媒的出現，使得「信息的交流不再只依靠人的身體本身，人們從報紙上獲得的信息量已經遠遠高於從親屬、朋友那裡得到的信息，而且這種不依靠身體的傳播已經逐漸成爲人們進行信息、知識、情感交流的主要渠道」〔註10〕這樣，交流方式的改變必定從根本上影響人們的精神空間。具體來說，就是知識或信息因爲它本身所具備的特殊性（比如地方性、區域性、團體性等）從而獲得某種價值的傳統局面被徹底破壞。原來人們通過直接的交往，在各自的區域擁有同樣的知識、信息和經驗，他們在這個區域共同分享同一種價值，而現代傳媒的到來，宣告了這樣的時代的完結。

　　在我們把《晨報副刊》作爲研究對象的同時，就必須要對報刊傳媒的特性有一個基本的把握：

　　一，現代大眾傳媒一出現就具備了兩種主要的運行模式：政治模式和經濟模式。所謂政治模式，就是傳播媒介被視爲國家或階級政黨的一個組成部分，自覺充任政府或政黨的輿論工具。儘管它有可能某種程度地容納其他立場和觀點，可是維持所屬政府或政黨的經濟、社會、政治、法律、宗教、文化觀念始終是其第一要義。所謂經濟模式，就是把傳播媒介視爲某種必須贏得利潤的產業。傳播媒介所傳送的符號是一種商品，通過經營獲得經濟利益是它的終極目標。而文化工業是這種運行模式的必然產物。

　　對傳媒研究來說，落實在具體層面上，問題其實非常簡單，這就是「傳媒是由誰來管」的問題〔註11〕，是國家、政黨來管，還是市場控制？兩者在運行中產生影響的方式完全不同：在政治模式的運行中，傳媒把大眾當作需要啓蒙、改造、提高素質的公民或公眾，它有責任爲大眾提供有教益的、能夠改變大眾也就是國民素質的文化服務，它對所提供內容的要求是大眾需要、應該得到的信息，這是一種大眾服務性傳媒。在這一模式中，知識精英因爲自己把握的知識、文化權力而把自己排除在大眾之外，而大眾則成爲這

<hr>

〔註10〕傳謹《我們如何失去了甌劇》，《讀書》2004年第9期。
〔註11〕陸楊、王毅《大眾文化與傳媒》第97頁，上海三聯書店2000年10月出版。

一機制中的「他者」。以爲大眾謀利益做旗號的知識精英其實與大眾這個「他者」並不存在多少共同語言。在經濟模式的運行中，傳媒是把大眾當作市場或消費者。消費者這一概念具有超越階級、黨派、性別、年齡、種族甚至國家的性質，而傳媒也因以獲得利潤爲最終目標成爲商業傳媒。爲實現最大程度的商業利潤，獲得最大的消費群體，商業傳媒必須具有打破國家、種族、階級、政黨、年齡、性別等等各種界限的穿透力。而它所提供的則是儘量符合大眾的趣味和要求，是大眾想要獲得的信息。

　　不難看出，傳媒的政治模式和經濟模式在價值觀念和社會關係上有互相矛盾的一面。不過，報刊的這兩種運行模式顯然不可能涇渭分明、各行其道，特別是在中國，更多的時候它們的關係是相互交錯、銜接和過渡：政治、文化權力可能在某些時刻謀求與市場利益共享；而商業經營可能在某些時刻仰仗政治、文化權力的資源、聲望和庇護創造更多利潤。或者經過巧妙的包裝和運作，某些權力主導的觀念可能與市場機制融洽無間。

　　與西方相比，中國報刊傳媒的兩種模式其實存在著嚴重的錯位。當西方人已經開始鄙視政治與新聞業結盟的時候，它卻才剛剛成爲中國知識者的政治理想。相應地，當西方從政治報刊時期轉入商業報刊時期時，中國的報刊才剛剛進入政治報刊時期，並且缺乏相應的經濟體制基礎。政治（圖強、禦侮、維新等等）在中國知識者的新聞學概念中必然佔據著主導地位。晚清到民初，中國的報刊活動，與其說是在發展報刊事業，還不如說是進行求亡圖存的政治活動。梁啓超、嚴復、譚嗣同、汪康年等人關於報刊通上下、通中外、開民智、造新民等功能的議論，其實全都服務於他們的政治運動。正如梁啓超著名的文章《論報館有益於國事》所說，現代報紙在中國一出現就承擔著挽救民族危亡的重大責任和義務。在沒有相應的經濟體制爲基礎的情況下，中國報刊的經濟模式只能作爲政治模式的附屬產物。這可以從當時報刊薄弱的商業意識，低下的營銷能力，特別是幾乎空白的廣告觀念，得到有力的證實。戈公振曾說：「《申報》初創時，取價（指廣告）：西人廣告較華人廣告爲貴，但華人殊無登廣告之習慣，故不久取消，西人廣告因是充滿於各報。」〔註12〕可見，經濟運行模式雖然存在，但其作用顯然非常微小。

　　這種錯位也讓中國報刊傳媒的作用更加複雜。在歐洲，民族國家和以啓

〔註12〕戈公振《中國報紙進化之概觀》，《中國近代報刊史參考資料》上冊，中國人民大學新聞系 1982 年 4 月出版。

蒙思想為基礎的現代文化遠在文化工業出現之前就已經奠定，而在中國，情況就完全不同。以媒介文化為代表的現代文化和社會啓蒙、大眾文化、工業化是同步發展的。一方面，報刊傳媒帶著社會啓蒙、開啓民智的歷史使命致力於文化的民主化，它們希望能對國民的趣味和觀念起到引導作用；另一方面，文化民主化的要求和商業制度的逐漸成熟又使得它們不得不順應大眾的需要，以獲得最大範圍的認同。這兩者是相互矛盾、相互制約的。這種兩難境況也使報刊傳媒的啓蒙追求受到限制。比如，新文化是打著民眾文化的旗幟崛起的，但知識精英們認為新文化的啓蒙又不能完全的大眾化，所以新文化的啓蒙建設才更多局限在少數知識分子的範圍內，而成為知識精英監護下的啓蒙。

而對《晨報副刊》研究來說，必須首先弄清其兩種運行模式的結構、特點和彼此之間的關係，這是我們透過對《晨報副刊》的研究探討五四新文學歷史文化語境的重要基礎。

《晨報》的前身是《晨鐘》報。《晨鐘》報在 1916 年 8 月創刊時，是進步黨（後重組為研究系）的機關報──純粹的政黨報紙。當然，作為所屬政黨政治活動的工具，它的運行機制必然是以政治模式為主。《晨鐘》報沒有經濟壓力，其經費來源為所屬政黨的撥款，但它的廣告收入也很可觀。當時一般報紙的副刊更多地照顧讀者的需要和趣味，以消閒娛樂性的內容為主，更符合報刊的經濟運行模式。但作為政黨報紙的《晨鐘》報第五版副刊版卻帶有明顯的政治色彩。它的內容儘管也是突出趣味性，但它倡導的主要是自認為知識精英的舊式文人的趣味和觀念，它所營構的是這些文人展示其閒情逸致的空間。他們編輯副刊的出發點並不是滿足大眾的要求和趣味，而是為了展示自己認同的趣味和觀念。到 1918 年底，《晨鐘》報重組為《晨報》繼續出版，副刊版為第七版。1919 年初，李大釗開始了對《晨報副刊》的改革，他把社會批評和新思潮的傳播引入副刊，這一改革逐漸取消了副刊的趣味性，而以更強烈的政治模式特色主宰副刊空間。1920 年 7 月，孫伏園加入《晨報副刊》，展現出與李大釗不同的思路，他更多的考慮大眾的趣味和要求，《晨報副刊》經濟模式的運行特點開始顯現。1921 年 10 月，《晨報副刊》從《晨報》獨立出來，定名為《晨報副鐫》後，孫伏園的思路得以更多的貫徹。從 1919 年李大釗改革時《晨報》的啓事以及《晨報副鐫》發刊啓事中，我們可以清楚地看到這種變化和不同之處。

　　本報改良預告：本報從二月七日起，將第二張大加改良：（一）
增設「自由論壇」一門，歡迎社外投稿。凡有以新修養、新知識、
新思想之著作惠寄者，無論文言或白話皆所歡迎。（二）「譯叢」一
門擬多採東西學者名人之新著，且擇其有趣味者選譯之。（三）「劇
評」一門擬專擇與文藝有關係，比較的有高尚精神者登載之。如承
投稿亦所歡迎。謹啓。

　　這是李大釗改革《晨報》時的啓事〔註 13〕，字裏行間體現的是編者的想
法，提供的是編者認爲讀者應該瞭解的內容。編者要求的是「新修養、新知
識、新思想」，語言是「文言或白話皆歡迎」，內容是「擇其有趣味者」且「有
高尚精神者」。這些要求是按編者的意願給投稿者提條件，不符合條件者，不
能在報紙上發表。顯然，報紙和編者是以自身的要求和目的爲出發點，要求
讀者滿足其條件。

　　再看《晨報副鐫》的發刊啓事〔註 14〕：

　　　　我們報告你一件可以高興的事，本報從十月十二日起，第七版
要宣告獨立了。

　　　　我們看著本報的銷路逐月逐日增加，知道海內外和本報表同情
的已經不少；但是我們對於社會的貢獻，斷不敢以這千數萬人的供
給量爲滿足。本報的篇幅原是兩大張，現在因爲論說、新聞、海內
外通信、各種調查、各種專件以及各種廣告，很形擁擠，幾於要全
占兩大張的篇幅；而七版關於學術文藝的譯著，不但讀者不許刪節，
而且常有要求增加的表示，所以現在決定於原來的兩大張之外，每
日加出半張，作爲「晨報附刊」；原來第七版的材料，都劃歸附刊另
成篇幅，並且改成橫幅以便摺訂成冊，除附刊之內，又把星期日的
半張特別編輯，專取有趣味可以導娛樂又可以饜智欲的材料，以供
各界君子休假腦筋的滋養。至原有兩大張的內容，不但論說、新聞、
通信、調查等添了數量；而且組織也更加完美，準比從前越覺得爽
心醒目。

　　　　十月十二日快到了，愛讀本報諸君等著看罷。

　　這個啓事則體現出編者已經充分考慮到報紙的銷量和讀者的趣味要求，它

〔註 13〕《晨報》1919 年 1 月 31 日。
〔註 14〕《晨報》1921 年 10 月。

更像一個推銷報紙的商業廣告，以吸引讀者注意力，激發其訂閱需求爲目的。

這只是對《晨報副刊》運行機制變化的簡單描述，而在這變化之後的政治、經濟和文化背景特點，則應該成爲我們研究《晨報副刊》的重要內容。

二，我們還必須從報刊傳媒的政治模式、經濟模式兩個方面，對報刊傳媒與文化民主、社會啓蒙的關係予以深刻反思。在政治模式的運行中，握有知識和信息壟斷權力的精英知識分子，他們在通過傳媒進行所謂文化民主、社會啓蒙的過程中，實際上是把大眾看作需要改造、需要提高素質的對象，而把自己排除在大眾之外，大眾因而對於知識分子來說成爲被動的「他者」。再從文化工業的角度看，傳媒追求利益最大化的原則，反而阻礙了自主的、獨立的個性發展，在商業運行中啓蒙者有可能扼殺了自己所推崇的自由和民主意識。

一方面，報刊傳媒是現代民主的象徵。報紙就是一個大眾可以參與、影響到公共政策並且可以批評國家政府的公共領域。公眾通過報紙可以親身參與自由討論，干預政治，利國利民，一舉兩得。通過公眾在報紙上的討論和爭辯，傳媒促進了民主政治的進程。〔註 15〕所謂公共空間主要指報紙、出版機構、圖書館、大學及博物館等。而理想的公共空間應該是民主社會的組成部分：言論自由被認爲是公民的基本權利，大眾傳媒鼓勵大眾參與公眾生活和民主進程，同時也對國家政府的執政情況和民主進程進行監督與批評，傳媒是獨立、客觀、不偏不倚的觀察者。但是，如果傳媒與某種權力相結合，傳媒就失去了自己本應堅持的立場，同時也失去了民主的可能性。與政治權力合作的傳媒，必定會用其政治利益取代大眾話語，大眾被排擠在外，公眾的民主權利受到相應的傷害；完全與市場權力結合的傳媒，則會失去自己批判的立場和態度，淪爲利潤的奴隸；與文化權力結合的傳媒，則試圖用代表文化權力的知識精英的觀念代替民眾自主的思想，大眾的文化權利被忽視，大眾仍然作爲被動的「他者」成爲被改造的對象，文化的民主同樣受到損害。我國報刊最初更多的是與黨派政治權力的結合，公共輿論不再是理論話語的討論過程，而成爲政治權力操縱的結果。對《晨報》及其副刊來說，它一開始是研究系政治權力的工具，五四前後成爲研究系知識分子的文化權力之一。不同的是，從《晨鐘》報倡導的「不黨主義」開始，研究系知識分子的文化態度相對寬和、開放、包容和理性，而且他們關於國家民族問題的討論

〔註15〕陸楊王毅《大眾文化與傳媒》第 96 頁，上海三聯書店 2000 年 10 月出版。

也越來越停留在理論話語討論的層面上，而不再急於把文化優勢向現實政治力量轉化。因此，研究系知識分子的《晨報》及其副刊，在一段時間內雖然有其政治追求，但因其特別的文化態度，也確實起到了代表社會理性的功能。

另一方面，隨著科技的不斷進步，現代傳媒的傳播能力也在不斷提高。這種能力的提高又反過來刺激傳媒更快地擴張相應的能力。〔註 16〕任何一個報刊傳媒的發展都脫離不了這樣的規律。任何一種傳媒都不會只滿足於在一個狹小的空間裏傳播信息。而每一張報紙如果它希望在更大的空間裏實現傳播的功能，滿足他們通過傳播信息而想要實現的願望，都不可避免地要顧及這個更大空間裏大眾的平均趣味與趨同的需求。打破傳播局限的秘密正在於此。因為，為了傳播與接受的有效性，它肯定會更多地選擇傳播那些最具普泛性的信息和知識等內容。相應的，越是適合在更大空間裏傳播的內容，它的個性、特殊性、區域性或地方性就會被大大減弱。比如說《晨報副鐫》要想在更多的普通群眾之間得到有效傳播，就不得不降低原有的思想性與學術性，而這些信息的個性特色也因而被大大削弱了。換句話說，如果說《晨報副鐫》只局限在研究系知識分子這一範圍內傳播，那麼它主要考慮的必然是研究系知識分子感興趣的話題和內容，而事實上它需要考慮在更大的包括普通知識者在內的空間內傳播，那它考慮的就必須是大多數普通知識者的需要和要求。這樣，那些被報刊認為是最具普適性的信息在整個傳播機制中就會獲得優先權，另一方面那些富有個性的信息則可能被按照普適性的價值觀念和要求加以處理。《晨報副鐫》的編輯不就是力圖改變科學與思想的深刻與高深，更多地把這些內容換成能被更多普通群眾接受的有趣味的表達方式嗎？其實，當這種改裝完成以後，原有的內容已經大大失去了它本有的個性，而其價值也被大大地打了折扣。

那麼以啓蒙為目的的傳媒會不會走向自己的反面，成為一種新的專制權力？對《晨報副刊》所處的時代來說，儘管傳媒對於社會啓蒙功不可沒，其開啓民智的意義遠遠超過了文化工業導致的副作用。

基於上述理解，我們試圖以傳媒視角切入《晨報副刊》研究，運用豐富的史料對五四新文學歷史文化語境從政治、法律、經濟等方面作出全新的探討和深入的開掘，從傳播媒介的角度探求中國現代文學初期建設和發展的形式狀態、內在動力和性質特點。

〔註 16〕傅謹《我們如何失去了甌劇》，《讀書》2004 年第 9 期。

　　我們將首先探討晚清到五四時期的文化氛圍特點，梳理這一時期的報紙副刊政治運行模式和經濟運行模式的狀況及相互影響。我們認爲，從晚清到五四時期，以報刊律法爲參照值的文化氛圍有一個漸趨寬鬆的過程。報刊律法是我們探討我國現代報刊初期政治運行模式和經濟運行模式關係的最好參照物。從晚清到民初，政府權力更替頻繁，國家權力的私權化特別是法律的虛化現象比較嚴重。各政治派別、黨派勢力對政治權力的爭奪日趨激烈，知識分子從各個方向探索國家民族建設思想的追求也始終沒有間斷。報刊作爲最主要的言論渠道，雖然受到國家權力的箝制，但其政治運行模式仍然在公共輿論空間發揮著重要作用。

　　報刊律法對言論自由的限制更多地作用於政治性內容，這反而爲報紙副刊和副刊文學留出了巨大的發展空間。當各種報刊在政治模式下致力於文化的民主化時，舊式副刊文學則更多地在經濟模式中發揮了自身的娛樂性和趣味性功能，趨向於文化的大眾化。培養了副刊文學的作者與消費群體，發展了通俗文學。以《晨報副刊》改革爲標誌，報紙副刊逐漸成爲新思想新文化的傳播工具，這固然體現出副刊文學觸及傳媒的政治模式，開始向文化民主化的方向轉化，其社會啓蒙意義重大，但它隨後以新文學性向趣味和娛樂功能的回歸才更具有革命性，這意味著它試圖在文化的民主化與大眾化之間進行協調。

　　我們將接著分析《晨報副刊》在經濟運行模式中商業因素的影響。我們認爲《晨報副刊》作爲文化工業產品的商業特性並不明顯。中國近代報業中政黨報刊佔據著主流地位。主張立憲的改良派和主張共和的革命派都從挽救民族危亡出發，從事報刊活動，發展報刊事業，但這些報刊的目的在於救國救民，所以尚義輕利，無所謂營利。而且，把報刊作爲一種企業經營的意識和相關管理知識都還沒有進入這些報人的頭腦中。以《晨報》爲例，儘管它具備了經濟實體的一般條件，但由於民初社會本身文化工業和商品意識的薄弱，加上它作爲政黨報刊的特殊性，它通過其經濟模式所顯示出來的文化工業的負作用非常微小。我們認爲，《晨報》作爲政黨報紙在商業經營中有其特殊性，它的經費、機構、經營等受商業利潤影響的程度大大降低。而《晨報副刊》運行中的許多方式和方法，本應具有很高的商業價值和商業效應，但實際上卻並沒有產生相應的結果。比如，《晨報副刊》對冰心的全力扶持本應起到商業包裝的效果，產生巨大的商業價值，但冰心與《晨報》的私人關係

和其創作的特殊性卻抑制了這種效果的出現。再如，《晨報副刊》以「問題討論」為代表的編輯手段，也具有產生商業效果的突出力量。但這種編輯手段的啟蒙追求和其商業效果在這裡是統一的，兩者（政治模式與經濟模式）具有極強的一致性，它體現著文化權力在傳媒上主導的觀念與市場機制的融洽無間。

我們還將深入挖掘《晨報》及其副刊深厚的政黨背景，抓住它背後的權力之手，理解《晨報副刊》倡導新文學的根本原因。《晨報副刊》倡導新文學實際上是研究系知識分子為實現其國家建設構想而進行的一種文化實踐。作為政黨報紙，它體現出傳媒運行的標準的政治模式，它堅持和維護的主要是研究系知識分子關於社會、政治、國家、文化等方面的觀念和立場。研究系和研究系知識分子在文學領域中是被我們長期忽視的存在。其實在五四時期新文學四大副刊中，就有兩個副刊〔註17〕有研究系背景。研究系是一個具有特殊性質的政黨派別，研究系中的許多成員既是政治活動家，也是文人學者，他們始終奔走在政治和文化學術兩個相互影響又相互交融的領域中。以梁啟超為核心的研究系知識分子，把自己作為社會理性的代表，不主張革命派的激進觀念，對傳統有自己獨特的態度，他們更看重立憲為基礎的共和民主，無論是梁啟超提出的政黨政治或者中堅政治，還是「不黨主義」、社會改造和聯邦制，他們都著重探討理性控制的社會秩序，探討建設有政治權威的國家權力，探討讓國民成為形成政治秩序主體的途徑。他們逐漸從傳統文人轉變成為用理性批判社會的知識分子。作為政黨報紙，《晨報》的誕生和發展始終伴隨著以梁啟超為核心的研究系知識分子實現其國家建設構想的實踐，它逐漸成為這個知識分子群體的文化權力，也因而擁有這個群體所提供的深厚的政治、文化資源。而《晨報副刊》也正是在這個平臺上為新文學發展繁榮做出了重要貢獻。從《晨鐘》報第五版到《晨報》第七版，再到《晨報副鐫》，從李大釗時期強烈的思想性到孫伏園階段突出的文學性，《晨報副刊》的變化也一直是在研究系知識分子的話語系統之中進行。

最後，我們將對《晨報副刊》為五四新文學做出的重大貢獻進行全面梳理。

第一，《晨報副刊》在五四思想啟蒙運動的進程中功不可沒。「啟蒙」是五四新文化運動的主潮。《晨報副刊》以強烈的使命感在啟蒙的潮流中堅持自

〔註17〕指《時事新報》副刊《學燈》和《晨報副刊》。

己的航向，傳播新文化思想開啓民智，同時又從不輕易屈從大眾的需求和趣味，成爲啓蒙時代傳媒的中堅。

　　首先，《晨報副刊》具有明確的啓蒙性質和自覺的啓蒙意識。其次，在信仰普遍失落的時代，各種認識和觀念層出不窮，但卻沒有哪一種意見能輕易得到普及；《晨報副刊》堅持自己的追求指向，在五四新文化思想的傳播中具有明確的導向作用。第三，《晨報副刊》對科學的人文化有獨特貢獻，全力支持五四新文學的全面建設。尤爲值得著重提出的是，《晨報副刊》所獨具的「問題意識」使它在啓蒙方面達到了相當的深度，並取得了顯著的效果。《晨報副刊》對科學人文化的關注和「問題意識」的提出，是其啓蒙貢獻的重要標誌。

　　第二，《晨報副刊》爲新文學提供了展示空間，培養了作家作品，傳播了新文學信息，擴大了影響，也促進了話劇、雜文等新文學體裁的繁榮，對新文學的建設功不可沒。

　　特別是在雜文和話劇方面，《晨報副刊》做出過重要而獨特的貢獻。〔註18〕

　　《晨報副刊》推動了五四時期雜文的繁榮。五四新文學初期，雜文在創作上出現了令人驚異的繁榮。把這種繁榮僅僅歸因於時代的要求，有些過於概括寬泛。事實上，傳媒這一傳播工具在其中起到了重要作用。傳媒（報刊）不僅爲雜文，也爲其他文學樣式的繁榮提供了物質條件。但雜文在文體方面的特徵卻比其他任何文學樣式都更適合文學副刊這種傳媒的要求。也就是說，報紙副刊是直接刺激、製造並推動了雜文的繁榮的最重要力量。但是，它同時也給雜文的建設和發展帶來了另一方向的影響。也許這種影響是爲啓蒙、爲宣傳的犧牲，或者是副刊本身特性的局限，但無論在當時還是以後，都無法迴避新文學初期雜文在繁榮背後的不足和缺陷。

　　《晨報副刊》不僅爲我們保存了中國早期話劇的眞實狀況，而且也有助於我們廓清並扭轉對早期話劇和話劇人的誤解及認識上的偏差。在五四之後的兩三年間，《晨報副刊》可說是主導著中國話劇發展的基地。它對話劇的關注、愛護、支持、倡導和實踐，尤其是對「愛美的戲劇」的宣傳和推廣，是當時其他任何傳媒都不能與之相比的。《晨報副刊》上記錄了話劇初創時期的艱難困境和痛苦掙扎，而像陳大悲、蒲伯英等一些早期話劇人，也在這一過

〔註18〕《晨報副刊》對新詩、小說的貢獻也很大，我們之所以專門提到《晨報副刊》對中國話劇和五四雜文發展的影響，是因爲這兩種新文學體裁的發展最能代表《晨報副刊》的特點和對新文學的個性化貢獻。

程中透過《晨報副刊》上的字字句句散發出難以磨滅的生命光彩。在《晨報副刊》上，中國早期話劇有著自覺的啓蒙追求，但是在實現啓蒙的功利目的和堅持自身的藝術特性的矛盾衝突中，早期話劇的選擇是以竭力保持自己的藝術特性爲前提。

《晨報副刊》對新文學的選擇，首先是與研究系知識分子的思想文化實踐相對應的。特別是在五四以後，梁啓超爲核心的研究系知識分子反思以「科學」爲主旨的西方文明，主張爲避免重蹈西方社會的覆轍，必須追求以國民性徹底改造爲基礎的民主主義，並因此提出必須大力推進個人的人格覺醒和精神解放，這是他們關於國家建設思想的新見解。《晨報副刊》上新文學的繁榮正是其文化實踐活動的具體體現。而且研究系知識分子提供的權力資源平臺，也成爲《晨報副刊》產生巨大社會效應的重要因素。《晨報副刊》尤其是《晨報副鐫》階段，無論在新文學創作實踐、新文學理論建設，還是新文學作家培養、新文學發展方向等方面，都顯示出巨大的影響力。不過，《晨報副刊》對新文學的傳播，在文學領域強化了「新」與「舊」二元對立的思維模式，這種文學觀念雖然對文化啓蒙意義重大，但它對「舊」的價值的取消，也不可避免地顯示出局限性。

《晨報副鐫》作爲一個載體，記錄了中國現代文學發生發展的歷史。比記錄了文學更重要的是，它同時也在記錄著生活。這些豎排的、繁體的、散發著潮黴氣息的小字，記錄著那時的人們一天一天的生活、思想、言論、爭辯和交談，它們眞實可感甚至可以觸摸，你能直接感受到他們的情緒變化甚至語氣語調。這一頁一頁的紙張，留住了每一個具體而鮮活的場景和細節。而這些場景和細節，如果再也不被人提起，歷史就會在我們對那些所謂知識、概念和口號的口耳相傳中，逐漸模糊。

第一章　報刊律法是否限制報紙副刊的發展？

　　中國現代報紙始自嘉慶、道光年間英國人在我國辦的《察世俗每月統記傳》（原名 Chinese Monthly Magazine），〔註1〕光緒之後報紙漸有起色，民國後報紙事業勃興，特別是五四時期報紙在新文化運動中起到重要作用。與這一過程相伴相隨的是，無論是清政府還是民國政府，都針對報刊的發展頒佈了相應的法律條例。而這些法律條例對當時的政治變遷、文化建設和我國現代報刊事業的發展，產生過重要影響。本章將對晚清到五四時期報刊律法的狀況及其影響做簡要梳理，探討報刊政治運行模式的特點，同時還將結合這一歷史階段文化環境的狀況對報紙副刊的發展軌跡及其不同歷史階段的不同特點進行分析，從而為我們認識五四新文學語境提供新的視角。

第一節　晚清到民初報刊生存的法律空間

一、晚清報刊律法的狀況及其影響

　　我國古代並沒有報紙專律，光緒二十七年刊行的《大清律例增修統纂集成》中，有「造妖書妖言」條例於刑律盜賊類。光緒年間著名的「蘇報案」〔註2〕

〔註1〕戈公振《中國報學史》，上海古籍出版社，2003年8月版第73、74頁。
〔註2〕1903年6月底到7月初，清政府以《蘇報》登載章太炎介紹《革命軍》文章以及章太炎、鄒容詆毀清政府圖謀不軌為藉口，逮捕章太炎，鄒容自行投案，《蘇報》館被封。後在上海外國租界審判廳，章太炎被判處三年徒刑，鄒容兩年徒刑。

判決時就引用該條例作為依據。這可以算是我國最初有關報紙的法律。主要內容是「凡造讖緯妖書妖言，及傳用惑眾者，皆斬。（監候，被惑人不坐。不及眾者，流三千里，合依量情分坐。）若（他人造傳）私有妖書，隱藏不送官者，杖一百，徒三年。」後分三款細說。

光緒三十二年六月，因戊戌後報刊特別是雜誌的一時興盛，清政府商部、巡警部、學部會定《大清印刷物專律》。該專律分大綱、印刷人等、記載對象等、譭謗、教唆和時限等六章，其中第四章譭謗部分是對印刷物內容不得譭謗進行規定，分門別類極為詳盡。最不可思議的是第五章教唆：「凡他人之著作，或出版印刷，或錄入記載對象內，因而公布於世，致釀成非法之事者，不論所釀成之事為犯公法為犯私法，各該著作人俱依臨犯不在場之從犯論。如此等著作尚未釀成犯法之事，即將著作人依所犯未遂之從犯論。」〔註3〕這是說如果有人犯了罪，說與閱讀某文章有關，那麼文章作者就成了從犯，即使犯法未遂，文章作者也是未遂從犯。這簡直極盡嚴苛，也極盡荒謬。

接著就是專門針對報紙的《大清報律》。「《大清報律》實脫胎於日本報紙法。由商部擬具草案，巡警部略加修改。於光緒三十三年（1907年）十二月，由民政部法部會奏，交憲政編查館議覆後，奉旨頒佈。但各報館並不遵行，外人所設者尤甚。宣統二年，由民政部再加修改，交資政院議覆後，請旨頒佈。」〔註4〕報律正文共四十二條，另有三條附則。條款主要對報紙註冊、報館報人管理、報紙內容要求和違反報律後的懲罰措施等做出規定。四十二條中，從第十六條起一直到最後第四十二條，共27條和懲罰措施有關。懲罰措施多以罰金為主，只有兩條涉及監禁：

「第二十二條，違第十二第十三及第十四條者，該發行人編輯人處二十日以上六月以下之監禁，或二十元以上二百元以下之罰金；

第二十三條，違第十四條第一、二、三款者，該發行人編輯人印刷人處六月以上二年以下之監禁，附加二十元以上二百元以下之罰金，其情節較重者，仍照刑律治罰。但印刷人實不知情者，免其處罰。」

可見，報律中最重要的內容是第十二、十三和十四條。這三條都是針對報紙登載的內容做出限制，其中尤以第十四條為關鍵：

「第十二條，外交海陸軍事件，凡經該管衙門傳諭禁止登載者，報紙不

〔註3〕張靜廬《中國近代出版史料》初編，中華書局1957年出版。
〔註4〕張靜廬《中國近代出版史料》初編，中華書局1957年出版。

－20－

得揭載；

　　第十三條，凡諭旨章奏，未經閣鈔、官報、公報者，報紙不得揭載；

　　第十四條，左列各款，報紙不得揭載：詆毀宮廷之語；淆亂政體之語；擾害公安之語；敗壞風俗之語。」

　　重要條款體現出對清政府統治的維護。《大清報律》是比較完整的報紙法規，它的主要內容框架對民國時期有關報紙法規也產生了相應的影響。

　　瀏覽晚清有關報刊律法，我們可以從中得到一些啓示：

　　第一，晚清報刊律法字裏行間滲透著清政府對報刊傳媒的恐懼與煩惱。我們不難看出，我國報紙在興起的初期，就是作爲對清政府統治有或明顯或潛在的威脅的現象而存在。換句話說，正是因爲特殊的歷史背景，使得報紙在我國剛出現就被賦予強烈的救國圖存的道德責任和政治色彩。且不說晚清辦報成就卓著的梁啓超在著名的《論報館有益於國事》一文中稱：「覘國之強弱，則於其通塞而已……去塞求通，厥道非一，而報館其導端也。」又說：「閱報愈多者其人愈智，報館愈多者其國愈強。」〔註5〕就連晚清頗具影響的民營報紙《申報》也開宗明義：「夫新報之開館賣報也，大抵以行業營生爲計。故其疏義以僅謀利者或有之，其謀利而兼仗義者亦有之……若本報之開館，余願直言不諱焉，原因謀業所開者耳。但本館即不敢自誇，惟照義所開，亦自願伸其不全忘義之懷也……勸國使其除弊，望其振興，是本館所以爲忠國之正道。本館以爲國爲民方爲忠國忠君利民之事也。」〔註6〕雖然並不諱言辦報實爲生計，但同時也以「爲國爲民」爲「正道」爲追求。

　　《大清報律》實際上是從反面印證了晚清人們對報紙這種事物的想像和預期。也就是說，與報紙作爲一種傳播媒介在經濟領域、文化領域或其他領域中發揮的功能相比，人們更看重它在政治領域特別是政權統治方面的功能。清政府對此則尤爲擔憂，也因此在報律中對報紙在其他領域中的功能並沒有提及，卻針對政治領域著重明確地提出限制。我們也可以這樣理解，即使報紙在經濟、文化領域發揮著同樣甚至更顯著的功能，但在以政治爲中心的時期，報紙首先滿足的是人們的政治意圖和需求。人們在報紙興起初期就形成的這種政治化的想像和預期極爲重要，它的延續與變化必定影響著後來報紙的面貌、道路和選擇。

〔註5〕1896年《時務報》第一冊。

〔註6〕《論本館作報本意》1875年10月11日《申報》。

　　第二，晚清報律體現出清政府對報紙從籠統的、缺少針對性的粗暴壓制到逐步秩序化管制的過程。《大清律例》和《大清印刷物專律》都不是專門針對報紙的條例，其中的規定也較籠統。比如《大清印刷物專律》把對印刷物內容的要求全部歸入「第四章誹謗」部分，就顯得不恰當而且表述模糊。而《大清報律》則是專門針對報紙而設，相比較而言，其內容也體現出明確的管制思路。

　　《大清報律》的管制思路主要有四個方面：一是設置辦報門檻。首先是註冊關，必須按要求向地方官衙門申請，上報省督府，再諮民政部存案；其次是對辦報人提出要求，必須年滿二十，無精神病，未經處監禁以上之刑者；第三是必須交納保押費，每月發行四回以上者，銀五百元。二是報紙內容審核制度。任何報紙發行前必須送該管巡警或地方官署，隨時查核。三是報紙內容限制。主要限制是上文中引用過的三條，全部與清政府政務相關。四是懲罰。懲罰以罰金爲主，觸犯重要條款〔註7〕的則辦報人會被監禁，而報紙暫時或永遠禁止發行。

　　我們發現，《大清報律》確實體現出清政府力圖建立完整的管制體系。事實上也是如此，《大清報律》提出的管制框架到民國時仍然被套用，袁世凱時期制定的《報紙條例》與之相比甚至有過之而無不及，其限制更嚴，規定更細。我們也同時注意到，《大清報律》作爲一種制度是後於現象而出現的，但它所提供的管制體系並沒有顯示出開闊的視野和應有的明智。必須指出，這個體系是純粹限制性的，而且單一地限制在政治性，不關經濟，少涉及文化，只有罰懲，沒有倡導，更談不上寬容。

　　而實際上，作爲一種制度，最重要的莫過於形成一種空間，營造一種相互信任的想像和預期，規定人們行爲的一種規範。制度形成的制度環境對一種新事物的發展非常重要，寬鬆的具有包容性的環境往往會促進事物的自我調適並謀求發展。而且基於某種技術的產業，其制度的形成並不需要有人去刻意設計，而是自己在市場中解決的。但顯然，清政府制定的《大清報律》能夠提供的只能是一種被扭曲的環境。

　　第三，晚清報刊律法在歷史進程中的實際效用是隨著政治形勢的變化而變化的。

　　晚清報刊律法對當時報刊經營的實際約束力到底如何呢？人們對這一問

〔註7〕第十二、十三、十四條。

題的陳述看起來似乎有相互矛盾的地方：

戈公振在《中國報學史》、《清末報紙之厄運》中說：「故當時大吏之守舊者，常禁民間閱報；言論稍有鋒芒，鮮有不遭蹂躪者。報律頒行以後，官廳益有所根據，憑己意以周內。」其下例舉從光緒三十一年到宣統三年報館案，如：「光緒三十一年漢口《楚報》以宣布粵漢鐵路借款合同被封，主筆張漢年監禁十年。《重慶日報》以宣布知府鄂芳劣跡被封，主筆卞小和下獄死……宣統元年《湖北日報》以插畫有諷刺當道嫌疑被封……宣統三年漢口《大江報》以時評題爲『大亂者救中國之妙藥也』被封，主筆詹大悲監禁一年……」〔註8〕可見《大清報律》執行極爲嚴苛，其刑罰標準遠遠高於報律規定。

但在管翼賢的《北京報紙小史》〔註9〕中說：「光緒末葉數年，出報既不報官廳，其言論之自由，可謂有聞必錄。對於政治之得失，內外大員之善惡，皆可盡情指責；人民之冤抑隱疾，更可盡情登載。」又有「宣統入承大統……國事爲之驟變，民氣爲之活躍……北京報紙亦應時發展，一齊主張施行憲政……一時人材薈萃京師，大有恢復戊戌維新狀態……各省維新人物既皆來京，京中新聞業自趨發展，蔚然大有可觀。」這似乎又表明清末報刊並未受多少約束。

還有人說：「由於清朝統治者採取欺騙和拖延的政策，民主立憲派的報紙宣傳革命，君主立憲派的一部分報紙，對清朝統治者時加攻擊，清政府曾多次制定報律，以限制報刊的活動……1910年10月，北京『國民公報』『帝國日報』等七家報紙聯合上書資政院請修改報律條文，仍然毫無結果。」〔註10〕這段話又表明大清報律對清末報紙的壓制很嚴。

其實，這幾種看似矛盾的說法都符合史實，並不相互牴觸。它們就是這樣戲劇性地發生在同一個歷史階段。我們從上面的引述中也能找到原因，這一切都來源於政治形勢的反覆無常和瞬息萬變。作爲制度的律法其實只是政治鬥爭的一種工具，它的產生、制定、功能和效力要隨時滿足清政府統治甚至是某一政治事件的需要。

〔註8〕戈公振《清末報紙之厄運》，《中國報學史》第203頁，上海古籍出版社2003年出版。

〔註9〕楊光輝、熊尚厚、呂良海、李仲民編《中國近代報刊發展概況》，新華出版社1986年9月版。

〔註10〕黃河《辛亥革命前後的北京報刊》，《中國近代報刊史參考資料》下冊，中國人民大學新聞系，1982年4月版。

第四，《大清報律》暗含著晚清報紙的某些特點。

《大清報律》全文只爲政治統治需要，在最關鍵的第十四條列出的四條禁載內容中〔註 11〕，只有最後一條有關社會風俗教化。最值得注意的是，全文隻字不提報紙與經濟領域的關係，並不把報紙看作一種產業經營。《大清報律》的這些傾向實際上隱含了清末報紙的某些特點：

一是報紙普遍論政，晚清報紙主流政治性較強。戈公振在《中國報紙進化之概觀》中指出：古代「邸報」產生之初就是官府政治上的一種需要。清初改爲「京報」。清末下詔，預備立憲，方正式發行《政治官報》，作爲朝廷宣布法令之機關。官吏有知宣傳之利者，或自出資創辦報紙，或收買報紙作爲自己的喉舌，這是半官報之濫觴。迨民報論調，多數黑心而鼓吹革命，清廷曾於內地屬行封禁，有代以官報之意。中日戰後，強學會主張君主立憲發行報刊，開華人論政之端。戊戌政變後，有志之士，舉其積慮，訴之民眾。有以介紹學藝爲己任者，有以改良政治爲目標，於是一般對於報紙，漸有活潑的政治與藝術思想。

戈公振的這些記述描述了晚清報紙政治性的由來。此時的政府官報、戊戌政變時維新報刊，預備立憲後君主立憲與民主立憲報刊的一時興盛，都具有濃厚的政治色彩。當然，這些報紙中，有以一心爲國爲民爲宗旨的報紙，也有不以國家爲前提，只爲一黨或個人之私利的，更有在清政府壓迫下放棄新聞眞實原則的報紙混跡其中。這些政治性較強的報紙因而更多地受到報律的支持、管制或利用。

二是正因爲清政府的注意力只在政治統治上，反倒爲有關「風俗」的另一類型報紙的發展延伸出空間，即所謂「小報」。這類報紙較少牽涉政治，多談「風月」「勾欄」，但卻是眞實社會生活的記載，對通俗文藝的發展也有重要意義。據阿英《晚清小報錄》〔註 12〕所載，晚清「以遊戲筆墨，備人消閒」的小報有三十二種，「這是已知的當時小報最大數量」。這類報紙顯然受報律的影響不大，卻因只顧經營備受報人或後人歧視與指摘。

三是晚清報紙「不以營業視報紙」〔註 13〕，在經濟經營方面是空白。就拿廣告來說，戈公振在《中國報紙進化之概觀》一文中說：「《申報》初創時，

〔註 11〕這四條包括：詆毀宮廷之語；淆亂政體之語；擾害公安之語；敗壞風俗之語。

〔註 12〕《中國近代報刊史參考資料》上冊，中國人民大學新聞系，1982 年 4 月版。

〔註 13〕熊少豪《五十來年北京報紙之事略》，《中國近代報刊發展概況》，新華出版社，1986 年 9 月版。

取價（指廣告）：西人廣告較華人廣告爲貴，但華人殊無登廣告之習慣，故不久取消，西人廣告因是充滿於各報。」「至以廣告爲振興商業之原動，更茫無所知」〔註 14〕。這種「不以營業視報紙」的狀況，到了民初仍無更多改變。晚清報紙即使在事實上已經成爲經濟生產的一個環節，但當時的人們對此的意識仍然是模糊不清的。

二、民初報刊的輿論空間

民國元年三月，南京政府內務部以前清報律未經民國政府聲明繼續有效，應即廢止。但同時因民國報律還沒頒佈，故暫定報律三章，要求報界遵守：一是要求期限內已經出版的新聞雜誌社須就近向地方高級官廳呈明並報內務部註冊，之後出版的須在發行前呈明註冊，否則不准發行；二是「流言煽惑，關於共和國體有破壞弊害者，除停止其出版外，其發行人、編輯人並坐以應得之罪」；三是「調查失實，污毀個人名譽者，被污毀人得要求其更正。要求更正而不履行時，經被污毀人提訴訟時，得酌量科罰。」〔註 15〕就是這簡短的三條剛剛提出，就受到全國報界俱進會的反對。他們致電孫中山，孫中山立刻要求內務部取消報律：「案言論自由，各國憲法所重……又民國一切法律，皆當由參議院議決宣布，乃爲有效。該部所布暫行報律，既未經參議院議決，自無法律之效力……尋繹三章條文，或爲出版法所必載，或爲憲法所應稽，無所特立報律，反形裂缺。民國此後應否設置報律，及如何訂立之處，當俟國民會議決議，勿遽亟亟可也。」〔註 16〕表面看這似乎只是報刊律法歷史上的一個小插曲，但實際上，這個小插曲背後卻有著極其複雜的政治鬥爭，而從這些政治鬥爭中我們又可以追索出有關報刊發展的一些基本問題。本文將在後面對這一過程做具體分析。

民國元年到 1914 年《報紙條例》頒佈之前，《大清報律》在民國初期仍有餘威。「民國成立後，各省尚有援用此律，以壓制輿論者。迨報紙條例頒佈，始失效力。」〔註 17〕但《大清報律》遠不及袁世凱的手段更有實際效果。袁世凱在壓制輿論方面著力非常，金錢收買，武力打擊，最終立法管制。

〔註 14〕熊少豪《五十來年北京報紙之事略》，《中國近代報刊發展概況》，新華出版社，1986 年 9 月版。
〔註 15〕張靜盧《中國近代出版史料》初編，中華書局 1957 年 12 月出版。
〔註 16〕張靜盧《中國近代出版史料》初編，中華書局 1957 年 12 月出版。
〔註 17〕張靜盧《中國近代出版史料》初編，中華書局 1957 年 12 月出版。

報紙條例-1

報紙條例-2

　　《報紙條例》是民國三年（1914 年）四月由袁世凱制定，國務總理孫寶琦及內務部長朱啓鈐之副署公布。第二年七月又加以修改，以國務卿徐世昌之副署公布。從該條例的結構和內容來看，「大多抄自民元已行廢止的大清報律」〔註18〕。條例並未經議會通過，因此才被稱爲「一種命令式之法律也」。條例三十五條，其中重要內容與大清報律相比，更加苛刻。〔註19〕如：

　　辦報門檻進一步提高，擴大對報紙發行人、編輯人、印刷人條件的限制。第四條規定：本國人民年滿二十歲以上，無左列情事之一者，得允報紙發行人、編輯人、印刷人：一、國內無住所或居所者；二、精神病者；三、褫奪公權尚未復權者；四、海陸軍軍人；五、行政司法官吏；六、學校學生。其中最值得關注的是最後一條，明文規定學生不得辦報。

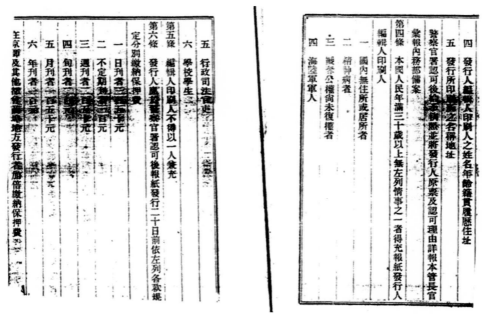

報紙條例-第四條

　　採用保證金制度。第六條按日刊、不定期刊、週刊、旬刊、月刊、年刊的類別，分別規定了保押金數額。日刊三百五十元，數額最大。在京師及其他都會商埠地方發行者，加倍繳納保押金。但專載學術、藝事、統計、官文

〔註18〕賴光臨《七十年中國報業史》，中央日報社，1981 年 3 月初版。
〔註19〕張靜廬《中國近代出版史料》初編，中華書局 1957 年 12 月出版。

書、物價報告之報紙，免繳保押費。這一規定透露出對政治性報紙的控制仍是重點，但學術文藝報刊的空間較大。

最關鍵的是禁載內容，也就是本條例的核心內容增至八條。

報紙條例-第十條

第十條：左列各款，報紙不得登載：一、淆亂政體者；二、妨害治安者；三、敗壞風俗者；四、外交、軍事之秘密及其他政務經該管官署禁止登載者；五、預審未經公判之案件及訴訟之禁止旁聽者；六、國會及其他官署會議，按照法令禁止旁聽者；七、煽動曲庇讚賞救護犯罪人、刑事被告人或陷害刑事被告人者；八、攻訐個人陰私，損害其名譽者。

在第二十二條、二十三條中，凡被認爲違犯第十條規定的，均可被禁止發行，發行人、編輯人、印刷人也都應被判有期徒刑。

民國三年（1914 年）十二月五日，由袁世凱制定，國務卿徐世昌之副署公布了另一重要法律《出版法》。該法第十一條與報紙最有關係，內容與《報紙條例》第十條基本相同。之後「第十條」始終是政府進行報紙管理的主要依據。在《報紙條例》被廢止後，《出版法》的運用則更被認爲非常便利。

出版法 法律第十八號　三年十二月五日

第一條　用機械或印版及其他化學材料印刷之文書圖畫出售及散布者均為出版

第二條　出版之圖係人如左
一　著作人
二　發行人
三　印刷人

第三條　出版之文書圖畫應將左列各款記載之
一　著作人之姓名籍貫
二　發行人之姓名住址及發行之年月日
三　印刷人之姓名住址及印刷所者名稱並其印刷所有名稱者為限

第四條　出版之文書圖畫應於發行前分散布兩處諸管轄官署非府出版物以一分送該官署

第五條　前條之寫報應由發行人及著作人聯名行之但非賣品得由著作人或發行人一人行之

一六

出版法-1

其不受著作權保護之文書圖畫得由發行人申明理由行之

第六條　以學校公司局所寺院會所之名義出版者應用該學校等名稱處報

第七條　以無主之著作發行者應預由登載官報俟一年內無人承認方許真報

第八條　編號逾次發行或分散發行之出版物應於每次發行時真報

第九條　已經備案之出版物再版時如有修改增減或添加註釋插入圖畫者應依第四條之規定重行真報備案

第十條　凡信束報告會章校現族譜公啟講義契勞惡恩護單燴告照片等類之出版不適用第三條第四條之規定但遇有違反第十一條第十二條之規定時仍依本法處理之　其仿刻照印古書籍金石載在四庫書目經敎育部審定者適用前項之規定

第十一條　文書圖畫有左列各款情事之一者不得出版
一　淆亂政體者
二　妨害治安者
三　敗壞風俗者
四　樞動尚庇犯罪干人刑事或隱害刑事被告人者
五　輕罪重罪之預審案件未經公判者
六　訴訟改合調事件之禁止勞載者
七　揭載軍事外交及其他官署機密之文書圖畫者但得該官署許可時不在此限
八　攻訐他人陰私概害其名譽者

第十二條　在外國發行之文書圖畫違犯前條各款者不得在國內出售或散布

一七

出版法-2

第十三條　依第十一條禁止出版之文書圖畫及依第十二條禁止出傳或散布之文書圖畫有出版或出傳散布者該管警察官署認爲必要時得沒收其印本及其印版

（一八）

第十四條　違反第三條第四條第八條第九條之規定者處發行人以五十圓以上之罰金

第十五條　違反第十一條第一款第二款者除沒收其印本或印版外處著作人發行人印刷人以五等有期徒刑或拘役

第十六條　違反第十一條第三款至第七款者除沒收其印本或印版外處著作人發行人以一百五十圓以下十五圓以上之罰金

第十七條　違反第十一條第八款經被害人告訴時依刑律處斷

第十八條　違反第十二條者依第十五條第十六條第十七條處罰

第十九條　依第十三條第十五條第十六條應沒收之印本或印版依其體裁可爲分割時得分割其一部分沒收之

第二十條　應受本法之處罰者不適用刑律累犯罪發罪課自首之規定

第二十一條　關於本法之公訴期間自發行之日起以一年爲限

第二十二條　本法所定屬於警察官署權限之事項其未設警察官署地方以縣知事處理之

第二十三條　本法自公布日施行

出版法-3

　　1916 年，袁世凱倒臺。7 月，內務部發文廢止《報紙條例》。9 月，內務部警政司又出臺了《檢閱報紙現行辦法》七條，作爲對處於混亂狀態的報紙進行管理的依據。〔註 20〕主要內容是：選派專人逐日檢閱在京出版的報紙，在外省或外國出版的報紙也要選購檢閱；把現行法律中有關報紙的規定作爲檢閱報紙的標準（當時顯然主要是指《出版法》）；檢閱人要分類檢閱，並把檢閱情況報次長總長，「事關重大者應用部令行知警廳辦理」等。

〔註20〕袁世凱倒臺後，報紙條例廢止，報紙管理一時處於無序狀態。當時交通總長許世英曾向內務部詢問：「諮開報紙條例既經廢止，將來出版新聞紙交郵局遞寄者應否仍令取具地方核准執照，抑或不論有無執照概與掛號請查核見覆。」這是交通部在 1916 年 7 月發給內務部的文件。內務部 7 月 24 日回覆說：「因查報紙條例雖經廢止而開設報館亦爲營業之一種，對於地方官署負有稟報之義務，至於稟報手續及領取執照均不可無劃一辦法，以資統計。現在本部正在擬訂此項章程，俟擬訂後再行通行辦理。」這就是《開設報館稟報規則》。可見當時政府在報紙管理方面出現的空白。

謹將本司檢閱報紙現行辦法七條開呈

鈞閱

計開

第一條　凡本京出版之報紙均購取一分由司檢定專員二員逐日檢閱

其在外省或外國出版者得視需要選擇一件

檢閱報紙現行辦法-1

檢閱

第二條　現在報紙條例業經廢止應將現行法律中有關報紙之規定者另行實抄一冊詳加閱記以為檢閱之標準

第三條　檢閱員應注意之事約分類如左

（一）關於憲法及一切法律之件

（一）關於國會之件（兩院速記錄不在此限）

（一）關於公府及國務院之件

（一）關於外交之件

（一）關於內務之件

（一）關於財政之件

（一）關於實業及交通之件．

檢閱報紙現行辦法-2

（一）關於軍政之件

（一）關於司法之件

（一）關於教育之件

（一）雜項

第四條　檢閱員應就前條列舉事類按日裁
　　　裁分等粘存呈請

第五條　各報所載關於本部事項如檢閱員確
　　　如為不實者應即先就粘存等內記明呈閱
　　　後用本司名義函令更正　但事關重大者應
　　　用部令行知警廳辦理

　　　次長核閱

　　　總長核閱

第六條　已經檢閱之報紙由檢閱員蓋印某員

檢閱報紙現行辦法-3

閱訖戳記异須按日整理收存　每逾三個月即
將第一個月之報招商變價

第七條　如有未盡事宜隨時斟酌的改訂

捐資興學褒獎條例　附執照及獎狀式樣　二年七月二十八日　三年十一月二十九日修正

第一條　人民以私財設立學校或捐貲入學設准由地方長官開列事實表冊詳請獎獎

檢閱報紙現行辦法-4

　　《報紙條例》廢止後，雖然仍有《出版法》以及像《檢閱報紙現行辦法》〔註21〕、《開設報館稟報規則》〔註22〕之類的報紙管理條款，但成體系的報紙專門律法暫時缺失。《出版法》也一再受到以「言論自由」爲根本的民主政治的反對和抵制。1921 年，全國報界聯合會掀起了反對袁世凱及安福系所頒出版法等條例的行動。不過，直到 1926 年 1 月 29 日，因北京報界強烈要求，政府才下令廢止《出版法》。

　　與晚清相比，儘管袁世凱的《報紙條例》沿襲了《大清報律》，看起來民初報刊律法的內容變化並不大，但是報刊律法的影響卻有了新的特點。

　　第一，晚清到民初，報刊律法一直是專制統治的工具，它的存在或消失取決於政治權力的更迭與替讓，報刊的發展狀況也隨之發生相應的變化。

　　據查，我國報章數量，「光緒十七年（1891 年）計三十一家，民國二年（1914年）三百三十一家，民國十年（1921 年）八百二十一家。民國十四年郵局統計，全國報紙已達千餘家。」〔註 23〕單從數量上看，在北伐之前，報紙的數量整體處於持續增加的狀態，特別是在民國初年和五四後形成兩個峰期。這種走勢顯然與政治權力的變化關係密切。

　　辛亥革命推翻清政府後，報刊發展出現了短暫繁榮。民國初始，黨派林立〔註24〕，多數設立報刊作爲言論機關。再加上當時辦一份報紙並不需要多大費用和人力，幾個人十幾天就辦一份報紙，成爲民初辦報的典型例子。因此報紙數量，陡然增加。「新報紛紛創立，全國報紙達到 270 家」。〔註25〕而戈公振在《民國成立以後》一文中更說：「當時統計全國達五百家，北京爲政治中心，故獨佔五分之一，可謂盛矣。」〔註26〕但這種情況隨著袁世凱的把持政權後很快發生驟變。1913 年底調查材料顯示，全國在辛亥革命前後發展起來的五百多種報刊，此時只剩下一百三十九種。「據當時的記者報導，北京的國民黨報紙一律

〔註21〕《內務部警政司檢閱報紙現行辦法》，原始檔案藏於南京中國第二歷史檔案館，案卷號一○○一（2）840。
〔註22〕《廢止報紙條例宣布報館開設稟報規則及有關文件》，原始檔案藏於南京中國第二歷史檔案館，案卷號一○○一（2）838。
〔註23〕周孝庵，《中國最近之新聞事業》，《東方雜誌》二十二卷九號。
〔註24〕據臺北中央研究院近代史研究所 1985 年出版張玉法《民國初年的政黨》的不完全統計，從辛亥革命爆發到 1913 年底，新興的公開黨史社有 682 個。
〔註25〕賴光臨《中國新聞傳播史》，三民書局印行，1978 年 10 月版。
〔註26〕戈公振《民國成立以後》第 208 頁，《中國報學史》，上海古籍出版社 2003 年8 月出版。

停止，北京成百家報紙只剩下二十多家。」〔註 27〕而在袁世凱死後，黎元洪繼任，「舊國會與約法次第恢復，報界慶獲得一時的自由」。〔註 28〕《報紙條例》廢止後，報刊發展的氛圍日趨緩和，五四前後更處於相對寬鬆的狀態中。

《1916～1918 年警政司關於報紙行政成績報告稿底》（藏於中國第二歷史檔案館，案卷號一〇〇一 3202）中存有《京內外報紙報部立案附表》，記錄了 1916～1918 年間報紙發展情況。「民國以來報館林立，除前清及民國元年至四年曾經報部繼續開設並未經報部立案不計外，約計五年起至七年止，新開設者 263 種。」後附有列表：

類別	日刊	週刊	旬刊	月刊	年刊	不定期刊
漢文	222	13	2	16	0	10
英文	4					
圖畫	7					

表中注有：表內所列各報數目以報部有案業經批准者為限，凡未經批准者概不填列；報館名目繁多，未列舉概以文字分別填列；表內報館數目係自民國五年一月起至七年十二月止，凡不在此期限以內者概不填列；此類別係以報紙條例所規定各類為標準。

另一方面，我們更應注意到，報刊作為一種影響力極大的傳播媒介，無論是民主政治還是專制政權，都會出於維護自身統治的需要通過報刊律法限制所謂的「言論自由」。民初關於民國《暫行報律》的鬥爭就說明了這一問題。

1912 年 3 月 4 日，南京臨時政府內務部宣布《大清報律》無效，在民國報律沒有頒佈前，擬定《暫行報律》三章。《暫行報律》一出，立即引來多方反對，只是反對者各懷心事：上海中國報界俱進會就本著共和國體應該「言論自由」的原則，對《暫行報律》「報界全體萬難承認」，《暫行報律》是「欲襲滿清專制之故伎，鉗制輿論」。而 1912 年的章太炎則站在南北妥協的立場，在《大共和日報》上發表社論《卻還內務部所訂報律議》，質問：「是否昌言時弊，指斥政府，評論約法，即為弊害共和國體？」〔註 29〕他不承認內務部

〔註 27〕梁家祿、鍾紫、趙玉明、韓松《中國新聞事業史》第 120 頁，廣西人民出版社，1984 年 8 月版。
〔註 28〕賴光臨《中國新聞傳播史》，三民書局印行，1978 年 10 月版。
〔註 29〕梁家祿、鍾紫、趙玉明、韓松《中國新聞業史》第 116 頁，廣西人民出版社 1984 年出版。

權力，實際上當然是不承認孫中山的南京臨時政府，而更傾向於借助北洋軍閥權力走「咸與維新」的道路。除了反對共和及主張妥協的人外，在革命派中也有人反對報律。上海各報聯名發表反對《暫行報律》通電，其中就有同盟會報紙《民立報》。原本勢同水火的各方勢力在《暫行報律》公布之時，卻如此一致地聯合起來表示反對，這使《暫行報律》顯得如此不合時宜。實際上，剛剛建立的脆弱的共和政體和民主政治此時最需要《暫行報律》的支持與維護，而那些崇尚「言論自由」理想的民主人士，卻沒想到自己正在無形中對袁世凱奪取大總統權力提供了助力，正在親手把民主送走。孫中山迫於壓力，宣布《暫行報律》「未經參議院議決，自無法律效力」。儘管在此後的 3 月 11 日，孫中山公布了參議院通過的《臨時約法》，《臨時約法》中也有「人民有言論、著作、刊行及集會結社之自由」的規定，但眾所周知，在袁世凱攫取政權後，《臨時約法》就成了一紙空文。

　　單純從「新聞自由的階級性」的角度來理解這段耐人尋味的歷史似乎還不充分，表面上是關於報律的激烈爭執，內中卻是政治權力的消漲起伏。所謂律法，完全從屬於政治權力。人們似乎都以為報刊原本是沒有任何屬性的傳播媒介，「言論自由」與「真實」的原則只是自身的獨立意志和本質屬性，但當「言論自由」已經成為民主政治的重要表徵時，它已經不可能處身事外，而只能成為政治權力鬥爭中的砝碼，此時再竭力標榜自身的獨立意志，顯然並不是一個清醒的判斷，儘管看起來理直氣壯姿態昂揚，結果卻是傷害自己。這一理解至關重要，對當時的報業和報人都至關重要。

　　第二，儘管很多史家和研究者都指出，晚清民初報刊律法是統治者箝制言論自由的有力工具。但如果從歷史事實來看，報刊律法在更多的時候只是一個招之即來揮之即去的堂皇招牌，遠不如法律之外的途徑來得更加實惠有效，破壞力和殺傷力更大。報律與其他法律一樣都有被架空的現象。

　　以袁世凱為例，無論是在出臺《報紙條例》之前還是之後，他都並不是主要依據報刊律法壓制、破壞報刊發展的，他的手段遠比律法更加靈活有效。首先是名利引誘。聘報人做顧問、諮議、參議，授予官銜，發給薪水。袁世凱用於收買報館的費用竟然達到百萬元。梁啟超反對帝制，寫成《異哉所謂國體問題者》一文，袁世凱以十萬元的價碼想讓該文不發表，被梁拒絕。〔註30〕到段祺瑞時更加荒唐，他曾經向北京各報館及通訊社派發津貼，多的達到

〔註30〕賴光臨《七十年中國報業史》第 19 頁，中央日報社民國 70 年三月初版。

每月六百元，少的也有三四百元。〔註31〕

其次濫用政治權力，禁止報刊出售和郵遞。二次革命時，國民黨報紙多被袁世凱封殺，很多報紙進入天津上海的租界繼續出版，如民權、民立、民強各報在上海租界發行，袁世凱無法查封，但袁世凱卻禁止這些報紙在租界外售賣，結果導致這些報紙因經濟困難而被迫自動停刊。〔註32〕1915年，袁世凱下令改1916年爲洪憲元年時，淞滬警察廳曾給日報公會發函威脅：「查各報不用洪憲紀元，既奉部飭停止郵遞，敝廳管轄地內，事屬一律，應即禁止發賣，並將報紙沒收。」結果是上海報紙全把「洪憲紀元」四個字橫嵌在年月下面，儘管用的是六號字；而北京報紙更加不堪，竟在報紙上使用「臣記者」的稱謂，一時成爲一個口口相傳的新名詞。〔註33〕

再者就是直接使用武力封報館抓人。警察廳可以隨時派人查封報館抓捕報人，有時出動軍警百人。1913年5月，北京《國風日報》兩名發行部職員及會計一人、編輯一人、記者多人被抓，報館因沒有人工作被迫停刊。〔註34〕

這些手段顯然不是依據報刊律法而爲，但這些手段導致的結果卻比報刊律法的管制更加直接，立竿見影，尤其是對報刊正常發展所要求的很多基本條件破壞嚴重，比如報業的獨立意志、報刊從業人員的職業道德、報業生存環境等。所以，報刊律法只不過是專制權力爲自己的專制行爲尋找合法化的一個工具，當專制者已經顧不及用合法化掩飾自己的專制暴力時，律法也就變得毫無意義。北洋時期走馬燈一樣的掌權者就是如此。因此，雖然有法，但與專制權力相比，它更像一個擺設。

三、五四前後的文化氛圍

從整體上看，從晚清到五四，以報刊律法狀況及其影響爲重要參照值的文化氛圍，是一個逐漸趨於寬鬆的過程，特別是從《報紙條例》廢止到五四前後，相對寬鬆的文化環境成爲新文化運動的有利條件。

這種環境有一個大的背景。正像上文所指出的那樣，政府權力更替頻繁，國家權力的私權化特別是法律的虛化嚴重，導致政府合法權威受到質疑，政府管理也存在虛化傾向。曾任日本駐華公使的芳澤謙吉的敘述（他當時駐北

〔註31〕同上第52頁。
〔註32〕同上第20頁。
〔註33〕同上第20～21頁。
〔註34〕同上第21頁。

京，目擊許多政變發生）就說明了這一點：「我六年以上作為日本的公使駐在
北京時，屢遭政變，我從所住的公使官邸的樓上，幾乎每年都看到內亂。大
正六年（民國六年）張勳復辟時，我是參事官，彈丸頻頻射中我官邸的磚瓦。
直隸派的政府，安福派的政府，奉天派的政府，每年都有政府的更迭，而且
多屬所謂政權，是否可以稱為政府尚屬疑問。政變既然頻繁，所以助一個政
權而不顧其他政權，是頗為危險。」

看看袁世凱後北洋時期政府權力的更替情況：〔註35〕

總統	任期	重要事件
黎元洪	1916 年 6 月到次年 6 月	段祺瑞任國務總理，府院爭權，張勳復辟，黎下臺
馮國璋	1917 年 8 月到次年 9 月	安福系掌權，解散國會，安福系包辦重新選舉，馮段之爭，馮下臺
徐世昌	1918 年 7 月到 1922 年 6 月	民國九年直皖戰爭，皖敗段下臺。接著直奉戰爭奉敗直系控制北京政府
黎元洪	1922 年 6 月到次年 6 月	直系借黎復職趕走徐
曹錕	1923 年 10 月到次年 11 月	曹賄選任總統。直奉二戰，直系馮玉祥倒戈，曹被囚
段祺瑞	1924 年 11 月到 1926 年 1 月	張作霖與馮玉祥讓段出任臨時執政，北京政府無總統。接著直系反擊奉系，張敗退出關。26 年奉直合攻馮，段欲作內應被發覺，皖系告終。奉系張作霖控制北京政府，自稱大元帥，並設大元帥府

儘管袁世凱推行帝制以失敗告終，但袁之後軍閥間的混戰並沒有改變國
家權力擴大與國家權力私權化日益嚴重的狀況，政府的合法性和權威性無法
得到認可，律法的約束職能很難實現，政府管理的功能與效率理應受到質疑。

據《七十年中國報業史》上的數據，從 1916 年到 1926 年，特別是 1916
年到 1921 年，全國報紙數量是逐年上升的，到 1921 年達到頂峰。具體數據
如下：

〔註35〕根據李新、李宗一編《中華民國史》整理，中華書局 1987 年出版。

年份	報紙數量
民國五年	290 種
民國七年	220 種
民國八年	280 種
民國十年	550 種
民國十五年	330 種

從表中數據看，雖然軍閥割劇，政局混亂，報紙的發展雖然不迅猛，但還是呈現出穩步上升的狀態。尤其是 1919 年五四運動後，社會大眾對報紙的需求猛增，1921 年增至 550 種。

雖然在十年中，整體看報紙數量增長僅爲 40 種，但有數據顯示，報紙本身的發行數卻增長很快。1916 年到 1921 年，郵遞報紙每一年都在增加，每年都會增加一倍。到 1925 年，上海的申報和新聞報的發行，竟然突破十萬大關，創造了空前的紀錄。

可以看出，當時政府對報紙的管理，主要放在通過直接粗暴手段，採用嚴格註冊申報條件和抓人封館等方式，控制報館數量上的增加，但對報紙言論空間的控制卻並沒有多少實際效果。政府無法阻擋社會大眾出於對國家時事和社會變革的關注而閱讀報紙的迫切需求，更無法阻擋城市人口迅速增長帶來的文化需求的高度膨脹。在 1914 到 1920 年間中國民族工商業發展的黃金時期，城市工人數量大大增加。北京在 1919 年人口爲 60 萬，但 1923 年就增長到 110 萬人。城市人口的增加，爲報紙的發行帶來了巨大空間。

再看政府對報紙的管理，雖然軍閥對報紙的壓制手段強硬殘暴，但同時從另一方面也體現出他們對報紙的懼怕。張勳復辟短暫的十幾天時間裏，竟然查封了十四家報館，創造了封閉報館的最高記錄。段祺瑞在袁世凱死後出任國務總理，他意圖借助日本力量制服國內反對他的力量。1918 年九月，他向日本借款被報界披露並引發社會強烈批評，結果他把包括《晨鐘》報、《大中華日報》在內的八家報館查封，並且抓捕報紙編輯。相關報館編輯不得不逃往日本，《國民公報》的編輯被捕入獄。另一方面，軍閥對報紙也有懼怕心理。王新命在《新聞圈裏四十年》中曾說，黎元洪，包括直系的馮國璋、曹琨等人，「也都不敢爲著言論或新聞，而得罪一報館或通訊社，縱令有些報紙的言論和新聞，顯然都已觸犯刑法上的誹謗罪，但黎、馮、曹那些人，卻也總不肯提起訴訟。」王新命甚至認爲，在這三個人擔任總統期間，北京報人

反而有著「處士橫議的自由。」這反映出軍閥政府雖然能下狠手決定報館生死，但同時卻對報紙輿論束手無策。也就是說，正是因為報紙是發表言論形成公共輿論的地方，軍閥對報紙就心存顧忌，只要報紙不直接觸犯軍閥政府，軍閥政府就不會強行以對，而往往採用收買和籠絡等軟性手段。而報紙則利用全國軍閥割據，沒有任何一方能夠掌控全域的狀況，可以借一方軍閥攻擊另一方軍閥，在各軍閥建立的割據區夾縫中尋求言論建設和紓解民情的發展空間。因此，這個時期，報紙就在這樣的情況下，反而享有一定限度的言論自由，而文化、文學、藝術等言論空間相比較而言更加寬闊，也為中國新文學的發生、發展和建設創造了條件。

　　1919 年的五四運動，報紙在前一段時間的鋪墊和醞釀基礎上迎來了大的發展。從報刊數量上看，1919 年新創設的報刊（報紙和刊物，不只是報紙）達到 400 種，在周策縱《五四運動研究資料》上，甚至列出了 604 種這個時期出版的新報刊。與此同時，在前一階段培養起來的，數量越來越龐大的讀者，他們的消費需求成為推動報紙發展的最大動力。已經不再是政府、政黨的政治宣傳，甚至並不完全是知識精英的啟蒙訴求，而是廣大讀者對於信息、知識和文化的海量需求，成為報紙發展的內在推動力。特別是以青年學生為主的讀者群體，他們求知欲強烈，推動了報紙在內容上的改革更新。因此，不再是長篇大論和政治宣傳文章，而是短小、時效性強的新聞信息、時評短論以及與政治不直接聯繫的副刊內容成為報紙最受歡迎的部分。無論是政黨報紙還是商業報紙，要獲得更多讀者的青睞，增加自身在報界的影響力，都必須在內容上進行調整和改革。以前政黨報紙以宣傳明確思想和立場觀點、「評論至上」的長篇評論，影響逐漸衰弱。1919、1920 年間，這類報紙的銷量在減少，一般僅為兩三千份，最多不超過五千份。報紙經營效果不佳，收益減少，生存壓力增加。而商業性報紙則因此獲得了發展機遇。商業性報紙雖在長篇評論上不佔優勢，但他們開始著力往新聞方向轉移。以政治新聞為例，當時北京是報館必占的政治新聞源地，很多報館都在北京設置駐京通信員（如申報、新聞報、時報等）。這些通信員可以在與朋友談天說地間，就能寫出富有文采兼有評論分析的新聞評論或者通訊稿，非常受讀者歡迎。而最突出的現象，就是報紙副刊的改革和發展。1919 年以後，報紙副刊普遍改革，越來越成為讀者最喜歡閱讀的內容。很多報紙副刊通過改革，擔負起傳播新思想、學術、文學和娛樂的多重任務。在五四新文化運動中，報紙副刊扮演

了重要角色，也起到了重要作用。就如《晨報副刊》，「時北京、上海各地報紙，登載報尾文章，不脫紅男綠女的小說與筆記，或鬼怪神話、黑幕秘訣等，晨副完全割棄這類文字，給人煥然一新的感受。」以研究系報紙的背景，以「系內多學界中人」，成就了「以言附刊之精彩，舉國無其匹也」的影響和地位。

　　如果我們從新聞出版領域的政府管理體制、程序與具體狀況入手，就可以對當時文化環境的特點有切實的認識和體會。

　　1921 年 1 月，內務部警政司第四科要求組織著作及出版物研究會抑制新思潮傳播。據第四科呈文（藏於南京中國第二歷史檔案館，案卷號一〇〇一（2）822）：「查近來新思潮之傳播，幾有日盛之勢，而印刷物實爲其媒介，本部爲維持治安防隱患起見，擬就部中組織研究委員會，對著作物及出版物，認爲有研究之必要者，隨時搜集研究。」文後附有章程，交內務部總長審閱。

　　1921 年 7、8 月間，京師警察廳（總監殷鴻壽署名）曾向內務部警政司第四科呈文，提出取締通訊社和報館的各種辦法，第四科長沈學範在向內務總長轉呈此文前，提出了自己對京師警察廳建議的看法，並將這些看法和呈文一起轉內務總長，最終內務部否決了京師警察廳的提議。〔註36〕

京師警察廳總監呈內務部文-1

〔註36〕《京師警察廳擬呈取締通訊社及報館各種辦法》，原始檔案藏於南京中國第二歷史檔案館，案卷號一〇〇一（2）844。

部令示照惟以便佈告施行竊以中國報界氣
象之紛擾在今日已無可諱言必如何而後能改
良要由該報界之自能覺悟官廳所施詰誠
取締各方法不過藉以促其覺悟之一種動機
耳夫就根本解決而言即使報紙條例猶未廢
此而以中國今日政治之能力對於本國所有之
報紙有特別法律當然可以徑行取締而對於他
國人在本國發行之報紙有時發生障碍行政處
分或竟不能實行法律上失其平等之效力則報
紙方面而仍不能收整齊畫一之觀而就補偏救弊

京師警察廳總監呈內務部文-2

言之政治上對待報紙之方法僅恃取締一端範
圍已為狹小至取締而止布望其減少後由積極
的減少辦法退一步而用消極的減少辦法在官
廳為降格相求而在事實上亦仍祇能謀補
茸於萬一此本廳承奉
憲諭減少報館家數之言審酌情形姑屬此一
得之愚而彌覺有慨於中者也所有酌擬取具
報館鋪保各緣由是否有當謹繕具手摺呈請
鈞座鑒核令示遵行謹呈
總長鈞鑒

京師警察廳總監殷鴻壽謹呈

京師警察廳總監呈內務部文-3

　　呈文主要內容是：「以近來報館日見增加，程度複雜，不能共趨於軌道，應用嚴格的取締辦法減少其家數……因查報紙條例既經廢止，官廳對於報界拘束之能力較往日爲縮小，取締辦法事實上頗感困難。」因此，警察廳認爲應從取締通訊社（報紙新聞稿件的主要來源）入手限制報館，並提出了積極的和消極的兩種管製辦法來減少報館的數量：「所謂積極辦法，則擬請由政府組織一種特別報紙，延聘中外名人主持其事，以正大之言論爲全國之南針，務在轉移人民之視聽，使對於政府報紙堅其信仰之心，此外一切力量不足、程度不及之各報館失其對峙之能力，不能進與抗衡，自然日即於淘汰。」所謂消極的辦法，則是採用保押法，通訊社、報館向警察廳呈報註冊時，「凡組織報紙之人應取具二等以上捐之鋪保兩家，方准其營業，報館之資本與辦報人之職業由保人出具切結擔負責任……減少報館之目的或望能達。」

　　但對警察廳的提議，當時的第四科長沈學範這樣認爲：「報館雖係營業性質，然實際上究與普通營業自有特異之點。政府之設施或先興論以爲之倡，或繼興論以循其欲，但使手腕敏活因應必能收咸宜之效。若由政府直接經營，則運用既形其多滯，跡象亦未免過拘，誠慮成效未現而指謫紛來，此積極的辦法之宜審慎者一也。」而對消極的辦法，「年來黨派朋興，報界氣象紛擾，每不能得健全之興論爲政治之輔益，誠不容諱言。惟言論出版之自由載在約法，若由官廳明事取締，則主張正論者勢必裹足不前，而挾有黨派之報紙反得爲攻擊之資料……此該廳所擬消極辦法之宜審慎者又一也。」「該廳前爲取締通信社，曾由部令依據出版法切實辦理，果能運用得宜，已不患無救濟之方，似無另行明示訂定取締法之必要。」

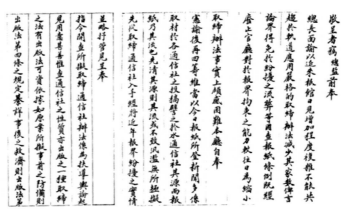

沈學範文-1

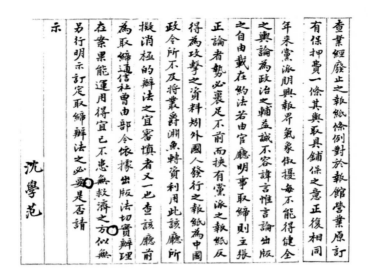

沈學範文-2

內務部最後採納了沈學範的意見：「查通信社之性質亦出版之一種，取締之法，有出版法可資依據。如原案所擬事前之防備，則出版法第四條之規定甚詳，事後之救濟，則出版法第十一條之列舉甚周，而第十五條第十六條之制裁，輕者罰金，重者徒刑，凡所以制限出版者，至纖至悉，無另訂取締通信社章程之必要，惟所擬通信社投稿，每日呈送警廳一份，以備查考，尚屬可行。」

詳細引述這一史料，當然並不是要分出警察廳與第四科的是非對錯，也不是想探究其中是否有什麼隱秘真相，我們想說的是史料中包含著多種重要信息，這些信息與當時政府報刊管理的體制、程序等相關聯，瞭解這些情況，也就瞭解了政府在當時文化管制中的角色、作用和影響。

首先，從史料中可以瞭解政府報紙管理的體制。政府沒有專門的新聞出版事務管理機構，而是歸屬內務部警政司第四科管理，京師及各地方警察廳署為管理執行機關。第四科是政府進行報刊管理的關鍵部門。其主要職能有：一是報館註冊備案，北京及全國各地辦報全須在第四科註冊備案；二是負責擬定有關報刊管理文件，如關於廢止《報紙條例》的文件、《開設報館稟報規則》、《內務部警政司檢閱報紙現行辦法》、要求組織著作及出版物研究會的文件等都是由第四科擬定；三是負責檢閱報刊，1916 年《內務部警政司檢閱報

紙現行辦法》出臺後，檢閱任務就由第四科負責，每天有專人檢閱各報章，發現問題向內務部長彙報，處理辦法則交由警察廳負責，1921 年第四科又提出成立「著作出版物研究會」以抑制新思潮傳播，〔註37〕也是派專人搜集國內外有關新思潮的報刊檢閱研究。警察廳署則是管理政策的執行者，罰金、抓人、封報是其主要手段。

我們發現這一管理體制看起來可怕，實際上的效力卻相當有限。作為主要管理機關的第四科，其職能其實非常狹窄。註冊管理和檢閱報紙作為管理機構的基本職能卻成為它的主要職能，擬定的管理政策、文件也多與這兩個職能有關。政府既無對新聞出版業進行全域統籌、宏觀管理的打算，也不具備相應的能力。換句話說，如果一個報館按規定正常註冊備案，只要不被檢閱出有違法的內容或行為，其各種活動受到限制的可能性很小。政府管理機構職能的狹窄，恰好說明當時報紙經營的活動空間應該是相對較大的。

再者，就其主要職能報紙檢閱來看，這種管理辦法在實際操作中也難產生很大的影響。1916 年第四科出臺《內務部警政司檢閱報紙現行辦法》，〔註38〕第一條規定：「凡在本京出版的報紙均購取一份由司擬定專員二員逐日檢閱。其在外省或外國出版者得就需要選購一併檢閱。」讓兩個人每天檢閱京城全部報紙和全國乃至在外國出版的中文報紙，能完成的工作量可想而知。事實上，真正觸犯律法的大事並不需要檢閱，而想通過檢閱文字的方式發現問題也並不容易，可以說這種檢閱管理有名無實。

還有，由警察廳署作為執行機關，實際上排除了其他形式的管理方式，直接訴諸武力壓制。這種管理方式確實可怕，它直接帶來了文化管制的恐怖和嚴酷。如果從這個角度看當時的文化環境，確實是令人窒息的。但是，這種直接訴諸武力的管制方式，也有其受到限制的一面。周作人記述過這樣的事：1919 年五四後，他曾寫過一篇文章《遇馬隊記》，請李大釗編入《每週評論》。「這篇文章寫得並不怎麼的精彩，只是裝癡假呆的說些諷刺的話，可是不意從相反的方面得到了賞音，因為警察所注意《每週評論》，時常派人到編輯處查問，有一天他對守常說道：『你們的評論不知怎麼總是不正派，有些文章看不出毛病來，實際上全是要不得。』據守常說，所謂有些文章即

〔註37〕 《內務部警政司第 4 科要求組織著作及出版物研究會抑制新思潮傳播有關文件》，原始檔案藏於南京中國第二歷史檔案館，案卷號一○○一（2）822。
〔註38〕 《內務部警政司檢閱報紙現行辦法》，原始檔案藏於南京中國第二歷史檔案館，案卷號一○○一（2）840。

是那篇『遇馬隊記』，看來那騎在馬上的人也隔衣覺著針刺了吧。」〔註39〕也就是說，能夠訴諸武力的是那些直接觸犯政府權力的文字，而對象周作人這樣讓人「隔衣覺著針刺」的，警察也是束手無策，更別說那些根本沒有「針刺」的。因此，儘管對武力壓制的感受主宰了我們對當時整個文化氛圍的認識，但我們仍然不能用這種感受概括文化環境的整體特點。因為，容許報紙迴旋的範圍要比這個可怕的空間大得多。

其次，從史料中還能瞭解報刊律法內容的情況。《報紙條例》廢止後，《出版法》成為報刊管理中的主要律法。〔註40〕儘管《出版法》中的核心內容，也就是「報紙禁載內容」部分與《報紙條例》完全一致，但《出版法》仍然有兩個重要的不同：一是沒有對辦報人的限制。《報紙條例》規定：國內無住所或居所者、精神病者、褫奪公權尚未復權者、海陸軍軍人、行政司法官吏、學校學生等六類人不得作為報紙的發行人、編輯人和印刷人，《出版法》沒有這一限制，應該特別指出的是，學校學生辦報不再受限。二是沒有保押金制度。《報紙條例》規定，辦報人註冊報館必須繳納一定數額的保押金，《出版法》則沒有。這兩點不同，減弱了辦報的限制和障礙，顯示著文化環境有所寬疏的信息。

史料中內務部提到：「如原案所擬事前之防備，則出版法第四條之規定甚詳，事後之救濟，則出版法第十一條之列舉甚周，而第十五條第十六條之制裁，輕者罰金，重者徒刑，凡所以制限出版者，至纖至悉……」從這段話中看，似乎《出版法》的內容非常具體詳細，「至纖至悉」。實際並非如此。有人評說《報紙條例》：「禁載範圍廣泛籠統，執行稍濫，報章隨時會動輒得咎。」〔註41〕如果我們看一看《出版法》總二十三條，會發現它和《報紙條例》一樣「廣泛籠統」。這種「廣泛籠統」的律法，因為規定比較模糊籠統不明確，執行中會有兩種情況：一種是如賴光臨所說「執行稍濫，動輒得咎」；另一種則完全相反，如果執行「稍緊」，就有可能一片和平了，關鍵在於是否有適當的政治環境和條件。因此，「廣泛籠統」的律法內容，在適當的條件下會成為形成寬鬆文化氛圍的有利條件。

〔註39〕周作人，《周作人文選・自傳・知堂回想錄》第 342 頁，群眾出版社，1999 年 1 月版。
〔註40〕張靜廬《中國近代出版史料》初編，中華書局 1957 年 12 月出版。
〔註41〕賴光臨，《七十年中國報業史》，中央日報社，1981 年 3 月版。

第三，從史料中還可以瞭解當時甚至之前文化環境的具體狀況。史料表明，京師警察廳之所以提出管制建議，是因爲：「以近來報館日見增加，程度複雜，不能共趨於軌道，應用嚴格的取締辦法減少其家數……因查報紙條例既經廢止，官廳對於報界拘束之能力較往日爲縮小，取締辦法事實上頗感困難。」第四科長沈學範文中也說：「年來黨派朋興，報界氣象紛擾，每不能得健全之輿論爲政治之輔益，誠不容諱言。」這顯然說明，當時報界環境有利，氣氛活躍，形勢樂觀，甚至還可以說明，至少在 1916 年《報紙條例》廢止後，政府對報界的管理能力被削弱，文化環境逐步趨於有利於報刊發展的方向。還有正反兩方面的史實爲之佐證。正面的事例是，就在京師警察廳向內務部呈遞建議管制文書前一個月，1921 年 6 月，全國報界聯合會發起反對袁世凱及安福所頒出版法條例的行動，反映出報界的積極活躍；〔註 42〕反面的事例是，同年 1 月，內務部警政司第四科剛剛提議組織著作及出版物研究會，〔註 43〕搜集研究各類著作物及出版物，以抑制新思潮傳播，同樣證明新聞出版傳播新思想的影響和威力。

而內務部對京師警察廳提議的態度耐人尋味。平心而論，作爲具體執行者的警察廳提出的兩種限制報館的辦法，「政府辦報」和「保押法」〔註 44〕，其實非常有道理，應該具有很強的可操作性，一旦施行，必定會起到相應的作用。但作爲政府管理部門的內務部卻拒絕了這一切實有效的提議。拒絕的理由看起來冠冕堂皇：一是對臨時約法中關於言論自由合法性的無奈尊重：「惟言論出版之自由載在約法，若由官廳明事取締，則主張正論者勢必裹足不前，而挾有黨派之報紙反得爲攻擊之資料」；二是對《出版法》管制力的超乎尋常的信任：「查通信社之性質亦出版之一種，取締之法，有出版法可資依據……出版法凡所以制限出版者，至纖至悉，無另訂取締通信社章程之必要」。無論其中的哪一條，我們與其認爲是內務部在據理否決警察廳，還不如認爲是內務部在傳達著寧可維持現狀的意願。作爲政府管理報業的最高機構，面對活躍激蕩的報業形勢，一直試圖限制其發展的管理部門卻選擇維持現狀，不能不讓我們在對當時文化氛圍的體會中感受到令人欣喜的寬和氣息。

〔註42〕《全國報界聯合會反對袁及安福系頒出版法等條例》，原始檔案藏於南京中國第二歷史檔案館，案卷號一〇〇一（2）845。

〔註43〕《內務部警政司第 4 科要求組織著作及出版物研究會抑制新思潮傳播有關文件》，原始檔案藏於南京中國第二歷史檔案館，案卷號一〇〇一（2）822。

〔註44〕與《報紙條例》繳納保押金類似。

第二節　晚清到民初報紙副刊發展的軌跡和特點

晚清到民初以報刊律法為參照值的文化氛圍呈現出漸趨寬鬆的態勢。報紙副刊更是獲得了較大的發展空間。

其實晚清報刊律法對與藝文相關的出版內容，也有明確規定。《大清律例》中有：「至狂妄之徒，因事造言，捏成歌曲，沿街唱和，及以鄙俚褻嫚之詞，刊刻傳播者，內外各地方官，即時察拿」，對所謂「凡坊肆賣一應淫詞小說」，則「務搜板書，盡行銷毀」。其苛刻程度可見一斑，但是「審非妖言惑眾者，坐以不應重罪」。在嚴苛的規定之下，對藝文性質的內容仍可以網開一面。〔註45〕

相比較而言，民國以後的報刊律法其言論管制的策略就靈活得多。特別是袁世凱於 1914 年制定的「一種命令式之法律」《報紙條例》中，對學術、藝事等報紙態度相對寬鬆，這主要體現在保押費制度上。《報紙條例》第六條規定：「發行人應於警察官署認可後，報紙發行二十日前，依左列各款規定，分別繳納保押費：一、日刊者三百五十元；二、不定期刊者三百元；三、週刊者二百五十元；四、旬刊者二百元；五、月刊者一百五十元；六、年刊者一百元。在京師及其他都會商埠地方發行者，加倍繳納保押費。專載學術、藝事、統計、官文書、物價報告之報紙，得免繳保押費。」〔註46〕其意圖在於鼓勵純粹的學術和文藝類報紙的刊行，也就是讓知識分子更多地把注意力集中在學術和文藝領域，少參與國家政治，少涉及社會批評和政府監督。

從這些法律規定中可以看出，報紙副刊因內容不直接涉及政治、國事，而相應地較少受到政治權力的壓制，其運行方式以經濟模式為主。

一、最早的報紙副刊及其內容特點

一般認為，報紙副刊最早起源於《申報》。「報紙創設副刊，最早是申報，1872 年 4 月 30 日登出啟事，公開徵稿，徵求『天下各名區竹枝詞及長歌紀事之類』，不收刊費以示優待。」但這只「是未成形的副刊，沒有本身的地盤，在新聞版左首邊線剩餘一點版面，排幾首詩詞，供斗方名士相互唱和，這些人都以『得綴報尾為榮』」。〔註47〕研究者認為《申報》開始在新聞後面附載詩詞小品之類的「副刊性文字」，就是「副刊的前身」。

〔註45〕張靜廬《中國近代出版史料》初編，中華書局 1957 年出版。
〔註46〕張靜廬《中國近代出版史料》初編，中華書局 1957 年出版。
〔註47〕賴光臨《七十年中國報業史》第 61 頁，中央日報社，民國 70 年三月初版。

　　也有人認為，《上海新報》在《申報》之前就有副刊性文字了。《上海新報》是上海第一張中文報紙，是英商字林洋行創辦，由英美傳教士主編，1861年11月創刊。「這個報紙創刊不久，版面上除了新聞廣告以外，就有隨感、雜談之類的短文斷斷續續出現。這些短文，有的談生活思想修養問題，提倡早睡早起，養氣修壽，勸人行善，戒賭博，戒冶遊，戒吸鴉片；有的聯繫國內外時事，發些議論。筆記、短篇小說也偶有刊登。自1868年起，介紹西方科學文化知識的文字大量增加。編者經常解答讀者有關自然科學的問題，並展開討論。1869年以後，隨筆、寓言、遊記、圖畫故事，雜然並陳；聯語徵對、詩詞唱和、海外珍聞、本地風光，多有發表。新書和雜誌上的論著也經常摘要轉載。」〔註48〕從版面上還可以看出，這些內容在報紙上的地位日益重要，有時整個版面幾乎全是文章，不登新聞。不過，這些文字一直與新聞混合編排在一起，沒有固定的篇幅。《上海新報》顯然比《申報》更有資格被稱為「副刊的前身」。

　　但《申報》上的副刊文字影響更大。《申報》創刊時即徵求騷人韻士撰作竹枝詞、記事詩等刊載。「彼時無量數斗方之士，紛以詞章相投，因此報面上充滿了詩文之類，有喧賓奪主之概；間及中外近事，然皆信筆點綴，有如傳奇小說，反不被人重視。」〔註49〕為滿足讀者需要，《申報》除在日報中刊登副刊性質的文字外，還發展出四種副業。「《申報》的副業是編印各種書籍月報，可分為四類：（一）編刊月報（二）編刊通俗報（三）編刊畫報（四）翻印書和刊印新著。」「第一類副業在申報創刊之後半年就開始了。因為各家投寄的詩文佳作頗多，報紙篇幅，不敷登載，因於1872年11月11日創刊『瀛寰瑣記』，月出一冊，四開本二十四面，用四號活字排印。首載論說；次外國小說譯本，每期載數頁，逾年始完；次則時人詩古文辭，附以罕見之舊作；殿以西洋筆記笑林之屬。」後來又有「四溟瑣記」月刊、「寰宇瑣記」月刊，一直出至1877年1月為止。名稱雖然有三個，但性質均相同，並且是銜接的。〔註50〕

　　最早的「成形的」報紙副刊，被公認為是1897年上海字林滬報的附張「消

〔註48〕楊瑾崢《副刊溯源》，《新聞業務》1962年第10期。

〔註49〕胡道靜《申報六十六年史》節錄，《中國近代報刊史參考資料》下冊，中國人民大學新聞系1982年版。

〔註50〕胡道靜《申報六十六年史》節錄，《中國近代報刊史參考資料》下冊，中國人民大學新聞系1982年版。

閒報」。賴光臨認爲「上海字林滬報附出『消閒報』，是成形副刊的先驅。兩年之後，同文滬報繼起發刊『同文消閒錄』。這類附張，顧名思義是屬遊戲筆墨，讓讀者聊以消遣，說好聽是『資美談而暢懷抱』。內容大抵爲劇評燈謎、神怪筆記、杜撰故事等」。〔註51〕

張靜廬對消閒報內容的介紹更爲細緻：「1897 年 11 月 24 日上海字林滬報附張『消閒報』出世，這是中文報紙最早的副刊。在這以前，報紙上雖附載有詩文小說的，但多與新聞夾排，不列專欄。『消閒報』爲毛邊紙對開，用四號鉛字長行排，分四版：第一、二版專載文藝作品和杜撰的新聞，三版轉載全月京報，四版刊載廣告。報方常有徵聯、徵詩之舉，過幾個月開一次榜，分列超等甲等乙等，各有贈獎助興，版面頗感熱鬧。文藝版莊諧並錄，特多諷刺清季官吏之作；新聞標題作對偶，隨意故諢，詞涉儇薄，猶是『洋場才子』本色。主筆政的爲高太癡，撰稿的有吳趼人、陳蝶仙、周病鴛、徐珂等，吳氏作品尤多。」〔註52〕到了 1900 年，字林滬報被日本東亞同文會接手，改名同文滬報，這張副刊也改名爲「同文消閒報」。

從上面的引述來看，報刊中最初的所謂副刊性文字出現在外國人在中國辦的報紙中。這些報刊「以營業爲前提」，針對性很強，「謂『此報乃與華人閱看』」。〔註53〕從內容上看，題材種類非常豐富，詩文唱答、翻譯小說、對聯、隨筆、寓言、遊記、笑話、圖畫故事、海外珍聞、科學知識、本地風光、逸聞趣事等應有盡有，但總體上文學性、趣味性較強，特別注重讀者的口味，並因此備受讀者歡迎，甚至「喧賓奪主」，受關注的程度超過主報。這些因素成爲報紙副刊的基本特點。

阿英在他的《晚清小報錄》中對《消閒報》的內容特點進行了分析，這也是對當時大多數報紙副刊內容特點的闡釋。阿英說：「至報之所以名『消閒』，在第二號報裏，有『釋消閒報命名之義』一文，這是『消閒報』的主要文獻。」〔註54〕阿英隨後擇錄之：

「閒者，勞之對也。王事賢勞，簿書鞅掌，使無養息以節之，似背於愛惜精神之理，故古人有『十旬休暇』之說。今之西人，休息之期，則以七日一來復，而晨昏歇息之時，亦有定候。既歇息，則閒矣，既閒，則當有消閒

〔註51〕　賴光臨《七十年中國報業史》，中央日報社，民國 70 年三月初版。
〔註52〕　張靜廬《最早的報紙副刊——消閒報》，《文匯報》1957 年 1 月 22 日。
〔註53〕　張靜廬《最早的報紙副刊——消閒報》，《文匯報》1957 年 1 月 22 日。
〔註54〕　阿英《晚清小報錄》，原載《文匯報》1956 年 11 月 12 日。

之法矣。一篇入目，笑口既開，雖非調攝精力之方，要亦可爲遣悶排愁之助也。此可爲當道諸公消閒者也。或者高人韻士，酒闌燈熠，苦茗既熟，有約不來，走馬王孫，倦遊既返，深閨才友，刺繡餘閒，既無抵掌之良友，復乏知心之青衣，得此一紙，借破岑寂，或可暫作良友、青衣觀乎？此可爲高雅諸君消閒者也。……」

「消閒」的意義，被解釋爲「有意義的娛樂」。《消閒報》的內容「首列駢散文一篇，其後新聞若干則，標題俱用對偶，所載上自國政，下及民情，以至白社青談，青樓麗跡，無一不備。要皆希奇開笑，豔冶娛情。殿以詩詞小品。蓋名曰消閒，眞可以遣愁、排悶、醒睡、除煩也」。〔註55〕

阿英說，小報的這些內容眞實反映了當時的社會生活，反映了當時半殖民地的買辦階級、洋場才子、都會市民和官僚地主的沒落的生活形態。〔註56〕從中可以想見，與政治性報刊不同，小報把讀者視作消費者，消費者從「當道諸公」、「高人韻士」、「深閨良友」到「讀書童子、「後來之秀」，並不存在誰教育誰、誰啓蒙誰，它完全取悅消費者的口味和習慣，這是當時大眾文化的一種反映。

二、報紙副刊起源於市場競爭

晚清報紙爲什麼會設立副刊，爲什麼會登載這些以趣味性、娛樂性和文學性爲主的文章呢？其實這與報紙之間在市場上的競爭有關。

賴光臨說消閒報隨字林滬報附送，「這種附張隨報附送，不增報費，用意在和小報競爭，以『推廣報務』」。〔註57〕賴光臨明確指出，報紙副刊的發展是按照市場競爭的規律進行的，副刊產生的根本原因在於大報爲和小報在市場競爭中獲得優勢。

楊瑾崢也認爲：「《消閒報》副刊的產生，根據更有資料來看，大致出於編者高太癡等人的主張。當時，他們看到一些以趣味爲中心的遊戲性小報在讀者中很有影響，因而就想摹仿小報，在《字林滬報》上搞些新花樣。不過，他們又覺得小報上那些遊戲筆墨難登大雅之堂，於是便想出了在正張之外另出附張的辦法，用專門版面來集中刊載詩詞、小品、樂府、傳奇之類帶有消

〔註55〕滬報附送消閒報啓，見阿英《晚清小報錄》。
〔註56〕阿英《晚清小報錄》，原載《文匯報》1956年11月12日。
〔註57〕賴光臨《七十年中國報業史》，中央日報社，民國70年三月初版。

閒性質的作品」。〔註58〕

　　副刊的經營方式也有濃厚的商業色彩，與我們現在的排行榜還有些類似。張靜廬說《消閒報》「報方常有徵聯、徵詩之舉，過幾個月開一次榜，分列超等甲等乙等，各有贈獎助興，版面頗感熱鬧。」〔註59〕這種打榜、有獎參與的方式，提高了報紙的互動性和參與面，極大刺激了讀者的消費意識，所以才取得了「版面頗感熱鬧」的商業效果，顯示出非同一般的經營頭腦。

　　可見，報紙副刊的產生和發展是現代報刊按照其經濟模式運行的結果。儘管商業小報內容低俗，卻能夠受到消費者歡迎，有較高的市場佔有率。報紙設置副刊，實際上是出於商業目的對小報和大眾趣味的妥協。報紙副刊這種形式之所以從產生後一直保持、延續並發展下來，說明報紙副刊符合市場需求，能夠為報紙增強市場競爭力。之後，雖然依然不受重視，但副刊卻成了包括政黨報紙在內的各類報紙不可或缺的內容，政治性報紙在履行其社會責任促進文化民主化的同時，用副刊體現其文化大眾化的趣味。

　　不過，當時除了娛樂性副刊是副刊主流外，也有個別具有政治意義並富有戰鬥性的副刊。比如，香港《中國日報》的「中國旬報」十日刊，卷末登載諷刺時政的歌謠諧文等，名曰「鼓吹錄」。上海《國民日報》的副刊取名「黑暗世界」，「專以攻擊腐敗官僚為標的。曾刊登一部長篇小說『南渡錄演義』，強烈喚起種族觀念，散播革命思想」。這這兩份報紙都是革命的言論機關。〔註60〕

三、副刊通俗文學的狀況

　　除上面提到的詩文、筆記、小品等內容外，晚清報紙副刊和小報上通俗文學的體裁以小說最為突出。阿英認為晚清被稱作文藝報紙的小報是晚清小說發展的重要空間，一些著名小說家的作品是在這些小報上發表的，如李伯元、吳趼人等人的「官場現形記」、「庚子國變彈詞」等，都是晚清文學發展的重要標誌。它們除具有文學史意義之外，還包含了很豐富的民俗學材料。〔註61〕

　　阿英搜集到32種清末小報，其中有一些在小說、戲劇方面頗具特色。如創刊於1897年10月的《演義白話報》，「筆記式小說，有東俠記、王道士、張先生記等。京戲本有英雄譜等。最長的小說，為通商原委演義長篇，凡二

〔註58〕楊瑾崢《副刊溯源》，《新聞業務》1962年第10期。

〔註59〕張靜廬《最早的報紙副刊——消閒報》是，《文匯報》1957年1月22日。

〔註60〕賴光臨《七十年中國報業史》，中央日報社，民國70年三月初版。

〔註61〕阿英《晚清小報錄》，原載《文匯報》1956年11月12日。

十四回，是寫鴉片戰爭的一部重要作品」。創刊於 1901 年的《世界繁華報》，是由李伯元辦理，該報的「藝文志」和「小說」頗多名著，李伯元的官場現形記、庚子國變彈詞，吳趼人的糊塗世界，都是刊載在這裡的。創刊於 1901 年的笑林報，最值得一提的是它除遊戲文字外，兼刊有關政治、社會以至於科學之論著。許多文章含有積極愛國的意義。創刊於 1902 年的蘇州白話報，是在上海發行的純吳語小型報，所刊小說有「後海上花列傳」。

《上海時報》的附刊，也是被研究者推崇的文學副刊。「近代文學的副刊，當推上海時報的附張，內容有文言與白話體小說，包括著作及譯作。文言以『雙淚碑』最風行，白話以『銷金窟』之類，譯筆清順，被認為最好。這種帶有文學興趣的附張，被讚美為時報的一大貢獻」。〔註62〕

長白山人在《北京報紙小史》中對北京報紙在小說、戲劇方面的貢獻進行了總結。「北京報紙刊載小說，自公益報市隱所作之米虎始。」「報紙上之小說乃占社會教育最大部分。提倡良風美俗，獎勵忠孝節義，發揮深遠奇妙思想，觀夫譯本克里弗遊記、天方夜譚諸書，可知梗概矣。北京當彼軍閥時代，報上多有刊載誨淫誨盜小說，作風敗俗毀壞青年，殊欠檢討。」當時筆名市隱的文實權，其長篇小說春阿氏、西太后外傳、武聖傳等數十種作品在《愛國白話報》、《燕都報》上刊載；董蔭狐所著的多種小說在《國民公報》連載，以天津《益世報》上的《金蘭契》最有名；筆名為劍膽的徐仰宸，三十年來在各報著小說數量不計其數，堪稱報界小說權威；黃佛舞曾在北京天津各報做小說編輯，著作甚多；張恨水的春明外史、啼笑因緣，也是在報紙上刊載的膾炙人口的小說。〔註63〕

這些在報紙上發表的小說，有這樣一些特點：一是故事情節的新奇性。小說中的故事看起來稀奇古怪，但又有很強的現實感，是在現實生活中發生的，帶有一種報紙的新聞性，容易吸引讀者的注意。二是這些小說也有較強的社會責任感，大多在小說中批判現實，風格以諷刺和譴責為主，這與報人代表社會良知的心態相吻合。三是在傳統小說的形式下蘊含著現代意識。這主要表現在小說主題定位上。很多小說在新奇故事的講述中傳達著民族和國家的大道理，激發大眾的愛國心，一些翻譯小說也把西方社會的許多觀念和

〔註62〕 賴光臨《七十年中國報業史》，中央日報社，民國 70 年三月初版。
〔註63〕 長白山人《北京報紙小史》，《中國近代報刊史參考資料》下冊，中國人民大學新聞系 1982 年出版。

意識介紹給中國大眾。這些國家、民主的意識包裹在章回體式、報刊連載的形式下傳達給讀者。四是這些小說的審美趣味大眾化。故事情節的新奇性與現實感，對傳統道德的忠實和堅持，語言風格的通俗化，主題的淺顯易懂，言情化的情感模式，這些因素結合起來，形成報紙副刊小說獨特的大眾化趣味，它更符合普通人的文化教育水平和欣賞習慣。其實從某種角度上來說，真正直接的啓蒙並不是發生在政治性報刊的政治事件、深刻思想和高深理論學術之中，而是發生在副刊文學之中。

四、《晨報副刊》的改革

在李大釗對《晨報副刊》進行改革之前，報紙副刊的內容和格局一直沒有太大變化。

《晨報》的前身是進步黨的《晨鐘》報。《晨鐘》報在 1916 年 8 月創刊，其第五版是文藝副刊。《晨鐘》報創刊後，第五版的內容其實和其他同類報紙副刊內容比較相似。主要刊載林紓的小說，林長民、陳石遺的舊體詩，一派舊式文人的閒情雅趣。1918 年底，《晨鐘》報重組爲《晨報》出版。第七版是副刊版。1919 年初，《晨報》邀請李大釗主持第七版，決定從 2 月 7 日起，改良副刊版，增設「自由論壇」，對「譯叢」和「劇評」兩個欄目的內容做出調整。〔註 64〕後又增加「馬克思研究」專欄。改革後的《晨報副刊》側重於思想、文化傳播，成爲宣傳新文化運動和社會主義思想的陣地。它的思想文化宣傳主要集中在「自由論壇」，「論壇」設有研究專欄、紀念專號、問題討論、講演匯錄等，介紹新思潮，論述青年、勞動、教育、生計、婦女、家庭、社交、社會改造等問題，評論國內外大事，在文化界產生巨大影響。《晨報副刊》的改革帶動了整個報界副刊的變化。

《晨報副刊》的改革確實意義重大。它改變了報紙副刊過去以趣味性、娛樂性和文學性爲主的格局，把通俗色彩濃厚的副刊變成了嚴肅高深的新思想文化空間。如果從社會啓蒙、新文化建設的角度看，這一改革確實爲新思潮、新文化的傳播拓展了新的領域。但如果從報紙副刊的運行機制來看，李大釗把「自由論壇」引入副刊，則意味著報紙運行的政治模式向經濟模式的入侵。社會啓蒙的責任取代了大眾趣味。如果說副刊的出現源於市場競爭，副刊改革就是政治的需要。

〔註 64〕　《本報改良預告》，《晨報》1919 年 1 月 31 日。

　　1920 年 7 月，孫伏園成爲《晨報副刊》的編輯後，《晨報副刊》又展現出新的趨向。它開始更多考慮讀者的需要，不斷增強的文學性是對原有副刊趣味性和娛樂性某種程度上的回歸。孫伏園試圖在副刊的社會責任和文學趣味之間找尋恰切的平衡。《晨報副鐫》的獨立，〔註65〕其實意味著《晨報副刊》經濟運行模式的成功，而《晨報副鐫》新文學的繁榮則宣告孫伏園找到了副刊最恰當的平衡點。

　　從晚清到五四，報紙副刊的變化其實始終反映著兩種運行模式（政治模式和經濟模式）的相互影響和交融，這一過程也成爲我們瞭解新文學歷史文化語境的重要內容。

　　本章小結：從晚清到五四時期，報刊律法作爲政權統治的工具，更多地在政治的漩渦裏迴旋沉浮。也許袁世凱帝制的失敗和《報紙條例》的廢止是一個轉折，由此一直以嚴苛爲標誌的文化環境開始出現寬疏的跡象，而現代報紙也開始了由政治權力向文化權力轉身，從而以新的角色開啓了一個重要的歷史時期。

　　報紙副刊在與小報的市場競爭中產生，其主要運行方式是經濟模式，受法律和政治的影響較少。報紙副刊對晚清文學的發展做出了獨特的貢獻。《晨報副刊》的改革和變化體現出標誌著報刊的政治模式與商業模式之間的相互協調，《晨報副刊》上新文學的繁榮則意味著它在文化的民主化和大眾化之間找到了平衡。

〔註65〕1921 年 10 月，《晨報副刊》擴版爲《晨報副鐫》，單獨出版刊行。

第二章　如何理解《晨報副刊》的商業性？

作為政黨報紙，《晨報》有著很深的政治背景，作為一家報社，它也必然具備商業運營的機制。譬如經費、利潤、工資、廣告、發行、稿酬等商業因素也必然對其生存和發展產生影響。即使是像《晨報副鐫》這樣有較強獨立性的副刊也一樣，只不過受到影響的程度更低一些。儘管陳平原說，從晚清到五四時期，再到三四十年代，報紙副刊的活力在於它是相對獨立於報紙的。報紙的副刊主要是委託外面的人編的，是著名的作家、學者來編的。當年，北大、清華的教授們介入北方的報紙，中央大學的教授介入南京的報紙。而且他們只負責稿子，不負責營銷。老闆是把副刊當作報紙的門面來考慮，不考慮具體的讀者量問題。〔註1〕但這只是從辦好副刊這個角度強調獨立性對副刊質量的重要性，並不能否認副刊與營銷的關係。

本章將從商業因素的角度探討《晨報》商業運營的狀況，報紙特別是文學性副刊的宗旨和追求是否受到商業因素的影響，報紙與商業營銷之間存在著哪些矛盾、衝突或者一致性。

第一節　政黨報刊商業經營的特殊性

對於民國初期的報界，評價一直不高。由戊午編譯社提供的《北京新聞界之因果錄》中曾說：「吾人敢大膽下一斷案曰，中國一切現象之最腐敗最無

〔註1〕陳平原《文學的周邊》第 129 頁，新世界出版社 2004 年出版。

聊者，莫北京之報紙，若中國人之最混沌最無感覺者，莫北京之新聞記者，若也。」文中說到報界主要人員構成報業經營者和編輯記者的狀況，則把北京新聞界分爲苦樂兩界：「屬於經理界者，則豪奴怒馬、趾高氣揚；而記者界則無日不在淒風冷雨中也。其間苦樂之懸殊，方之大地主方於勞動者猶突過之。」

當時北京報界的整體形勢是：「民國初元之際，北京言論界號稱極盛，類皆信筆成文而取快一隅，實一無系統無態度之時期。」極言報界的混亂不堪。北京報界主要有兩種勢力，一是「民黨報紙之團體爲新聞團」；二是「政府黨所組織之報界同志會」，「爲政府黨各機關報之總樞，與新聞團取對抗形勢者也」。之後，民黨失勢，新聞團分子逃亡者半，遭戮者半，京中稍帶民黨彩色之報紙，從此無片影之留。而報界同志會，則完全被當權者控制。「凡袁世凱之專制及稱帝，段祺瑞之謀亂及造反，要皆爲此一機關唯一之成績。」「此報界同志會者，換言之，即罪惡同志會而已。」

而說到報紙的經營與管理：「北京報紙之經理人與編輯人，以營業爲前提者十而八九也。」多數報紙完全沒有輿論價值。「此種商業行爲之報紙，固不足認爲有代表輿論之價值。吾人更進而窺其非商業行爲，能眞有一種主張之可尋者，其主張則又固陋陳腐，與新式政治如枘鑿不入。」而眞正有志於新聞業的爲數寥寥，「北京報紙之眞相十而八九者，形式與精神均不成爲一種報紙（商行爲之新聞匠包括在內）；其餘十分之一二，所謂眞正的北京言論家，則又根本不識民治爲何物。」

對於報紙編輯的編輯業務和職業追求，則更爲不堪，編輯們都是爲了錢的「剪刀手」。「所謂編輯者，何謂也？手執大剪一把，將外埠報紙割裂無數，再斟酌前後而連屬之，勾之以紅筆，黏之以漿糊，不一小時而兩大張之日報成矣。」對所謂報館工作現場的描述更加生動：「不知北京編輯部之內幕者，見其中並無甚有才調之人，何以於最短之時間，作出許多文章，且似綽綽有餘裕者。眞若神乎其技者。比入編輯部一觀，則剪騎四出，其聲錚錚然。」這些所謂經營報紙的人，都只爲以錢謀生的目的。「大凡北京報紙之爲經理者，多受某方或某有力者之津貼而來，子女車馬之欲所供，不逮所求，那有閒錢更在內容材料上去計較，雇一編輯不過三四十元，論值問貨，烏能得新聞家哉。彼爲經理者，其目的又專在津貼之有無，而不在報紙之好壞。」

民初的報業環境顯然是混亂污濁的，但隨著「洎乎袁死政復，國會重開，

京中報紙一時並起有七十餘家，足爲社會稱述者，頗有秩序與主義可尋。」「北京報紙最進步最上軌道之時代，不在民國元年民權勃興之時，而在民國五年與六年民治受創之後。」此時，《晨鐘》、《公言》等報成爲了當時政府黨報紙的代表。《晨鐘》作爲政黨報刊，其經營和管理就顯示出自身的特殊性。

一、經費

　　《晨報》作爲黨派報紙，其辦報經費自然不用發愁。而且當時辦報所需要的經費也並不多。據記載：「當時的報紙以每日一千份計，每月之印刷費一大張爲 150 元，兩大張爲 200 元，由此觀之，凡具數百元之資本，即可創設報館。」〔註 2〕這數百元中還包括向政府註冊而要交納的押金。《晨鐘》報創刊時，湯化龍撥給《晨鐘》報創刊的啓動資金爲 1 萬元，每月津貼 2000 元。這樣看，當時《晨鐘》報的經理劉道鏗壓力並不大。而且《晨鐘》報自身經營成績也不錯。我們可以從它的廣告價目表上推測一下它的廣告收入：

　　每月 1 至 3 日，每字 1 分。4 至 7 日 5 釐，8 至 15 日 3 釐，15 至 30 日 2 釐。連續登載 3 個月可以按九五折計算，連續登載半年，則按九折計算。

　　如果按每個版面 4 萬字〔註 3〕計算，《晨鐘》報每天有三版廣告，每月的廣告收入可以達到 1 萬到 2 萬之間。《晨鐘》報的售價是，訂報如果要求送報每月大洋 6 角，如果自己取報每月 5 角，零售價每份三個銅元，每月除去紙費、稿費、印費等成本費用，《晨鐘》報的收入可以達到 2 萬元左右。

　　1918 年 12 月，《晨鐘》報復刊爲《晨報》以後，其報價又漲：「本京派送每月大洋 7 角，自取 6 角，零售每份 4 枚銅元，本國內地每月大洋 8 角 1 分，郵費在內，日本同價，外洋每月大洋 1 元 3 角，郵費在內。」〔註 4〕

　　因此政黨報紙的第一個特點就是經濟或經營上的壓力較小，因爲他們創設報刊的目的在於「鼓吹主義，或擴張黨派的勢力，是爲製造輿論或新聞之機關，但求宣傳得效，不問有無利潤」。〔註 5〕對《晨報》來說就更是如此。因爲《晨報》背靠著具有巨大政治影響力和文化影響力，無論在政壇還是學界都能呼風喚雨的研究系，其擁有的政治和文化資源本身就是其營利的保證。

〔註 2〕據熊少豪《五十年來北京報紙之事略》。曹聚仁在《文壇五十年》中說當時有
　　　　200 元就可以開報館，東方出版中心 1997 年版第 106 頁。
〔註 3〕當時大多報紙通用 4 號字。
〔註 4〕《晨報》1918 年 12 月 20 日。
〔註 5〕趙君豪《中國近代之報業》，申報館民國 27 年 9 月初版。

更何況作爲其核心的梁啓超歷來都特別重視經濟。在他身邊總是會集結著不少的財政方面的專家，如陳衍、熊希齡（財政總長）、張嘉璈（中國銀行副總裁）、賈士毅（賦稅司司長、參事）、黃群（財政部顧問）、葉景華、梁啓勳、周宏業（賦稅司司長）、楊端六（貨幣金融家）等人，梁啓超任財政總長時，魏易、黃群也均在財政部做官。而且梁啓超也非常善於利用其社會聲望、私人關係籌募資金從事各種文化事業。比如他對中國公學的改造，中國公學在主要依靠王敬方福中公司的資金外，梁啓超還靠與政府交涉獲得政府公債利息作爲補助。另外，梁啓超主持的共學社和講學社，也全都依靠其社會關係，利用這些人的社會名望和經濟支持開展工作，輔以從教育部爭取到的資金和募捐資金。

其實研究系知識分子群體中，很多人都和梁啓超一樣具有這樣的能力，只是大家的活動範圍各不相同。以張君勱爲例，他最具特色的活動表現在與江蘇省教育會的密切聯繫。從立憲運動的時候起，江蘇省教育會、預備立憲公會、江蘇省諮議局、商務印書館就結合成一種文化實體。其中主要勢力就是以張謇爲中心的江蘇紳商。以張謇和黃炎培爲中心的江蘇省教育會，集中了蔣夢麟等江蘇籍留美學生，他們組織新教育共進社，後與北京范源濂、熊希齡的實際教育調查社合併爲教育改進社，開展新教育運動，加上蔡元培、袁希濤等人，一舉網羅了當時教育界的新舊名流，成爲掌握教育界的重要機構。張君勱回國後在范源濂介紹下進入教育改進社，成爲該社組織的全國教育委員會委員，他也從此進入社會名流之列。﹝註 6﹞接著他借助教育會的贊助，開設自治學院。學校的財政和人事均由他專管。而他所依靠的仍然是借助江蘇紳商的力量和江蘇省政府的支持。該校之後的發展順利顯然與張君勱的背景關係密切。

因此作爲有深厚背景的研究系報紙的《晨報》，以一個正當的經濟實體的角色，除了和其他報刊一樣擁有基本的營銷機制以外，並不需要更多的出於商業贏利目的手段和運營。沒有經濟因素的困擾，自然能夠集中精力貫徹作爲政黨報刊的宗旨。

二、機構

按照張恨水的回憶，五四時期北京一家「像樣」的報，其機構組成並不

﹝註 6﹞參見《時事新報》1922 年 2 月 7 日。

複雜：最上層是社長或經理，其下分三個部：編輯部、營業部、印刷部。編輯部由總編輯負責，有時還會有採訪記者。總編輯手下有副刊編輯一人，編輯一人或三人，加上負責校對的人員三到四人。營業部下設廣告和發行兩部，有時兩者合一，配有一兩個發行人員。印刷部由主任負責，排字工 20 人左右，再加上打版人員六七人兼管印刷機。這就是一個「像樣」的報社的構成。不像樣的報社就可以想見了，社長、總編輯、校對由一人兼顧的現象並不少見。當時報紙數量很多，真正像樣的並不多。「我們從幾家辦得像樣的報紙算起，晨報、北京日報、益世報，順天時報（日本人辦的），還有八開的小型報，群強報等，一家報館最多不過五十幾人，最少也就三四個人吧」。〔註7〕

　　這樣看來，《晨鐘》報在 1916 年 8 月創刊時 14 人的規模，〔註8〕就已經算是不小的了。

　　據《北京報刊史話》記載：《晨鐘》報由蒲伯英（即蒲殿俊）主持，編輯主任為李大釗。近代報社機構設置的一般狀況是：社長總體負責報社的整體業務，包括確定報紙的宗旨、辦報思想和經營方式；編輯主任則確定報紙的風格內容，負責報紙的編排、發稿；而經理則是負責經營和報社財務，對報紙的內容並不參與意見。在這樣的機構中，社長負責報社的內政外交，經理負責營銷，主編負責報紙內容的組織。這三者權力最大，但各司其職。

　　但《晨鐘》報作為黨派報紙，事關一黨輿論口徑的大事，編輯顯然不能完全主宰報紙內容的傾向，社長則成為控制報紙輿論導向的關鍵人物。這樣就可以理解，雖然李大釗在《晨鐘》做編輯主任，但他之上有蒲伯英、湯化龍等研究系骨幹的控制，他的作用必然受到局限。

　　再比如，《晨報副鐫》時期，孫伏園是主編，但他除了履行自己編輯的職責以外，並沒有職責之外的控制權。而作為社長的蒲伯英則可以充分利用《晨報》的資源，去做各種感興趣的文化事業。蒲伯英可以請陳大悲做《晨報副鐫》編輯，專門和自己一起致力於戲劇事業的宣傳與實踐；他以《晨報》為依託，和陳大悲一起籌建成員達 2000 多人的「新中華戲劇協社」，並開展劇場實驗；他創刊第一個專論戲劇的雜誌《戲劇》，辦《實話報》大力宣傳

〔註7〕張恨水《四十年前的北京報》，《中國近代報刊參考資料下冊》，中國人民大學新聞系 1982 年版。

〔註8〕當時編輯部成員在中央公園有過合影，照片上共 14 人。

戲劇；他還可以創辦人藝戲劇專門學校，培養了中國第一批具有專門知識的現代話劇演員，並嘗試男女同臺演出。這些事情都與他《晨報》社長的身份相聯繫，而作爲副刊主編的孫伏園就不可能有這樣的能量。可見，黨派報紙機構內部的權力構成明顯受到其黨派背景的影響。也許正是因爲這樣，周作人才說，《晨報副鐫》有獨立的性質，是晨報首創的形式，「這可能是蒲伯英孫伏園兩個人的智慧」。〔註 9〕當然，《晨報副鐫》也不是孫伏園一個人的副刊。

三、經營

做好經營是報紙謀求生存的首要業務。對於商業性的報紙更是如此。大多商業性的報紙往往會著重逢迎讀者所喜好的，而不是看重讀者所應該需要的，這樣在品質風格上常常較低。羅家倫曾說：「社會不願意有世界眼光，新聞記者就不談國外的事；社會不好學，記者就絕口不談學問；社會喜歡欺詐作惡，新聞記者就去搜輯許多小新聞來做他們的參考；社會好淫樂，新聞記者就去徵訪無數花界伶界的消息來備他們的遺忘。」一味投合大眾的低俗喜好。甚至一些北京、上海的所謂「正經一點的大報」，也受風氣影響，增設評花評戲的附張，設消閒錄登載滿紙的「花訊」，報導「花國花總統」的消息，以及人家太太小姐佚事；甚至印出種種的照片，替一般娼妓分「訪單」。

政黨報刊並不以商業經營爲首要目的。其實從 19 世紀初到 20 世紀初的百餘年中，中國近代報業中政黨報刊佔據著主流地位。主張立憲的改良派和主張共和的革命派，都從挽救民族危亡出發，創立了大量報刊。這些報刊的目的在於救國救民，所以尚義輕利，無所謂營利。而且這一時期現代企業管理知識還沒有進入這些辦報人的頭腦之中。這些政黨或者需要拿出經費創辦報刊，或者黨派報刊反過來爲團體的活動支持經費。〔註 10〕但是，像《晨報》這樣的報刊，除作爲政黨派別機關報的功能外，更多地肩負著傳播新的思想文化啟蒙大眾的歷史責任，這個目標促使他們追求更多的閱讀者。而這一點與商業營銷的目的相一致，都是盡可能多地獲得讀者。所以一些商業營銷手段也同樣適用於政黨報刊。趙君豪的《中國近代之報業》曾經對當時報紙的

〔註 9〕 周作人《周作人文選·自傳·知堂回想錄》第 401 頁，群眾出版社 1999 年出版。
〔註 10〕 胡太春《中國報業經營管理史》，山西教育出版社 1999 年版。

推廣銷路方法做出總結：一要維持信用。意思是報紙是否「能深入人心，而為大眾所愛護、所信仰」。二是要引起興趣。意思是報紙內容是否可以吸引讀者的注意和趣味，「促令其發生購買之行為」。三是兜售推銷。意思是採用各種推銷手段，比如贈品、打折或競賽等一般商品推銷方式努力擴大報紙銷量，還可以專設兜攬員，利用報夫或報販等，「各有專員，專司其職」。這些手段「本為近代報界所習見之事」。四是發行份數。「是時報紙之經濟收入，幾完全建築於發行份數之上。」每份報紙對自己的發行份數都有三個答案：自稱份數，這是報紙對外宣傳的銷量，與實際有出入。估計份數，是根據調查計算的結果。證明份數，是經過會計師、查帳員確切計算的數字，這個數字最準確。「這種辦法實為提高廣告價值，及促進發行之最為可靠者」。〔註 11〕對於前兩條「維持信用」和「引起興趣」，以《晨報》在學界和政界的地位與影響不難做到。第三條既是「習見之事」，《晨報》可能也不會避免。第四條是在報紙上見過的，比如《晨報副鐫》出刊啟事：「我們報告你一件可以高興的事，本報從十月十二日起，第七版要宣告獨立了。我們看著本報的銷路逐月逐日增加，知道海內外和本報表同情的人已經不少；但是我們對於社會的貢獻，斷不敢以這千數萬人的供給量為滿足。」〔註 12〕說自己的報紙有「千數萬人的供給量」，顯然是在追求廣告效應。當時《晨報》第六版上的「專欄啟事」上記載：《晨報》每份兩張，分作八版，其第七版專載小說、詩歌、小品及學術演講錄等，一九二零年由孫伏園主編，至十月十二日改出四開單張，題名「副鐫」，每日一張，每月合訂一冊，名《晨報副鐫》合訂本，定價三角，銷行頗廣。其實，據孫伏園說，1924 年他從《晨報》離開，邵飄萍請他去辦《京報副刊》時，他「覺得京報的發行數少（約三四千份，晨報有將近萬份），社會地位也不如晨報，很不想去」。〔註 13〕

當時一般報紙以本地發行為主，外地發行的很少。受交通、印刷、通訊等物質條件的限制，外地發行往往只能使報刊傳播遲滯，新聞成了舊聞。有時還要受到政府法規的限制，外地發行要有政府允許通過郵局郵寄的證明。〔註 14〕

〔註 11〕趙君豪《中國近代報業史》，申報館民國 27 年 9 月出版。

〔註 12〕《晨報》1921 年 10 月。

〔註 13〕孫伏園《魯迅和當年北京的幾個副刊》，《魯迅回憶錄》95 頁，上海文藝出版社 1978 年出版。

〔註 14〕見第一章的相關陳述。

四、稿酬

　　費正清主編的《劍橋中華民國史》中說:「在 1917 年文學革命之前至少 20 年，城市文學報刊──一種半現代化的大眾文學形式──已經爲新文學的文藝家們創造了市場和讀者。這些雜誌的編輯和作家們趕著寫作以符合預定的時限，大量寫作以賺錢。他們勤奮努力的結果創造了一種新的職業:他們的作品在商業上的成功證明搞文學可以成爲一種獨立的和很可能賺錢的職業。但直到他們的五四繼承者才賦予這一新的職業以崇高的社會威信。」〔註 15〕這段話包含著稿酬制度對中國新文學作家群的形成具有重要意義。稿酬之於新文學作家的意義，自不待言。魯迅先生在給周作人的信裏就有他的體會:「好在《晨報》之款並不急，前回雉雞燒烤費〔註 16〕，也已經花去，現在我輩文章既可賣錢，則賦還之機會多多也矣。」〔註 17〕

　　其實，在 20 世紀初，「我國稿酬制度已經形成並且跟國際接軌。稿酬有三種基本形式:(一) 稿費，又稱爲「潤筆之資、潤筆費」;(二) 版稅，又稱爲「提成費」、「版費」;(三) 買斷版權，又稱爲「作價購稿」。民國以後，一般報刊和出版社支付的稿酬標準略有降低。」〔註 18〕我們可以從魯迅在《晨報》的稿費中推測當時的稿酬標準。「然而我並沒有什麼稿件，於是就有人傳說，我是特約撰述，無論投稿多少，每月總有酬金三四十元的。據我所聞，則晨報館確有這一種太上作者，但我並非其中之一，不過因爲先前的師生──恕我僭妄，暫用這兩個字──關係罷，似乎也頗受優待:一是稿子一去，刊登得快;二是每千字二元至三元的稿費，每月底大抵可以取到;三是短短的雜評，有時也送些稿費來」。〔註 19〕總結一下，魯迅在《晨報副刊》投稿，每千字 2～3 銀圓;另外《晨報》館有一種「特約撰述」，每月除稿酬外還加酬金 30～40 銀圓。

　　但是當時，「稿酬標準不一。在官辦的北京報紙雜誌和學術期刊上，稿酬可達每千字 4～5 圓。而上海的報刊大多是民辦的，一般稿酬爲每千字 1～3 圓。因爲官辦的報刊行政撥款不計成本;上海報刊則多爲商業性，必須講究經濟效益。《魯迅全集》有幾處提到當時上海的稿費標準。最低者（注:小報

〔註 15〕費正清編《劍橋中華民國史》上卷 508 頁，中國社會科學出版社 1994 年出版。
〔註 16〕指周作人譯作《雉雞的燒烤》發表在《晨報副鐫》上的稿費。
〔註 17〕《魯迅全集》第 11 卷第 383 頁，魯迅致周作人信，1921 年 7 月 31 日。
〔註 18〕陳明遠《文化人的經濟生活》，文匯出版社 2005 年。
〔註 19〕魯迅《我和語絲的始終》，魯迅全集第 4 卷，人民文學出版社 1981 年出版。

消息或「報屁股」文章等）每千字 5 角錢，高者每千字 3 圓。魯迅文章一般稿酬是千字 3 圓，有時千字 5 圓（如商務印書館和中華書局給魯迅的稿酬標準），《二心集》的稿酬為千字 6 圓，這在上海就是比較高的了。商務印書館所定稿酬：郭沫若千字 4 圓，胡適千字 5～6 圓，林紓和章行嚴（士釗）千字 6 圓。……這樣的稿酬標準從五四時期到 30 年代沒有很大變化。至於特別優惠的稿酬當屬梁啓超，為千字 20 銀圓（約合今人民幣 1000 元）。」〔註20〕

　　稿酬制度也並不是非常完善，很多報社沒有足夠的能力執行。就像是邵飄萍的《京報》這樣有影響的報紙，孫伏園剛去的時候，也竟然是「沒什麼規章制度，經濟也很困難，有時連稿費都沒有」。〔註21〕《晨報》的實力就不同了，稿費制度相對比較完善。不僅對魯迅、周作人這些有影響的大作者付酬，對一般投稿者也按規矩支付稿費。比如在 1919 年 1 月 5 日的《晨報》第七版上就有「本報啓事：本京新聞投稿者諸君鑒，請攜帶圖章印花到本社會計處領取七年（1918 年）12 月份酬金可也。」〔註22〕

　　不過，《晨報副刊》的稿酬是與它的經營和編輯理念有關的。1923 年 4 月 10 日的《晨報副刊》「雜感」欄中，記者發了一篇「編餘閒話」，針對讀者來信中的問題，作了比較詳細的說明。關於「稿件賣買的問題」，「第一是主義上，我們覺得稿件究竟比不得蘿蔔白菜，可以稱斤論兩，而且精神方面的勞動，又比體力方面的勞動更不應該切片另賣。所以字數之多寡，性質之好壞，雖有時可以權作論價的憑藉，但除作者自己聲明受酬以外，致送區區稿費總覺得是對於作者的一種侮辱。」這是從編輯理念上，說明對於稿酬的看法。「第二是經費上，副刊不是一種商品的性質，所以我們至今沒有計算到什麼賺錢與賠本。如果本來打算賺錢，那麼仿照外國買稿的辦法，稿費不妨定得較貴，書價不妨定得更貴。這對於作者或者可以減少一點侮辱，但對於讀者卻無端增加了負擔了，在眼前的中國還行不過去。如果本來打算賠本，那麼稿費不妨特別從豐，書價不妨特別從廉，對於作者與讀者都優待了，但晨報現在還沒有這麼大的資本。」這是從經營理念上解釋報社的稿酬制度。「第三是性質上，本刊沿舊例只知聘人撰稿，決不想多收受投稿的。投稿的登載，只是代為宣布的意思，本無與於酬金不酬金。還有一層，投稿者不知本刊宗旨，任

〔註20〕陳明遠《文化人的經濟生活》，文匯出版社 2005 年。
〔註21〕孫伏園《魯迅和當年北京的幾個副刊》，《魯迅回憶錄》95 頁，上海文藝出版社 1978 年出版。
〔註22〕《晨報》第七版 1919 年 1 月 5 日。

意撰述本刊不能收受之稿件，更是太不經濟。這是學術方面。至於言論方面，本刊認爲可以代爲宣布的稿件，至少也須有一個極簡單的條件，就是持之有故言之成理。」這是說《晨報副刊》主要是約稿，而不靠收投稿，按照稿件質量要求衡量稿酬標準。最後總結《晨報副刊》的稿酬狀況是：「稿費不能說沒有，也不能說是時值估價的買稿，但區區筆資是可以酌量送奉的；因爲不是買賣的性質，所以也不怕賠本，對於作者雖銷薄待，對於讀者則副刊的定價是再廉沒有的。」

五、廣告

廣告是報紙特別是商業報紙贏利的重要手段。報紙上的廣告類型和內容，也往往反映著報紙對社會文化傳播的責任承擔。民初到五四時期的報紙廣告，污濁不堪的內容是常見現象。《七十年中國報業史》中談及軍閥割據時期報業停滯狀況時，就提到：「報紙常登載『賣春藥』、『醫梅毒』的廣告」，「其餘賣穢書、賣假貨的廣告更是充斥版面。報社輒以『營業』兩字作遁詞。」當時蔡元培也針對這種現象加以指責：「我國新聞，於主張中無不提倡道德，而廣告中則誨淫的藥品與小說，觸目皆是；且廣收妓僚的廣告。此不特新聞家自毀其品格；而貽害社會之罪，尤不可恕。」不過，對於不以贏利爲首要目的的報刊，在廣告方面也有自己的原則。

《晨報》第一版刊登廣告。《晨報》曾刊登了一個廣告，是中美通訊社的啓事：「請各大報館注意，報之要素曰新聞，曰廣告，新聞宜捷，廣告宜富；新聞捷則銷路增，廣告富則進項巨，此辦報之常識也……」〔註23〕這話既爲自己做了廣告，也說出了廣告對於報紙的意義。

魯迅認爲，看報刊上的廣告，就可以推見刊物的性質和作者、讀者的品味。「例如『正人君子』們所辦的《現代評論》上，就會有金城銀行的長期廣告，南洋華僑學生所辦的《秋野》上，就能見「虎標良藥」的招牌。雖是打著「革命文學」旗子的小報，只要有那上面的廣告大半是花柳藥和飲食店，便知道作者和讀者，仍然和先前的專講妓女戲子的小報的人們同流，現在不過用男作家、女作家來替代了倡優，或捧或罵，算是在文壇上做工夫。」〔註24〕他也因此在《語絲》初辦的時候，對於廣告的選擇極嚴，「雖是新書，倘社

〔註23〕《晨報》第一版1919年3月16日。
〔註24〕魯迅《我和語絲的始終》，魯迅全集第4卷，人民文學出版社1981年出版。

員以爲不是好書，也不給登載。」但《語絲》移到上海後，廣告就幾乎不加選擇了，這讓魯迅非常生氣，曾因此而「質問過小峰」，促其改善。

　　《晨報》上的廣告很多。《晨鐘》報是日報，除創刊號和增刊以外，每天出六版。其中一版、四版、六版是廣告。廣告的內容包括藥品和美容品等。《晨鐘》報的廣告空間也多爲與報紙有密切關係的人做宣傳和推廣。比如每期的《晨鐘》報都會爲梁啓超的《飲冰室合集》做徵訂廣告，而且把這個廣告放在報紙最顯著的位置上，即報頭「晨鐘」兩字的旁邊。而劉崇祐也是進步黨的重要人物，他是律師，《晨鐘》報每天都有他的一則「律師劉崇祐啓事」，位置也是在報紙的重要位置上，內容是：「鄙人現已來京執行業務，事務所暫設在順治胡同。」

　　從《晨鐘》報復刊爲《晨報》的開始階段，有時候全報除二版和五版（副刊版）以外全是廣告。第一版一直被廣告佔據，但這裡的廣告顯然是經過選擇的。一般主要爲銀行、通訊社、印刷所、文具、書籍廣告，也有個別化妝品或醫藥（多爲壯陽藥之類）穿插在角落裏。《晨報》還是比較注意自己的門面。報紙中縫則聚集著各種生活信息，如商情（其實就是菜價）、戲院上演劇目、天氣情況、交通信息、證券和列車時刻等。《晨報副刊》版因爲空間有限，一直少有廣告嵌入。到 1921 年副刊版擴成《晨報副鐫》單獨出版，廣告就隨著擴大的空間相應出現了。深受魯迅影響的孫伏園，肯定不會讓他失望。《晨報副鐫》上的廣告一般是對文化文學期刊、著作的宣傳，有時偶而也有文化用品或化妝品的廣告。這些廣告大多是報刊之間相互交換的性質，沒有更多的商業味。1920 年《晨報副刊》改出四版後，廣告一直排在第四版。隨著《晨報副刊》的影響逐漸擴大，廣告的數量也不斷增加，爲不影響副刊的正常內容，副刊部甚至特爲此事發布公告，以暫停無條件交換廣告，並開始收費的辦法，控制廣告數量。這些宣傳廣告內容比較具體，期刊有的要列出詳細目錄，著作往往有摘要，所以儘管占空間不大，卻比較充實。很多著名的期刊著作在《晨報副刊》上得到宣傳。《新青年》叢書、新潮社叢書、《時事新報》、《學燈》、《覺悟》叢刊、《戲劇》等，還有《湖畔詩集》、《繁星》、《春水》等，至於《晨報副刊》自己出的叢書如《愛美的戲劇》及雜文集、小說集等更不在話下。

晨報副刊上的廣告宣傳

暫停無條件交換廣告的啟事

　　《晨報副鐫》上文化文學性質的廣告宣傳（報紙、期刊、著作介紹），大都是與其他報刊互相交換的性質，很少為商業利益。1923 年 7 月間，曾發布一個副刊部啓事，暫停無條件的交換廣告：「近來出版品日漸發達，向本刊要求交換文選者亦日益增多。本刊稿件充斥，地位有限，決不能以介紹新刊之故，空費許多有用之篇幅。為略示限制起見，茲特定出版品文選優待章程：……此後本刊一切無條件的交換廣告，應暫停止。」表面看來，這個啓事似乎是要大收廣告費，事實卻是為了限制廣告的數量及在版面上佔據的空間，防止為廣告而犧牲稿件。

第二節　「包裝」冰心

一、冰心與《晨報副刊》

　　是《晨報副刊》成就了冰心。冰心是在《晨報副刊》培養、提攜和扶持下取得了成功。

　　如果我們以今天的眼光，重新審視冰心在《晨報副刊》上宛若明星出場一般的亮相，就總會覺得這個亮相必定會形成某種商業效應。儘管這種效應並非是有意為之。

　　冰心回憶說：「我開始寫作，是一九一九年，五四運動以後。——那時我在協和女大，後來併入燕京大學，稱為燕大女校。——五四運動起時，我正陪著二弟，住在德國醫院養病，被女校的學生會，叫回來當文書。同時又選上女學界聯合會的宣傳股。聯合會還叫我們將宣傳的文字，除了會刊外，再找報紙去發表。我找到《晨報副刊》，因為我的表兄劉放園先生，是《晨報》的編輯。那時我才正式用白話試作，用的是我的學名謝婉瑩，發表的是職務內應作的宣傳的文字。」〔註 25〕

　　她的表兄劉放園其實就是《晨報》的經理兼編輯劉道鏗，〔註 26〕她發表

〔註 25〕冰心《我的文學生活》，卓如編《冰心全集》第三卷，海峽文藝出版社 1994 年版。

〔註 26〕劉道鏗從《晨鐘》報一創刊就擔任經理一職。1916 年 8 月《晨鐘》報創刊，當時報送管理部門內務部第四科的註冊文件登記的經理人是 25 歲的福建籍商人劉堅。劉堅其實就是劉道鏗。一些研究者把《晨鐘》報經理說成是劉鏗，是不對的。屬於以訛傳訛。原因是中國人民大學新聞系 1982 年出版的《中國近代報刊史參考資料》下冊中收錄了方漢奇的一篇文章《李大釗與晨鐘報》，

在《晨報副刊》上的第一篇文章就是 1919 年 8 月 25 日第七版「自由論壇」欄目中的《二十一日聽審的感想》，她說這是「職務內應作的宣傳的文字」。劉道鏗，字放園，與李大釗同爲湯化龍四大私人秘書之一，也是《晨鐘報》的發起創辦人之一（在《晨鐘報》既擔任經理也任編輯），又是文學研究會的發起人之一。

9 月 4 日，《晨報》第七版又登載了她的另一篇文章《破壞與建設時代的女學生》。隨後，她的小說創作一發而不可收。「我醞釀了些時，寫了一篇小說《兩個家庭》，很羞怯的交給放園表兄。用冰心爲筆名。一來是因爲冰心兩字，筆劃簡單好寫，而且是瑩字的含義。二來是我太膽小，怕人家笑話批評；冰心這兩個字，是新的，人家看到的時候，不會想到這兩字和謝婉瑩有什麼關係。稿子寄去後，我連問他們要不要的勇氣都沒有！三天之後，居然登出了。在報紙上看到自己的創作，覺得有說不出的高興。放園表兄，又竭力的鼓勵我再作。我一口氣又做了下去，那時幾乎每星期有出品，而且多半是問題小說，如《斯人獨憔悴》，《去國》，《莊鴻的姊姊》之類。」〔註27〕

在 12 月 1 日的《晨報》創刊一週年紀念號上，這個 18 歲女孩的文章《晨報——學生——勞動者》已經有資格與蔡元培、李大釗、魯迅、陳獨秀、蔣夢麟等人的文章一起排入這個具有重要意義的紀念專號上了。而此時距離她發表第一篇文章剛剛三個月。如果說在平常的《晨報》上發表文章並不算多麼特別，但在《晨報》創刊紀念號上發表文章就得另當別論。能受邀在紀念專號上佔據一席之地，必定要具備一定的地位、資格和能力，這當然也是一般作者不敢奢望的。冰心受到的這種待遇顯然讓她在短時間內產生了巨大的影響。據說，當時冰心受邀演講的受歡迎程度和熱烈場面，僅次於魯迅先生的演講。

文中說進步黨「指定他們的親信劉鏗擔任晨鐘報的總經理」。於是一些研究者就以此爲據。方漢奇爲什麼說《晨鐘》報經理是劉鏗，我們不得而知。但《晨鐘》報在當時內務部第四科註冊的文件原件中，登記的經理人確實是劉堅。

〔註27〕冰心《我的文學生活》，卓如編《冰心全集》第三卷，海峽文藝出版社 1994 年版。

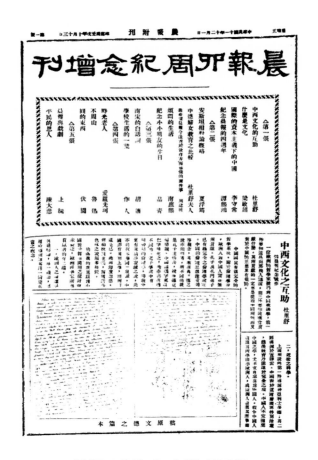

晨報四週年紀念增刊目錄

　　與《晨報》經理的親戚關係確實讓冰心受益匪淺，而《晨報副刊》的有意栽培也顯而易見。此後冰心幾乎所有創作都及時在《晨報副刊》上與讀者見面。從 1919 年 9 月 18 日到 1921 年 4 月 20 日，冰心在《晨報副刊》上一口氣發表了 18 篇小說，平均起來幾乎每月一篇，這還沒有把她發表的文藝雜文、詩歌及其他文章算在內。

　　1921 年 10 月，《晨報副刊》擴為《晨報副鐫》後，冰心的創作熱情轉移到詩歌方面。此時，《晨報副鐫》編輯孫伏園再一次給了她及時的鼓勵。「我立意做詩，還是受了《晨報副刊》記者的鼓勵。一九二一年六月二十三日，我在西山寫了一段《可愛的》，寄到，「晨副」去，以後是這樣的登出了，下邊還有記者的一段按語：『最可愛的只有孩子。和他說話不必思索，態度不必

矜持。抬起頭來說笑，低下頭去弄水。任你深思也好，微謳也好；驢背上，山門下，偶一回頭望時，總是活潑潑地，笑嘻嘻地。這篇小文，很饒詩趣，把它一行行的分寫了，放在詩欄裏，也沒有不可。（分寫連寫，本來無甚關係，是詩不是詩，須看文字的內容。）好在我們分欄，只是分個大概，並不限定某些必當登載怎樣怎樣一類的文字，雜感欄也曾登過些極饒詩趣的東西，那麼，本欄與詩欄，不是今天才打通的。記者』於是畏怯的我，膽子漸漸的大了，我也想打開我心中的文欄與詩欄。」〔註 28〕冰心以《繁星》、《春水》爲代表的詩歌作品全部在《晨報副鐫》上發表。

繁星在晨報副刊上連載

〔註28〕冰心《我的文學生活》，卓如編《冰心全集》第三卷，海峽文藝出版社 1994
年版。

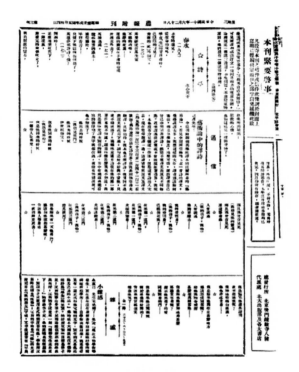

春水在晨報副刊上連載

冰心文學創作的第三個主要內容「寄小讀者」，也是《晨報副鐫》爲她開闢了專門的欄目「兒童世界」。《晨報副鐫・兒童世界》的「記者按語」：「冰心女士提議過好幾回，本刊上應該加添上一欄兒童的讀物。記者是非常贊同的，但實行卻是一件難事。中國近來的學術界，各方面都感到缺人，兒童的讀物，一方需要採集，一方也需要創作，但現在那（哪）一方都沒有人。因爲沒有人，所以這一件事延擱到今日。從今日起，我們添設兒童世界這一欄，先陸續登載周作人的土之盤筵。以後凡有可以爲兒童讀物者，或創作或翻譯，均當多多登載，即非兒童讀物，而爲有關於兒童學問的評論者，如承賜下本刊亦所歡迎。」〔註29〕第二天，冰心就寫下了《寄兒童世界的小讀者・通訊一》：「似曾相識的小朋友們：我以抱病又將遠行之身，此三兩月內，已和文學絕緣；因爲昨天看見《晨報副鐫》上已特闢了《兒童世界》一欄，欣喜之下，便借著軟弱的手腕，生疏的筆墨，來和可愛的小朋友，作第一次的通訊。」此後陸續寫下了 29 篇旅美通訊，結集爲《寄小讀者》，成爲中國現代文學史上影響最深廣的兒童讀物之一。

〔註29〕《晨報副鐫・兒童世界》1923 年 7 月 24 日。

冰心提議設兒童世界專欄

兒童世界欄目

　　還需要提及的是，《晨報》社還把冰心發表的作品隨時整理結集作爲晨報社叢書出版。在 1920 年 11 月出版的《晨報》社叢書第五種小說第一集中，就包括冰心的《兩個家庭》、《去國》、《最後的安息》、《一篇小說的結局》、《莊鴻的姊姊》、《一個兵丁》、《一個軍官的筆記》等 7 篇小說作品，同集的還有止水（蒲伯英）、大悲（陳大悲）和魯迅等人的作品。她的《繁星》和《春水》也由《晨報》社結集出版單行本。這樣的待遇也是少見的。

　　冰心在《晨報副刊》上發表作品的數量之巨，也是少有人能與之相比。我們把冰心從 1919 年 8 月的第一篇文章到 1924 年在《晨報副刊》上發表的作品全部統計一下，得到的數字是令人吃驚的：

時間	欄目	篇名
1919.2.7～1921.10.10	《晨報》第七版	
1919.8.25	自由論壇	21 日聽審的感想
1919.9.4	自由論壇	破壞與建設時代的女學生
1919.12.1	晨報創刊紀念	晨報——學生——勞動者
1920.8.28	雜感、浪漫談	一隻小鳥
1921.5.13	雜感、浪漫談	石像
1921.6.23	雜感、浪漫談	宇宙的愛
1921.6.25	雜感、浪漫談	山中雜感
1921.6.29	雜感、浪漫談	青年的煩惱
1921.7.5	雜感、浪漫談	圖畫
1921.7.22	雜感、浪漫談	回憶
1921.7.27	雜感、浪漫談	問答詞
1921.8.4～15	雜感、浪漫談	非完全則寧無
1921.8.26	雜感、浪漫談	一朵白薔薇、冰神（2 篇）
1921.9.6	雜感、浪漫談	蓄道德能文章
1919.9.18～22	小說	誰之罪
1919.10.7～11	小說	斯人獨憔悴
1919.10.30～11.3	小說	秋雨秋風愁煞人
1919.11.22～26	小說	去國
1920.1.6～7	小說	莊鴻的姊姊
1920.1.29	小說	一篇小說的結局

1920.3.11～12	小說	最近安息
1920.4.6～7	小說	骰子
1920.4.30	小說	無限之生的界限
1920.5.20～21	小說	還鄉
1920.6.10	小說	一個兵丁
1920.8.1	小說	一個奇異的夢
1920.8.9	小說	一個軍官的筆記
1920.9.29	小說	三兒
1920.10.7	小說	懺悔
1920.12.21	小說	魚兒
1921.3.13	小說	國旗
1921.4.19～20	小說	月光
1921.6.28	新文藝、詩	人格
1921.9.20	新文藝、詩	迎神仙、送神仙（2篇）
1919.11.11	文藝談、藝術談	我做小說，何曾悲觀呢
1921.10.21～1922.12.31	《晨報副鐫》	
1921.12.1	晨報創刊紀念	一個不重要的兵丁
1921.10.19	論壇	介紹一位藝術家
1922.1.10	雜感、浪漫談	除夕
1922.3.3	雜感、浪漫談	十字架的園裏
1922.10.26	小說	到青龍橋去
1921.11.27	詩、歌謠	病的詩人一
1921.12.23	詩、歌謠	病的詩人二
1921.12.24	詩、歌謠	詩的女神
1922.1.1～26	詩、歌謠	繁星
1922.2.6	詩、歌謠	假如我是個作家
1922.2.21	詩、歌謠	將來的女師
1922.3.21～6.30	詩、歌謠	春水
1922.5.11	詩、歌謠	病的詩人
1922.7.27	詩、歌謠	不忍
1922.8.19	詩、歌謠	哀詞
1922.8.23	詩、歌謠	十年

1922.8.26	詩、歌謠	使命
1922.8.27	詩、歌謠	紀事——贈小弟冰季
1922.10.13	詩、歌謠	安慰
1922.11.4	詩、歌謠	晚禱
1922.11.5	詩、歌謠	歧路、中秋前三（2 篇）
1922.11.23	詩、歌謠	十一月十一夜
1922.1.22	文藝談	論文學批評
1923	《晨報副鐫》	
1923.12.1	晨報五週年紀念增刊	好夢
1923.2.10	詩	解脫
1923.2.15	詩	致詞
1923.3.18	詩	信
1923.10.4	詩	紙船
1923.10.6	詩	鄉愁
1923.12.17～22	詩	遠道
1923.6.15	雜感	閒情
1923.7.29	兒童世界	給兒童世界的小讀者
1923.8.2～29	兒童世界	寄兒童世界的小讀者
1923.11.23～28	兒童世界	寄兒童世界小讀者壇序
1924	《晨報副鐫》	
1924.1.26	通信	寄給父親的一封信
1924.9.7～29	通信	寄兒童世界的小讀者
1924.2.12	詩	倦旅
1924.8.8～10	雜感	山中雜記十則
1924.2.11～8.24	兒童世界	寄兒童世界小讀者
總結	共發表作品 76 部篇。其中小說 19 篇，詩歌 28 部首，雜文 22 篇（文藝性和時論），通信 6 次。其主要創作內容是小說、詩歌和寄小讀者。小說創作集中在 1919 年 9 月到 1920 年底，詩歌創作集中在 1921 年底到 1922 年底，寄小讀者創作主要在 1923 年下半年。本表據《晨報》第七版和《晨報副鐫》分類目錄整理，《五四時期期刊介紹》第一集下冊，中共中央馬克思恩格斯列寧斯大林著作編譯局研究室編，三聯書店 1978 年出版。	

1922 年 8 月冰心在晨報副刊上發表 4 篇作品

1919 年到 1924 年，冰心在《晨報副刊》上共發表作品 76 部篇。其中小說 19 篇，詩歌 28 部首，雜文 22 篇（文藝性和時論文章），通信 6 次。其主要創作內容是小說、詩歌和寄小讀者。小說創作集中在 1919 年 9 月到 1920 年底，約一年多時間；詩歌創作則集中在 1921 年底到 1922 年底，也是一年時間；寄小讀者創作主要在 1923 年下半年。這也體現出冰心在特定時間裏對特定文學題材創作的側重。

二、冰心的「商業包裝」

如果放在現在，《晨報副刊》對冰心的扶持完全可以叫做全程包裝了。從冰心一開始的高規格亮相，到幫助冰心完成學生——小說家——詩人——兒童文學作家多個形象的塑造，再到最後把作品結集出版，一步步把冰心推向經典化的階梯。這一無意識的商業包裝幾乎實現了最完美的商業目標。但實際上包裝冰心所產生的商業效應並不只存在於冰心本身，它的商業效應還體現在使女性和女性話題成爲文學甚至社會領域的話題。

　　當時的文學領域，女性還只是一種點綴。大家都把尊重女性當做「新」的標誌，也有人更喜歡以女性做陪襯來標榜自己的「新」。許廣平曾對魯迅說：「我向來投稿，恒不喜專用一名，自知文甚卑淺，裁奪之權，一聽之編輯者，我絕不以甚麼女士……等，妄冀主筆者垂青，所以我的稿子，常常也白費心血，付之虛擲，但是總改不了我不好用一定的署名的毛病。」〔註30〕許廣平需要的不是特別的「垂青」，而是公平的對待。

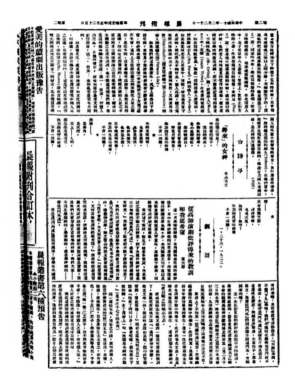

冰心詩作《將來的女神》

　　川島在《憶魯迅先生和語絲》中也說，語絲的撰稿人是十六位：「於《語絲》出版前，曾有一張由孫伏園寫的紅字白紙約莫四開報紙大小的廣告，後來也曾經在《語絲》第三期的中縫登過，說明本刊由周作人、錢玄同、江紹原、林語堂、魯迅、川島、斐君女士、王品青、衣萍、曙天女士、孫伏園、李小峰、淦女士、顧頡剛、春臺、林蘭女士等長期撰稿。」〔註31〕其實，十

〔註30〕 《兩地書》，《魯迅全集》第11卷，人民文學出版社1981年出版。
〔註31〕 川島《憶魯迅先生和語絲》，《魯迅回憶錄》，上海文藝出版社1978年出版。

六位撰稿人中，除了淦女士以沅君的名字在《語絲》上發表過幾篇文章外，其餘幾位女士都是以家屬的身份來湊數，顯然不應該算在其中。那些先生們把女士們拉來充數，並沒有爲她們贏得應有的尊重，反而讓她們成爲了花邊一樣的點綴和陪襯，這同樣是一種不公平。

在那個連男女同臺演出都備受「舊派」攻擊的社會氛圍中，「新派」們的特別關照沒有給知識女性帶來安慰，相反卻讓她們感受到另一種不公和輕視。許廣平們的「苦悶」是當時的知識女性具有普遍性的心理特徵。她們渴望得到認可，卻並不想依靠自己的女性身份。所以許廣平才在取筆名的事情上，特別遮掩自己的性別特徵，而不願意象有些女性一樣主動以「女士」的符號來突出自己的女性身份，以得到垂青。

那麼爲什麼冰心沒有受到這種「苦悶」的影響？或者說難道冰心沒有感受到這種社會的壓力嗎？冰心確實是個特例，幾乎沒有受到這種「苦悶」的影響。有兩條特別的原因：一是冰心與《晨報》經理的親戚關係。與重要人物有親戚關係，這並不特別，特別的是這種關係給冰心帶來了什麼。冰心從一開始就被表兄劉道鏗帶入了一個無論是規格還是水平都堪稱最高的文化圈裏，對18歲的學生冰心來說，這個圈子裏的每個人物都是閱歷深厚、思想深刻的長者形象。在這個圈子裏，冰心的女性身份被最大限度的弱化，她更多的是以親戚或者學生甚至孩子的身份得到提攜和幫助。我們注意到，孫伏園給冰心的小詩《可愛的》加的按語，從內容到語氣，都好像老師給學生寫的評語。所以，與重要人物有親戚關係並不少見，但能得到冰心一樣的禮遇就不容易了。二是冰心本人性格與創作的單純。無論是她的個人生活經歷還是在她的創作中，冰心始終是在觀察而不是經歷生活中的苦難，或者是在設身處地的想像中體驗苦難，她少有眞正觸及社會的殘酷和情感的壓抑。在她的創作中，更多的是童眞和母愛，而屬於「女人」「女性」的特質卻難得一見。這使她彷彿處於一個與現實社會有著巨大差距的單純的個人世界中。正因如此，她的性格、創作與她的機遇結合在一起，才成就了一個唯一的特例冰心的成功，那時和以後都沒有也不可能出現類似的冰心。

其實，對冰心的成功原本應該有更大的商業價值，而不是僅僅局限在她個人和文學領域的成功。就如同現在的所謂「美女作家」「少年作家」之類，蘊含著巨大的商業價值和商業潛力。按照商業社會的規則，冰心之後一定會出現眾多的模仿者和跟隨者，但現實卻並非如此，我們沒有看到第二個冰心

的出現，其創作風格在當時雖然產生了一定影響，但並沒有形成風潮。就是因爲冰心的特殊背景，讓她的成功無法在當時的現實生活中找到共鳴，現實中更多的是許廣平、盧隱、評梅女士的苦悶。這就讓她的商業價值被大大地打了折扣，也讓這個本應能引起更大話題的現象失去了最大化實現其社會和商業效應的機會。換個角度想，問題會變得更清楚。如果是盧隱取得了如冰心一樣的成功，可以想見，她所產生的社會效應必然是廣泛而深入的，其商業價值也一定會成倍攀升。但現實的結果是，冰心的成功好像是另一世界中的事，評梅女士、盧隱仍然在抒寫她們內心女性的苦悶與哀傷。當然產生這樣的結果還與當時人們的商業意識比較薄弱有關，與當時經濟發展的狀況有關。

即便如此，冰心的成功也仍然在文學與商業兩方面起到了應有的作用。

第三節　問題意識與商業功能

一、《晨報副刊》上的問題討論

對《晨報》及其副刊來說，根本宗旨是以報紙喚醒民眾，建設新文化新思想新道德，實現啓蒙大眾建設文化的目標。在追求這一根本宗旨的過程中，報人們所採取的啓蒙方式有時候也能起到商業營銷的作用。

編輯運用編輯手法，提高報紙的互動性和參與性，既有利於更廣泛的文化啓蒙，同時也有利於擴大報紙影響，引起公眾興趣，獲得更高的商業回報。這以孫伏園推崇的問題討論的方法最具代表性。

可以說，孫伏園極爲出色地實踐了傳播學中的「議程設置」理論。

《晨報副刊》不能決定人們對某一事件或意見的具體看法，但是可以通過提供信息和安排相關的議題來有效地左右人們關注某些事實和意見，以及他們對議論的先後順序，孫伏園提供給讀者的是他們的議程。在《晨報副刊》引發社會討論的過程中，它對事物和意見的強調程度與讀者的重視程度成正比，即孫伏園在報紙上設置的議題會改變讀者在生活中對事物重要性的判斷，也就是說，讀者會把孫伏園在報紙上強調的議題認爲是自己最重要最應該關注的問題，會跟著報紙認爲報紙認爲重要的事就是最重要的事；這樣，經常讀報的讀者，他對社會問題的思考和其重要性的認識，往往會與報紙所設置的議題和議程呈現出一致性。除了對議題的設置，《晨報副刊》還重視這些議題是如何表達出來的，怎樣通過表達方式的變化更多地影響讀者的態度

和行為，並推動讀者在現實生活中針對相應的問題做出報紙所需要的態度和行為。孫伏園和《晨報副刊》就是經常通過這種「議程設置」的方式，完成啓蒙的使命，也獲得了眾多的讀者（消費者或受眾）。

1918 年，《晨報》第七版專門開設的欄目中就有「勞動問題」、「婦女問題」、「家庭問題」等，關於婦女地位問題的討論，還專門刊登徵文啓事，向社會廣泛徵稿。自此以後，這種問題討論的形式就幾乎成為《晨報副刊》的一個標誌，儘管欄目名稱中沒有了「問題」這兩個字，但在 1924 年孫伏園離開以前，它對於各種大大小小問題的爭鳴和討論似乎從未間斷過。「國語問題」、「科學與宗教問題」、「對『學衡』的批評」、「醜字入詩問題」、「復古問題」、「誰害了江希張」、「關於音譯的爭論」、「關於『不敢盲從』的爭論」、「科玄論戰」、「關於愛情定則的討論」「關於『新某生體』的討論」、「新式標點問題」、「關於『抵制日貨』的爭論」、「女子參藝」、「漢字改革的問題」、「關於『香豔秘圖』」、「算學與詩人」、「純陽性的討論」、「我該怎麼辦」「關於翻譯的爭論」、「吠與犬聲」等等，當然，這筆流水帳足以讓我們看到孫伏園在這方面明確的編輯思想。

關於「女子參藝」的討論

高師紀念日之民意測驗

　　從內容上看，這些問題涉及到哲學方面、文學領域、思想文化、教育，同時也包括社會現實問題，甚至個人問題。儘管在數量上哲學、文學、思想、文化、教育等方面的討論占多數，但是，就大眾的參與程度和對大眾產生的切實影響來說，對於社會現實問題包括個人問題的討論才更為重要。不過，就現實問題而言，《晨報副刊》上關於經濟的話題極少，五四時代是一個把精神層面擺在主流地位的時代。《晨報副刊》上的現實問題更多地側重於情感問題，比如像愛情、婚姻、家庭和女性地位等問題。這類問題與思想文化緊密相聯，同時又涉及到在新舊文化中掙扎的每個個人的切身生活。《晨報副刊》上曾有「特載」《高師紀念日之民意測驗》〔註32〕，測試題目有八個：

〔註32〕　《晨報副鐫》1923 年 1 月 5 日。

一是你贊成女子參政嗎？二是假使你有選舉權，你將舉誰做下任大總統？三是你最喜歡讀的中國舊小說是哪一本？四是當今活著的中國人你最佩服哪一個？五是你相信宗教有存在的必要嗎？六是中國有許多不良的風俗和習慣，你覺得哪一種應當先改良？七是北京地方上急當設立的是什麼？八是北京地方上急當取締的是什麼？測驗題的第一題就是「你贊成女子參政嗎」，可見大眾對於女性地位的關注；第六題是「中國有許多不良的風俗和習慣，你覺得那樣應當先改良」，答案中「婚姻」名列前茅。的確，五四時期，兩性、愛情、婚姻，幾乎就是每個人都關心的、與每個人的生活最爲貼切的事情。而《晨報副刊》正是抓住了這一點，在1919到1924年間，把這一討論主題一以貫之。

從形式上看，《晨報副刊》上形成問題討論的方式主要有三種：主動出擊式、順水推舟式和守株待兔式。所謂主動出擊，就是說問題討論從提出到組織進行，都由編輯一手設計策劃，《晨報副刊》上的討論很多是這一種情況，比如「關於愛情定則」的討論；所謂順水推舟，就是說對於已經在社會或者其他報刊上引起廣泛爭議的有意義的問題，晨報副刊積極參與介入，通過轉載或者再組稿爲問題的討論推波助瀾，比如「科玄論戰」；所謂守株待兔，就是說編輯常常在讀者的投稿和來信中發現問題，作爲引發爭論的導火線，比如「我該怎麼辦」、「一封怪信」等。相比而言，這種形式上的多樣性要比內容上的豐富性更能體現出《晨報副刊》明確的編輯意識。

《晨報副刊》主導之下的討論和爭鳴實際上在努力傳達一種平等交流意識和自由探討精神，營構出眾聲共享的語言環境。這種對普通個體的思想和認識從未有過的尊重和重視，極大地引起了民眾的好感和興趣，當然對《晨報副鐫》的市場營銷百利而無一害。

《晨報副刊》上的問題討論很多並不是只有方家、鴻儒們才有資格發言。「不平則鳴」，孫伏園曾經說過：「本刊認爲可以代爲宣布的稿件，至少也須有一個極簡單的條件，就是持之有故言之成理。」無論是學生、職員，還是市井、村夫，只要「持之有故言之成理」，就可以與專家學者一起切磋。儘管當時的啓蒙者往往是以居高臨下的姿態去「改造」或者是去拯救被啓蒙者，但在《晨報副刊》上的問題討論中，你會發現這種君臨的態度被大大沖淡了，它並不明確地體現在字裏行間，它只潛隱在編輯對於問題討論的整體控制和

報紙的根本宗旨與追求背後。

　　這種方法在啓蒙方面的功能顯而易見。也許《晨報副刊》上的問題討論也希望經過討論可以得到一種明確的結論和統一的認識，但事實上，無論結果如何，是否被接受，一些現代的思想、觀念和意識已經在不知不覺中在討論中彌漫開來、傳播開去，滲透到參與者、閱讀者的知識和心理結構中。比如，正是在對「醜字入詩」這一細小問題不斷擴大的爭論中，新文學的美學原則、文學的分類、文學的想像、情感與眞實、創作者的創作心理和閱讀者的接受心理等許多涉及新文學基本元素的問題得到了澄清和確立。人們也同時對這些問題有了一定的認識，至於具體的「醜」字到底能否入詩，人們完全可以各執已見；正是在對「抵制日貨」問題上兩種極爲對立的態度的激烈對抗中，有關世界與中國的概念，有關現代國家和民族的觀念，有關眼前具體的愛國主義行爲與終極人類理想的衝突，逐漸沉澱在人們的思想和意識中，至於在現實生活中到底是否還買日貨，人們自然會有不同的選擇。

　　這種方法在擴大報紙受眾面，促進市場營銷方面的作用也很清楚。《晨報副鑴》對兩場著名的大討論的組織和編排，最有說服力。這兩場討論就是「科玄論戰」與關於「愛情定則的討論」。

二、「科玄論戰」與「關於愛情定則的討論」的關聯

　　這兩場討論有一些看似偶然的關聯。它們在《晨報副刊》上出現的時間幾乎是一致的，都大約是從 1923 年 5 月開始一直持續了整整兩個月，到 6 月底討論結束。兩場討論的規模都很大，影響也都相當廣泛深遠。而此時，正是《晨報副刊》連續不斷地進行問題討論最熱鬧的時候，可以說，這兩場討論的同時出現使得《晨報副刊》在這方面的努力在此達到了最高潮。兩者之間也有一些看似毫無關聯的特徵。參與者的身份不同，「科玄論戰」的參與者全是專家學者，甚至有具有巨大影響力的文化精英；而「關於愛情定則的討論」的參與者則大多是具有一定知識的普通人。當然更重要的是論題的不同，前者主要是在哲學層面討論科學與人生觀的關係，後者則是在現實生活層面討論幾乎人人都面臨的愛情問題。這使得它們產生影響的範圍也不同，前者的影響主要是在文化學術圈內；後者則可能對更多普通人的現實生活造成或大或小的衝擊。

科玄論戰

張競生《愛情的定則與陳淑君女士事的研究》

　　《晨報副刊》上的「科玄論戰」，是從 1923 年 5 月 2 日張君勱的文章開始，之後一直持續到 6 月底。這場圍繞「人生觀」的大論戰，分為兩個戰隊：一方是以丁文江為代表的科學派；另一方是以張君勱為首的玄學派。這是一場關於「科學與玄學」的大論戰。一大批重要人物圍繞這個題目參與到論戰中來，比如梁啟超、胡適、孫伏園、張東蓀、林宰平、甘蟄仙、王星拱、章演存、叔永、朱經農等人，都在《晨報副刊》上發文論戰。梁啟超主要發表了《人生觀與科學》、《關於玄學科學論戰之「戰時國際公法」》等文章，不過他的態度是中間派，持調和立場。

　　以下是「科玄論戰」在《晨報副刊》上的主要記錄：

時間	內容
1923 年 5 月 2 日	張君勱文章拉開序幕
5 月 3 日	丁文江文章《玄學與科學》
5 月 6、7、8 日	張君勱回應《再論人生觀與科學並答丁在君》
5 月 9 日	梁啟超文「暫時局外中立人宣言」
5 月 10～11 日	張君勱文
5 月 12～13 日	張君勱文
5 月 14 日	論戰繼續
5 月 22 日	《努力》發表叔永文，胡適文，《晨報副刊》繼續關注
5 月 25 日	孫伏園文。《晨報副刊》編輯再為論戰添火
5 月 29 日	梁啟超再發文《人生觀與科學》——對於張丁論戰的批評。
6 月 2、3、4、5 日	林宰平文《讀丁文玄學與科學》
6 月 6、7、8、9、10 日	丁文江文，答張君勱
6 月 15、16 日	張東蓀文評丁在文
6 月 17 日	章演存（努力）評張君勱
6 月 18 日	朱經農論張君勱
6 月 25 日	甘蟄仙反省
6 月 28、29 日	論壇
6 月 30 日	丁文江文《玄學與科學的討論的餘興》

1923 年 5 月 9 日梁啟超以「暫時局外中立人」加入科玄論戰

1923 年 5 月 29 日梁啟超發表對於張丁論戰的批評

1923 年 5 月 6 日張君勱回應丁文江文
《再論人生觀與科學並答丁在君》（上）

1923 年 6 月 30 日丁文江發表《玄學與科學的討論的餘興》

　　「關於愛情定則的討論」源於一則新聞事件。1923 年 2 月，北京大學生物系教授譚熙鴻妻子病逝。僅僅兩個月後，33 歲的譚熙鴻與自己去世妻子的妹妹，22 歲的陳淑君戀愛並同居。不過，在這之前，陳淑君與一位廣東的沈先生已經有了口頭婚約。沈先生得知譚陳二人相戀同居的消息，趕赴北京，並在報紙上發文指責譚教授和陳淑君不仁不義，違背道德倫理。經報紙披露後，社會輿論一邊倒地同情支持沈先生，痛罵譚教授身爲人師，卻奪人所愛，批評陳淑君移情別戀，實在爲人所不齒。這件事也引起了《晨報副刊》的關注。孫伏園出人意料地在 1923 年 4 月 29 日的《晨報副刊》上，刊出了一篇《愛情的定則與陳淑君女士事的研究》一文，作者是張競生（張競生是事件當事人北大譚熙鴻教授以前留學法國時的學友，時爲北大哲學系教授）。張競生在文章中旗幟鮮明地爲譚陳兩人辯護。他的主要觀點是：「在封建思想猖獗的社會，在不人道的家庭，在違背愛情定則的人群裏，當然一見陳淑君女士棄沈就譚的事，就會變得大驚小怪了。他們以舊式眼光審視，陳女士應生爲沈家人，死爲沈家鬼，再不能另有選擇了。現在我們應當明白，婚姻應自由，要訂婚是訂婚，要解約即解約，即使結爲夫婦，也可離婚，夫婦相守如能永久，當然是件好事；若不能長廝，乃爲愛情條件的變化，斷不能說它一定不好了。明白此理，我們對於陳女士不僅要大大原諒，並且還要贊許她。」張競生還就此提出了關於愛情的四大定則：一是愛情是有條件的，包括感情、人格、狀貌、才能、名譽、財產，愛情的濃烈取決於條件的完全；二是愛情是可以比較的；三是愛情是可以變遷的，有比較即會有選擇，有選擇即希望至善至美；四是夫妻應視爲朋友的一種，不同之處則在於比朋友更加密切。張競生的觀點，在當時的社會上無疑是一顆震撼彈。也因此成爲《晨報副刊》編輯孫伏園設置議題的絕佳素材。

　　以下是「關於愛情定則的討論」在《晨報副刊》上的主要記錄：

時間	內容
1923 年 4 月 29 日	張競生文
5 月 18 日	晨報記者文，正式掀起討論。
5 月 19～31 日	每天的《晨報副刊》均有相關此議題文章，持續 13 天
6 月 2～10 日	每天的《晨報副刊》均有相關此議題文章，持續 9 天

6月12日	有讀者來信，堅決反對此議題持續討論下去。公開信的觀點非常偏激，他認為參與討論的文章「除了足為中國人沒有討論的資格和佐證之外，毫無別的價值。」但魯迅先生得知後，卻不以為然。他對孫伏園說，不能終止這個討論。魯迅先生說：「先前登過二十來篇文章，誠然是古怪的居多，和愛情定則的討論無甚關係，但在別一方面，卻可作參考，也有意外的價值。」魯迅先生也不完全贊同張競生的觀點，認為張競生的想法過於理想，與現實脫節。
6月13日	討論繼續
6月16日	討論繼續
6月20日、22日	張競生最後答辯。《答覆「愛情定則的討論」》。文中堅持自己的觀點，指出「愛情是一回事，道德又是另一回事」，「雖不是夫妻，亦可以性交。性交不等於愛情。」更是引發爭議。
6月25日	《晨報副刊》記者在張競生最後答辯後寫了結束語。之後又相繼發表了三篇讀者來信，在6月25日終止。

1923年5月18日晨報副刊記者策劃掀起「關於愛情定則的討論」

　　這兩場討論之所以能夠關聯起來，最重要的因素就是《晨報副刊》編輯對這兩場討論內在統一性的把握。兩個參與人數眾多、規模龐大、持續時間較大且影響深廣的討論同時發生的高潮場面的出現本身，就是《晨報副刊》組織編排的結果。在這兩場討論中也都能看到《晨報副刊》編輯以明確的編輯意圖和自覺的「問題意識」在其中穿針引線、推波助瀾。「科玄論戰」並不是首先發生在《晨報副刊》上，而是在《清華週刊》和《努力》上，但《晨報副刊》卻非常敏銳地抓住這一已經引起爭論的問題作文章，並以報紙出版的速度和頻率，迅速擴大了這一問題討論的影響，就在有關問題的爭論如火如荼之時，孫伏園也在《晨報副刊》〔註33〕頭版頭條發表《玄學科學論戰雜話》一文，又添了一把火。《晨報副刊》一直關注著這場論爭的進程，並不吝爲其開闢可觀的版面空間，成爲這場論爭的主要戰場。「關於愛情定則的討論」則完全是由《晨報副刊》編輯策劃，以張競生《愛情的定則與陳淑君女士事的研究》〔註34〕掀起討論，並根據需要牢牢控制著討論的進程和節奏。最初，編輯在 4 月 29 日刊發張競生的文章後，到 5 月 18 日才正式發起討論。「本刊登載張競生君《愛情的原則與陳淑君女士事的研究》一文以後，本希望青年讀者出來討論。直到今日爲止，已收到以下這許多篇。不過很使我們失望，裏面有大半是代表舊禮教說話，可見現在青年並不用功讀書，也不用心思想，所憑藉的只是從街頭巷尾聽來的一般人的傳統見解。中有錯誤及必須解釋的地方，當於登完以後由張競生君撰文答覆。」這裡有清晰的策劃思路，也有明確的價值導向，顯然是針對青年讀者進行的「議程設置」。討論引起讀者極爲熱烈的反應，有的認爲討論有意義，應該繼續，有的則認爲這種討論意義不大，應該終止，但《晨報副刊》編輯卻有自己的打算和意圖。〔註35〕而對於各種各樣良莠不齊的觀點，有些甚至是「代表舊禮教說話」的，編輯並不加特意的關注，照樣大膽刊出，這引起讀者的不滿，討論似乎無法控制，但當《晨報副刊》編輯把自己明確的意圖公之於眾後，問題的討論仍然在掌握之中。

〔註33〕孫伏園《玄學科學論戰雜話》，《晨報副鐫》1923 年 5 月 25 日。
〔註34〕張競生《愛情的定則與陳淑君女士事的研究》，《晨報副鐫》1923 年 4 月 29 日。
〔註35〕孫伏園《編餘閒話》，《晨報副鐫》1923 年 6 月 20 日。

孫伏園《玄學科學論戰雜話》

　　有意思的是，《晨報副刊》的編輯其實已經認識到，這兩場討論其實是一體的，它們之間存在著更爲深切的聯繫。兩場討論雖然論題不同，但仔細想想，它們本質上是在討論同一個問題。無論「科玄論戰」多麼深刻高遠，它總不會否認其核心問題之一就是人的主觀精神層面的東西能否使用客觀科學的方法分析或者支配，而「關於愛情定則的討論」所爭論的不就是屬於主觀精神層面的愛情是不是受客觀現實條件的制約嗎。只不過，它們作用於不同的層面，前者作用於純粹抽象的哲學層面，後者作用於具體的現實生活層面。「關於愛情定則的討論」正是「科玄論戰」核心問題的具體化。要知道，純粹抽象的學術思想、文化觀念不經過具體化，是無法作用於現實生活的，更無法被更多的普通人接受，成爲開啓人們心靈的鑰匙。沒有「科玄論戰」提供的信息作爲哲學背景，「關於愛情定則的討論」似乎僅止於就事論事，是一堆雜亂無章的偶然意見的集合；沒有「關於愛情定則的討論」具體化，「科玄論戰」的影響可能只是一座堂皇的空中樓閣或者一段象牙塔裏的自說自話，而與啓蒙無關。因此，正是從這個意義上說，這兩場討論合起來，倒像暗合了一個更爲徹底的啓蒙過程，從精神層面到現實生活，人們不僅在現實生活

中的愛情問題上得到啓發，還在哲學和人生觀的精神層面上找到了生命的根本依據。與此同時，就在這個過程中，現代的愛情婚姻觀念，人對自身精神世界的認識，現代科學的性質、功能和方法等等這些完全屬於現代人的知識、觀念和意識，漸漸落在人們的頭腦中、心底裏。在啓蒙功能產生作用的同時，《晨報副鐫》的形象也在人們的心目中扎下了根。

除編輯採用有效的編輯方法外，一些報紙也意識到經營副刊本身就是一種營利的手段，同時副刊也成爲文學青年和文學團體得以生存的有力支撐。報紙副刊改革之後，成爲特別受大眾歡迎的閱讀材料。各報社爭相開辦副刊，副刊編輯的工資與報社其他人員相比略高。當年，邵飄萍創辦的《京報》最多時擁有 23 種副刊，〔註 36〕他曾發表聲明：「各種副刊上之言論，皆各保有完全的自由，與本報無須一致。本報編輯部，從不對於各副刊上參加一字，此皆鄙人所首先聲明，可爲與各團體眞誠合作互助，而絕對不含有他種作用的確證。」〔註 37〕而更多地是一些文學青年組成的文學群體也依靠報社發行自己的文學刊物。主要有：

文學團體	主要作者	副刊或期刊	報紙
文學研究會	孫伏園、鄭振鐸、王統照、葉紹鈞、朱希祖、周作人、許地山、郭紹虞等人	《學燈》	《時事新報》
		《文學旬刊》	《晨報》
		《京報副刊》	《京報》
		《微笑週刊》	《民意報》
創造社	郭沫若、郁達夫、成仿吾、張資平等	《創造日》	《中華新報》
淺草沉鐘社	馮至、林如稷、陳煒謨、楊晦等人	《文藝旬刊》	《民國日報》
綠波社	趙景深、孫席珍、焦菊隱等人	《綠波旬刊》、《朝霞》	《民意報》
莽原社	魯迅、高長虹、向培良、章農萍等人	《莽原》	《京報》

本章小結：其實作爲有政黨背景的報刊，《晨報副刊》在開始的時候，商業色彩是非常淡薄的。隨著時間的推移，其規模和影響力擴大開始增加它的

〔註36〕方漢奇《報史與報人》第 436 頁，新華出版社 1991 年出版。
〔註37〕同上第 438 頁。

商業色彩，當然這也許並不是辦報人所主動追求的。但報社畢竟還是一個經濟實體，不論強弱，它總會受到商品經濟規律的影響。所以從商業的角度審視《晨報》及其副刊是必須的。但是要把它所具有的商業因素清清楚楚地從有政黨背景且以啓蒙爲最高追求的《晨報》的經營中剔出來，並不容易。因爲《晨報副刊》爲實現啓蒙目標和爲追求商業利潤所採取的手段在很多方面有極強的一致性。而在具有獨立精神的文學性副刊上談論商業的影響就更加困難。

第三章 研究系的《晨報副刊》爲什麼會倡導新文學？

　　很多研究者常常把《晨報副刊》與《晨報》分開談論，好像兩者並非一個整體。事實上，《晨報副刊》就是《晨報》的一部分，兩者密不可分。《晨報》爲《晨報副刊》的經營創造了條件，《晨報副刊》則以自己的方式讓《晨報》的名字大幅增值，而且爲自己贏得了獨有的歷史價值。

　　《晨報副刊》的發展一般分爲三個階段：李大釗時期（1919 初～1920 年7 月）、孫伏園時期（1920 年 7 月～1924 年底）、徐志摩時期（1925 年 10 月以後）。其中前兩個時期是《晨報副刊》發展最複雜影響力也最大的階段。我們選取李大釗時期和孫伏園時期，把《晨報副刊》在這兩個時期不同的特點和變化進行梳理，看看《晨報副刊》如何在思想學術性和文學性、歷史責任和個人趣味之間取捨漸變，而這一流程又體現著怎樣的必然性和偶然性。要講清楚這些問題，我們還得再重複一下《晨報》各階段的基本狀況：1916 年8 月 15 日《晨鐘》報創刊，副刊在第五版；1918 年 12 月改名《晨報》繼續出版，副刊在第七版；1921 年 10 月 12 日第七版改出四版單張，並定名爲《晨報副鐫》。

　　「報紙沒有一家沒有背景」。〔註 1〕《晨鐘》報創刊於 1916 年 8 月 15 日，是進步黨的機關報。作爲某政黨或派別的機關報，本身就具有濃厚的政治色

〔註 1〕 魯迅語，這句話來源於李霽野回憶魯迅先生的文章《〈民報副刊〉及其他》。
　　　　文中提到韋素園要去《民報》作副刊編輯，但不清楚報紙的政治背景，去問
　　　　魯迅先生的意見，魯迅先生就說：報紙沒有一家沒有背景，我們可以不問，
　　　　只能利用它的版面，發表我們的意思和思想。

彩。事實上，《晨鐘》報的誕生和《晨報》的刊行都與以梁啓超為核心的研究系知識分子政治思想的變化和具體的政治實踐有關。五四前後，以梁啓超為核心的研究系知識分子形成並掌握著極具權威影響力的文化資源和文化權力。和《改造》、《時事新報》等研究系其他報刊一樣，《晨報》既是他們實踐自己政治理念的工具，同時也是他們文化權力的一個表徵。

《北京報紙小史》〔註2〕中說到：「（《晨報》）在學界操持莫大威權。日出兩大張，銷路極廣。北京各報歷史之悠久亦以該報為最，至今社會人士尤未忘其聲譽也，而該報之文藝欄仍留有傳統的價值。」這段話指出了《晨報》的另一特點：作為具有深厚政治背景的報紙，卻「在學界操持莫大威權」。這同時揭示了研究系知識分子的特殊：以政治與學術的雙重身份在政治與文化之間遊走。

第一節　《晨報副刊》內容的變革

一、李大釗的改革

歷來研究者都把《晨報》和《晨報副刊》在五四前後起到積極的社會作用，歸功於李大釗做過《晨報》的編輯和他對《晨報》第七版（副刊）的革新及對馬克思主義的宣傳。其實這種看法頗為片面。

李大釗與《晨報》的淵源很深。李大釗曾經兩次參與《晨報》的編輯工作：第一次是《晨鐘》報創刊，李大釗應湯化龍的邀請擔任《晨鐘》報的編輯主任。但是李大釗在《晨鐘》報只工作了22天〔註3〕。第二次就是在1919年初，受《晨報》邀請協助《晨報》對第七版進行調整，這就是多為大家關注的李大釗對副刊的革新。

對李大釗這兩次參與《晨報》編輯工作的意義，我們必須從史實出發給予更全面的認識。

先說第一次。雖然李大釗在《晨鐘》報的工作只有短短22天，但這22天裏的一來一去含義卻很豐富。首先，李大釗的「來」是因為他與進步黨特別是湯化龍的關係非淺。湯化龍曾是李大釗的校長，李大釗留學日本也是由

〔註2〕作者長白山人。本文選自《中國近代報刊史參考資料》下冊，中國人民大學新聞系，1982年4月版。

〔註3〕李大釗在《晨鐘》報工作時間為1916年8月15日～1916年9月5日共22天。

湯化龍資助。﹝註4﹞1916 年 5 月上旬，由日本輟學回國抵上海。﹝註5﹞7 月中旬，抵達北京開始參與《晨鐘》的籌備工作。據高一涵回憶：「守常回國後，湯化龍請他主編《晨鐘》報，這個報紙後來改名《晨報》。七月，我也回國，守常約我同編《晨鐘》報。」﹝註6﹞不久，李大釗出任湯化龍秘書。1916 年 8 月 15 日，《晨鐘》創刊，李大釗擔任《晨鐘》報編輯主任。﹝註7﹞

　　關於李大釗離開《晨鐘》報的原因，其背景歷來眾說紛紜。李大釗自己在 1916 年 9 月 9 日《晨鐘》報上發布的關於辭去編輯職務的啓事是這樣說的：「晨鐘創刊，鄙人承乏編輯主任一席，出版兼旬，缺謬未免，殊負閱者之雅望。今以私事縈擾，急思返里，爰請社中另託明達。鄙人此後倘於一事一理，有所指陳，仍當寄登本報，就正當世。所有編輯部事項，概不負責，特此聲明。」﹝註8﹞這顯然也是個託詞。

　　更多的研究者認爲李大釗是「因意見不合而離去」，強調「意見不合」是指李大釗與進步黨的政治抱負不一致。李大釗和進步黨的政治抱負確實不一致，但李的離去卻與政治抱負沒有多大關係。實際上，李大釗的離去是和進步黨在對當時具體政治問題的認識出現分歧，再加上派系鬥爭的結果。

﹝註4﹞李大釗曾是北洋法政學堂的學生，湯化龍曾任校長。實際上，資助李大釗赴日留學的還有孫洪伊。孫洪伊是北洋法政學堂的捐資者，又是校董之一。李大釗在法政學校畢業後，由孫洪伊及湯化龍提供資助，到日本留學。

﹝註5﹞《獄中自述》：「留東三年，益感再造中國之不可緩。值洪憲之變而歸國，暫留上海。」轉引自《李大釗生平史料編年》，張靜如等編，上海人民出版社，1984 年版。

﹝註6﹞《五四運動回憶錄》第 339 頁。

﹝註7﹞關於李大釗在《晨鐘》報的職位，各種年譜和很多研究文章都認爲是「總編」、「總編輯」或「主編」。方漢奇有《中國近代報刊史》中也說：「總編輯爲李大釗，經理爲劉道鏗。」徐鑄成在《報海舊聞裏》說李大釗當時是「副刊編輯」。黃河的《北京報刊史話》中又有「《晨鐘》報是由蒲伯英主持，編輯主任爲李大釗」。不過，如果按照報社的慣例，總編輯負責報社的全面工作，確定辦報的主導思想。而當時蒲殿俊應該是這一職位最可能的人選。他是進步黨的骨幹，資格較老，政治資本深厚，同時他在 1896 年就辦過《蜀報》，報業經驗也具備，所以主持《晨鐘》的應該是蒲殿俊。李大釗是湯化龍的私人秘書，直接讓他擔任總編輯不太可能。報社經理是行政職務，只管經營不管業務。而編輯主任才負責確定報紙風格和編排發稿，地位應該在「主筆」和「記者」之上，但肯定在蒲殿俊之下。這樣推論，李大釗應該是「編輯主任」比較有說服力。這一說法也可以從李大釗 1916 年 9 月 9 日在《晨鐘》報上的辭職啓事中得到證實。

﹝註8﹞張靜如等編《李大釗生平史料編年》，上海人民出版社，1984 年 8 月出版。

　　1915 年 8 月，籌安會的正式成立，標誌著袁世凱的帝制活動已經公開化。革命黨人反對袁復辟帝制，而以梁啓超爲代表的進步黨人，也迅速由擁袁轉變爲反袁，並率先發動了討袁護國戰爭。李大釗也改變了過去反對「以暴易暴」的態度，積極支持國進兩黨武力討袁舉動。他積極參加反袁的留日學生總會，進行討袁的宣傳活動，並爲討袁護國軍捐款。他也正是因此棄學回國，準備參加討袁護國戰爭。由於護國戰爭主要是進步黨發動和領導的，所以李大釗這時對進步黨的看法特別好。雖然在政治抱負上的大方向，李大釗和湯化龍等人確實不同。但研究系是擁護段祺瑞政府的，在這點上李大釗一開始與它沒有根本分歧。不過後來的發展卻讓李大釗和湯化龍、劉崇祐等人之間出現了矛盾。對於當時的段祺瑞、黎元洪的鬥爭，李大釗開始傾向於協調兩方的關係，而湯化龍等進步黨人是全力推段的。袁世凱死後，黎元洪任命的內務總長孫洪伊，與段祺瑞在地方自治問題上起了衝突。在這個問題上，李大釗是傾向於孫洪伊的，而擁段的湯化龍、劉崇祐等人是想「以段制孫」。這一點在《晨鐘》報上發表的文章中也有所體現。劉崇祐曾在 8 月 19 日的《晨鐘》報「法言」專欄中發表短評：「今大總統不私天下，因事擇人。但宜黽勉以從事，曾何感激之足云……共和國之官吏，全國之公僕也……感激下忱，當對四百兆之主人翁以一一鳴謝，何至獨向在總統。其爲全國公僕之一而出此醜態乎？是謂名不正，言不順，而望其政事有成，得否也？噫！」顯然這是對擁黎一派孫洪伊等的攻擊。而在 8 月 27 日《晨鐘》報上，也是在「法言」專欄，有白堅武的文章：「黎公之渾厚，段公之剛毅，風雨飄搖之會。吾人對於國事之前途有一線希望者，異口同聲曰惟二公是視。」這反映了李大釗、白堅武等人希望段與黎協調一致的態度。一家報紙出現了兩種不同的聲音，分歧也就變得明顯了。

　　李大釗隨後的活動也可以爲這一說法提供佐證。在 9 月 9 日在《晨鐘》發布辭職啓事之前，9 月 7 日李大釗就已經在和孫洪伊商量《憲法公言》有關事宜了。〔註 9〕白堅武日記記載：「七日，守常在老便宜坊請宴一涵高君及秦

〔註 9〕孫洪伊是清末立憲黨激烈派領袖。1913 年加入進步黨，二次革命後轉向國民黨，並積極參加反袁鬥爭。也就是說，孫洪伊是從進步黨中分化出來的勢力。袁死後，孫洪伊被黎元洪任命爲內務部長。1916 年 5 月李大釗從日本回到上海後參加了孫等人組織的憲法研究會。應該提起注意的是，這個憲法研究會與湯化龍同年 8 月 23 日組織的「憲法（案）研究會」是兩個組織。它是後來商榷系中「韜園系」的前身。《憲法公言》就是韜園系的喉舌。

立庵、田克蘇，議憲法公言主詣。伯蘭出訪之未遇，再與守常訪何海秋，未得其住寓。晚，偕立齋、守常訪伯蘭略談。遂同澤民至皮庫胡同新宅，守常今日移居於此。」〔註10〕9月9日，《晨鐘》報刊出李大釗辭職啓事的當天，他也同時離開北京回到河北樂亭老家。10月1日，回京後仍住在皮庫胡同。10月3日、6日、8日都曾與白堅武、高一涵等人與孫洪伊會面，10月10日，《憲法公言》創刊，發表李大釗《國慶紀念》一文。白堅武日記記載：「十日，雙十日國慶，各機關放假，午前同守常到羊肉胡同，與伯蘭略談某會議員接洽事。午後同守常、黃見平赴中央公園，天日清明，遊人魚貫，誠可樂也。憲法公言第一期出版，遺憾甚多。」〔註11〕之後 13 日，「到孫寓所借款百元定房租」，10月31日與白堅武同至光明殿西門看房後，「至孫寓所作稿一件」。11月21日、24日，均與白「訪王從周、孫伯蘭」等。12月4日，「爲法政學會同學懇親會開辦事，與白堅武同往孫伯蘭處借款」。此時，孫洪伊已被段祺瑞免職，但仍在經濟上給予李熱情支持。李大釗也在《憲法公言》上發表《省制與憲法》等鼓吹省制的文章，與孫洪伊的觀點相合。由李大釗與孫洪伊之間的密切往來可知，李大釗離開《晨鐘》報是經過考慮並有所準備的，而且確實與孫洪伊有關。

而從《晨鐘》報方面看，李大釗離開後，編輯主任一職就由湯、劉一系的陳光燾接任。而劉崇祐的文章在《晨鐘》報上多見起來，後來劉崇祐還曾做過《晨鐘》的總經理。

但是如果因爲件事就說李大釗和湯化龍等研究系就此決裂，反目成仇，也不準確。李大釗與湯化龍的感情比較複雜，嚴格說來，李大釗離開《晨鐘》報時的感情，失望和憤然居多，還有些難過。他在 9 月 4 日的《晨鐘》上同時發表了兩篇文章，《新現象》和文言小說《別淚》。《新現象》一文說：「吾國人才，置之適所，本不足用，而以人才不經濟之故，處處感人才之少，即處處嫌人才之多。社會與政治，既不能善用人才，以歸於至當之途，而所謂人才者，又不善於自用，基此二因，已用者時有不安其位之思，未用者常懷用武無地之慨。人人皆爲，有用之才，人人皆居，無用之地。此其爲象，寧不堪慨。」文言小說《別淚》則被公認爲政治寓言，其

〔註10〕伯蘭，即孫洪伊。《憲法公言》是孫洪伊即將創刊的刊物。秦立庵後爲《憲法公言》的經理。從中也可得知，李大釗已經爲離開作好了準備。

〔註11〕張靜如等編《李大釗生平史料編年》，上海人民出版社，1984 年 8 月出版。

中影射了某種政治關係。較有說服力的說法，是小說影射了李大釗與研究系湯化龍一派分手的原因，同時也反映了李大釗離開《晨鐘》報時的複雜心情。小說是講少女桐子與少年迪穆之間的離別。這正好與李大釗離開《晨鐘》報相符合。小說第一句「華氏，神京世族也。」自然是暗示北京的大派政黨。少女自幼許給迪穆，與華氏是「姑表親」，顯然是李大釗以少女桐子自喻，影射自己與湯化龍早年關係以及與進步黨之間的聯繫，而少年就是指湯化龍一派「多爲文弱書生，尙清談，喜批評是非。」少女勸說少年：「君子昔時，不曾一失足與彼輩爲伍乎？助異姓之豪強，以傾軋同輩，此事君子至今猶引爲遺憾萬千，君子不嘗向妾自白矣乎？曾幾何時，此傷心之痛史，君子遽欲從人以促其再談，妾固知非君子之初心，而一與彼輩交遊，此種覆轍，絕無可逃。」這是影射進步黨曾與袁世凱合作並沒有好結果，勸說他們不要再「重蹈覆轍」，與段祺瑞「異姓之豪強」合作，「傾軋同輩」（孫洪伊派）。小說在最後說少女桐子「不忍見同根相煎之慘」又「未便對於人之家事十分干預」，只能離去。結局是少年又得到桐子幫助，破鏡重圓。小說情節對應現實中的矛盾鬥爭，非常恰切。再把《新現象》與《別淚》兩文聯繫起來看，確實非常符合李大釗當時的狀況和心情。不過，小說的基本指向是勸告研究系懸崖勒馬，而不是與其徹底決裂。這時，李大釗對研究系的態度是不贊成服從，也不方便「干預」反對，所以只能懷著失望盡心勸告，去而遠之，痛心不忍卻又無奈。「別淚」的題目中其實已經蘊含了這層意思。

我們詳細敘述李大釗在《晨鐘》報的這段歷史，不僅僅是在說明李大釗與《晨報》的關係，更重要的是，我們需要更加全面、客觀地評價李大釗對《晨報》的作用。

第一，李大釗在《晨鐘》的 22 天，所產生的影響是受局限的。這與《晨鐘》報的黨派背景有關。當時《晨鐘》剛剛創刊，也是進步黨在「府院之爭」時期湯化龍一派極其重要的喉舌。湯化龍、蒲殿俊、劉崇祐等人不僅在進步黨內，而且在當時整個中國政壇上，都是資歷深厚、影響極大的風雲人物。他們在《晨鐘》報的權威，應該是李大釗最大的局限。李大釗的身份只是湯化龍的秘書，儘管他可以行使編輯主任的職能，但他根本不可能掌控整個《晨鐘》報的言論指向和根本性質。他還不具備相應的地位和影響力。

更何況，從李大釗在 22 天的工作日裏發表在《晨鐘》報上的 14 篇文章

來看，包括發刊詞《晨鐘的使命》在內，所體現出的言論主張和思想傾向與
進步黨對《晨鐘》報的基本方向並不衝突。李大釗在《晨鐘》上發表的文章，
除一則啓事和一則小說外，可以分爲兩類：一類是時評政論（包括發刊詞）
共 7 篇，一類是西方新思想或著名學者哲人的介紹，這類文章有 5 篇。〔註12〕
當時去日本學習法政回國的學生大多對如何在中國建立有效的憲法體制抱有
極大熱情。李大釗等人也是希望通過「法」來制約統治者，達到民主共和的
目標。這在《本報立言之標旨》〔註13〕一文中體現出來：宣布鑒於袁世凱帝
制失敗，民國重建，必須建立完善之憲政和國家政策，本報「始偈二義，昭
念國人」，其一，「平息黨爭」，其二「不訐陰私」。其實就是宣傳「不黨主義」，
眞實報導和評述國內外大事，不畏權勢，不爲尊者諱。在《言論自由與不黨》
〔註14〕一文中又說：「言論自由爲國民權利之一，憲政國之所同也」，本報「據
事直書，不偏不倚，代表國民之旨使，公是公非，好惡伸於天下，以崇德而
勵俗焉。蓋不黨之言論，乃爲眞自由之言論也。」這些主張都是和當時進步
黨人的初衷是一致的。而李大釗發表在創刊號上的《晨鐘之使命》和《新生
命誕孕之努力》兩篇文章，〔註15〕則明顯帶有梁啓超「少年中國」的影子。《晨
鐘之使命》充滿激情，氣勢磅礴，與《少年中國說》異曲同工。文章迫切要
求全體國民，特別是青年一代「自我自覺」，「索我理想之中華」，爲創造「青
春之中國」而奮鬥。「今日之中華，猶是老輩把持之中華也，古董陳列之中華
也。今日中華之青年，猶是崇拜老輩之青年，崇拜古董之青年也。人失其青
春，則其人無元氣，國家喪其青春，則國無生氣。」吾國「非絕無青年，絕
無新人，有之，而乏慷慨悲壯之精神，起死迴天之氣力耳。此則不能不求青
年之自覺與反省，不能不需《晨鐘》之憤發與努力者矣。」文章最後說明《晨
鐘》報的主旨和方向，「蓋青年者，國家之魂，《晨鐘》者，青年之友」；「《晨
鐘》當努力爲青年自勉，而以青春中華之創造，爲惟一之使命。此則《晨鐘》
出世之始，所當昭告於吾同胞之前者矣。」李大釗對現實問題也做出批評，

〔註12〕具體包括：《晨鐘》創刊時發表《晨鐘之使命》、《新生命誕孕之努力》，8 月
　　　　17 日《第三》，8 月 20 日《介紹哲人托爾斯泰》，8 月 22 日《介紹哲人尼傑》，
　　　　8 月 29 日《權》，8 月 30 日《政譚演說會之必要》、《達科兒之「愛」觀》，8
　　　　月 31 日《倍根之偶像說》，9 月 3 日《奮鬥之青年》，9 月 4 日《新現象》、《別
　　　　淚》，9 月 5 日《祝九月五日》，9 月 9 日辭職啓事。
〔註13〕《晨鐘》創刊號，作者郁嶷。
〔註14〕《晨鐘》創刊號，作者魂。
〔註15〕《晨鐘》創刊號 1916 年 8 月 15 日。

他提倡「政壇演説」，〔註16〕還對憲法會議召開表示「謹馨香頂禮以盡慶祝之誠。」〔註17〕並認爲「憲法者，國命之所由託。憲法會議者，憲法之所由生也。」〔註18〕他同樣也意識到憲政是需要以國民的覺醒爲基礎的。「權無限則專，權不清則爭，惟專與爭，乃立憲政治之大忌，而專制國民之常態也。故欲行立憲政治，必先去專與爭，欲去專與爭，必行劃除專制國民之根性。」在其他5篇介紹人物的文章裏，主要有達科兒（泰戈爾）、托爾斯泰、尼采、培根以及美國人格里利，其目的也是以西方哲人的思想爲青年人介紹新知識、新思想，喚醒民眾。

因此，從李大釗在《晨鐘》上發表的文章來看，他在這一時期的思想與當時以梁啓超爲核心的進步黨人的政治取向基本上是一致的，儘管他在一些具體的政治問題上因傾向孫洪伊而與湯化龍派存在分歧。

第二，李大釗重視《晨鐘》報的社會作用，因此特別強調報紙內容的思想性和社會批判性，對副刊的作用還沒有特別的認識。

《晨鐘》報是日報，除創刊號和增刊外，每天六版。一、四、六版爲廣告，除藥品、美容品廣告外，每期都有梁啓超《飲冰室合集》的徵訂廣告。這當然是進步黨人「近水樓臺先得月」。劉崇祐的廣告也發揮了這個優勢。劉崇祐在進步黨中是湯化龍派系的重要人物，所以他的廣告也受到特殊禮遇：從8月18日起，每期報紙都有《律師劉崇祐啓事》，「鄙人現已來京執行業務，事務所暫設在順治胡同……」。從報紙的內容上看，《晨鐘》第二、三版比較重要，主要包括啓事、社論、國內新聞〔註19〕、國外新聞〔註20〕、地方新聞等，版式條理非常清楚。與社論對角的壓版部分是短評「法言」專欄，這是常常發表言論的地方。另外，第二版上有題標，鐘的形狀，每期旁邊都會有一條警語。著名的「鐵肩擔道義」，就在8月20日的版面上。第五版是文藝副刊版，有林紓的小說，陳石遺、宗孟（即林長民）的舊體詩。白堅武還開設了「知白室説乘」專欄。報底有「大鳴小鳴」專欄很有特色，一般是來稿，內容多是對時局的牢騷話。從創刊開始《晨鐘》報就奠定了這種重視「政論」與「時評」的格局。李大釗走後，這種格局並沒有多少變化。

〔註16〕《政壇演説之必要》。
〔註17〕《祝九月五日》。
〔註18〕《祝九月五日》。
〔註19〕電稿，主要報導國內政局、議會消息。
〔註20〕電稿，主要報導一戰歐洲戰場情況。

《晨鐘》報的政論比較重要。這些政論短小精悍，少有長篇大論。一般一事一議，開門見山，有很強的啓發性和號召力。內容涉及政權建設、內外政策以及軍事、文化、道德、社會各方面，如《新生命誕孕之努力》、《治本》、《政治之正軌》、《青年之責任》、《國競與黨爭》、《人治與法治》、《法律與勢力》、《敬告今日之視國會爲兒戲者》、《段內閣改造論》、《自主之外交》等。《晨鐘》報最具特色的是時評。這些時評針對當時發生的事件、人物、主張、思潮等進行評論，比如《言論自由與不黨》、《自覺與自殺》、《議員與發言權》、《多數意見與獨立批評》、《立憲政治與自由權利》、《關於借款之疑問》、《審議長之不公平》、《省議會與公民》、《告造謠者》、《以政治作兒戲》等。時評一般字數不多，針對性強，內容非常集中，而且無論是標題還是內容都鋒芒畢露，極富批判力。無論是政論還是時評，作者大多使用化名或筆名，有的甚至不署名，也沒有標題，如果不仔細閱讀就無法區分文章內容。

《晨鐘》的第五版是文藝副刊，內容有文言小說、舊體詩一類，流露著一種舊派文人的閒致雅趣。當然這種意趣雖舊，格調卻清正。第五版整體上與當時其他同類報刊無論在語言形式、內容特點還是編輯方法上都相差不多。可以看出李大釗對第五版並沒有給予特別的關注。

李大釗告別《晨鐘》再次進入《晨報》時，他已經是北京大學圖書館主任了。〔註21〕1918 年 9 月，《晨鐘》報因報導段祺瑞向日本大借款事件而與《國民公報》（也屬研究系）等其他幾家報刊一起被段政府關閉。12 月 1 日停刊兩個多月的《晨鐘》報改組爲《晨報》出版。李大釗對《晨報副刊》的革新有兩個主要的標誌：一個標誌是協助《晨報》第七版（副刊版）設立「自由論壇」。1919 年 1 月 31 日的《晨報》上登載了啓事。「本報改良豫告：本報從二

〔註21〕李大釗擔任北京大學圖書館主任與章士釗有關。1916 年 5 月，李大釗回國後抵達上海。章士釗已先期回國擔任護國軍政府的秘書長。7 月初，章士釗因病住在上海白克路保隆醫院，李大釗曾兩次去探望，並介紹北洋法政學堂的同窗好友白堅武與章相識。這在白堅武的日記中有記載。袁世凱死後。黎元洪恢復了國會，章士釗隨後以議員身份北上，旋即轉入學術界，任北京大學教授兼圖書館主任，李大釗也在 7 月上旬離滬來到北京籌備《晨鐘》。金毓黻在《李大釗與五四運動》一文中說：「我根據北京大學檔案不完全的記錄，知道章士釗是在 1917 年任北大教授，又從當年 9 月起兼任北大圖書館主任。到 1918 年 2 月，章先生向北大校長蔡元培推薦李大釗繼續他作圖書館主任，蔡先生就答應了，自是時起，大釗先生就作了北大圖書館主任，但是不兼教授。這是我從 1918 年上季班印的北京大學二十週年紀念冊考察出來的。」轉引自《李大釗生平史料編年》，張靜如等編，上海人民出版社 1984 年版。

月七日起（即舊曆正月初七起）將第二張大加改良：（一）增設自由論壇一門，歡迎社外投稿。凡有以新修養、新知識、新思想之著作惠寄者，無論文言或白話皆所歡迎。（二）譯叢一門擬多採東西學者名人之新著，且擇其有趣味者選譯之。（三）劇評一門擬專擇與文藝有關係，比較的有高尚精神者登載之。如承投稿亦所歡迎。謹啓。」第二個標誌是協助《晨報》開闢「馬克思研究」專欄。1919 年 5 月 5 日，五四運動的第二天，《晨報》第七版開始出現「馬克思研究」，介紹《馬克思的唯物史觀》。「今天是馬克思一百零一回的誕生紀念日，茲篇係日本研究馬克思的大家河上肇所著的簡潔明瞭頗有價值，特譯出來作研究的資料。」研究者一般認爲，改革後的《晨報副刊》進行了積極而富有革命性的思想文化宣傳，而李大釗則是這一舉措的主導者，《晨報》這份研究系報紙也因此產生了令人詫異的先進性和革命性，有不少研究者專門探討了研究系的《晨報》在五四前後體現出先進性的因由。

事實上，《晨報》第七版（副刊）此後確實有所變化。兩個欄目的設置讓思想、文化和言論進入了副刊空間。1918 年 12 月以前，《晨報》第七版（副刊）的欄目主要有：專載、文苑、小說、家庭常識、舊聞和劇評，與《晨鐘》時期變化不大。到了 1918 年 12 月 14 日，增加了新欄目「譯叢」，發表《最近歐洲社會黨之運動》，27 日又增加「時代思潮」，發表《俄國革命之老婦》，然後才是在 1919 年 1 月 31 日登載改良預告啓事，增加「自由論壇」。接著在 2 月 27 日的《晨報》上又登載啓事：「閱者注意：本報從本日起將第二張第七版大加改良，特於自由論壇之外添設名著新譯、名人小史、革命實話三門，皆取材於中西有名之著作，請閱者注意。」「自由論壇」設立有研究專欄、紀念專號、問題討論、旅俄通訊、講演匯錄等，介紹新思潮，論述青年、勞動、教育、社會改造等問題。李大釗本人連續發表《戰後之世界潮流》、《新舊思想之激戰》等多篇文章，介紹俄、德等國的社會主義革命，指出「這樣滔滔滾滾的新潮，一決不可復遏。」〔註 22〕5 月 1 日，副刊刊出「勞動節專號」。五四運動爆發後，也刊載了介紹社會主義的文章，發表了一系列馬克思研究專論，包括馬克思生平與著作介紹。還發表了不少討論青年修養和方向的論著。「勞動神聖」、「社會改造」成爲輿論的中心議題。1919 年到 1921 年，副刊發過李大釗大約十幾篇論述哲學和宣傳馬克思主義的文章。在馬克思研究專欄和名人小史欄中，既介紹了馬克思、列寧和各國共產黨領袖的傳記及學

〔註 22〕徐松榮《維新派與近代報刊》，山西古籍出版社 1998 年出版。

說，也介紹空想社會主義及其代表人物聖西門、傅立葉、歐文以及無政府主義的代表人物蒲魯東、克魯泡特金。最著名的是《晨報》曾聯合其他報刊專門公開招聘赴俄羅斯考察的記者，後來瞿秋白擔任了《晨報》的駐俄記者，其關於俄羅斯革命的專稿不間斷地發表在《晨報副刊》上。

但是，《晨報》在五四前後的這種變化，其實並沒有脫離研究系的背景和研究系知識分子的話語空間。李大釗主持的《晨報副刊》也呈現出鮮明的特點，其意義和價值也需要在這個背景下進行評估。

第一、《晨報》的變化體現著研究系特別是研究系知識分子在新的歷史形勢下向文化運動傾移的跡象，他們在公共話語空間展現出新的特點。

1917 年底，段祺瑞因川湘戰爭的失敗被迫辭職，研究系也一同退出內閣。之後段祺瑞與交通系關係密切，研究系失勢。1918 年 3 月，段祺瑞重新組閣時就把研究系排除在外。1918 年 8 月，隨著安福國會的成立，研究系在政治上遭受到重大打擊，研究系核心人物都不得不從政壇退隱。9 月，《晨鐘》被封。梁啟超、湯化龍等不久即分赴歐洲與北美考察。從此，研究系知識分子逐漸從政治集團的研究系中分離出來。此時，張東蓀的「賢人政治論」顯示出研究系知識分子在這一階段國家建設思想的新變化。

張東蓀認爲現代國家建設不僅要創設政治制度，還包括新文人的廣泛建設。賢人是社會理性的代表，應該成爲整合社會的主體。代表社會理性的知識分子應該替代官僚軍閥成爲國家的重要部分。雖然這與梁啟超的中堅政治論有相同之處，但更注重國家權力之外市民的秩序與融合。張東蓀的這種重視形成社會的思想，在五四前後結合國際和國內形勢的變化又有所深化。他再次強調國民的思想與社會改造運動的必要性：「何謂帝國主義，曰以文化相爭，恃文化征服劣等民族，亦有二方面，一曰思想，二曰組織，於組織則經濟勢力是已，於思想則學術勢力是已，此後有民族焉，其組織不發達，其思想不發達，勢將爲他民族之精神的帝國主義所吸收。」〔註23〕在當時反軍閥輿論高漲的情況下，各派多主張南北和平會議，被安福國會趕出來的研究系政治集團也關心現實政局。但張東蓀主張以人民自決的原則來解決軍閥體制，解決內治問題。他批評各勢力包括研究系政治集團違反國民公意，他認爲國家重大問題的決定，不應該是少數特殊勢力之間的平衡與妥協，而應該反映由大多數國民參與而形成的公意。他使用了「人民」的概念，人民是「不

〔註23〕東蓀《新生命》，《時事新報》1918 年 11 月 8 日。

必躬自執行政事,但能對國是有一個堅強主義」的「商工農教育各種有職業的人」。他認為應該以「有職業者」的主動參與為基礎,確立大眾的開放的民主政治秩序,回復權力原有的公共性。〔註24〕他以「政治的平凡化、開放化」來限制國家權力的擴大化。〔註25〕同時需要有職業者的組織化,追求擴大市民的政治參與,就是以擴大國民的參與牽制和監督國家權力的行使。這種擴大市民的自律秩序縮小國家權力的立場,改變了過去把「民意」與政治權力相對立的認識。因此,研究系知識分子開始與政治集團分離,積極推進改造國民性和相關的文化運動。要擴大市民自律領域,能夠限制國家權力,市民必須具備更高的倫理道德力量。而這只有靠知識分子的文化活動才能達到。這一點暗示著研究系知識分子開始積極走向文化運動的跡象,而這種傾向在1920 年梁啓超歐遊回國後達到熱潮。研究系知識分子也隨之在新文化運動中發揮出更大的作用。與研究系知識分子紛紛從政壇退隱的實際行為相應和,這種傾向同時也意味著,研究系知識分子雖然在理論思想領域中繼續著他們關於國家建設的探索,但他們已經開始避免發展相應的現實政治勢力,其作為社會理性的角色漸漸突顯。

　　《晨報副刊》的變化就是在這樣的背景下進行的。當然,作為《晨報副刊》的編者,李大釗可能是這一革新的策劃者和執行者。但這一革新顯然是與其研究系背景相適應的,並沒有衝突和矛盾之處。首先,李大釗再次進入《晨報》,也許正是他在《晨鐘》上發表的文言政治寓言《別淚》的現實回應。在《別淚》中,李大釗已經提醒研究系在政治上不要重蹈與袁世凱合作終被拋棄的覆轍,可研究系卻正好走了老路。研究系的前身進步黨曾經依靠袁世凱想壓制國民黨,發展自己力量,但不久就被袁世凱拋棄。研究系不接受李大釗勸導,又想依靠段祺瑞來擴充黨勢,排擠異己,結果又被段祺瑞利用並最終被逐出政壇。此時,雖然研究系的核心人物湯化龍已死,〔註26〕但李大釗重歸《晨報》並不排除兩者之間的私人關係和情感聯繫。另一方面,李大

〔註24〕 東蓀《民治》,《時事新報》,1919 年 1 月 3 日。
〔註25〕 東蓀《政治之平凡化》,《時事新報》1919 年 1 月 6 日。
〔註26〕 1918 年 3 月湯化龍到日本遊歷並見到湯的政界老友莊景高駐日公使,其後赴美國和加拿大遊歷考察。8 月 23 日從加拿大給駐日公使莊景高一封信,信中提到在加拿大的心緒是「對於中國事絕無聞知,報紙亦無記載,甚為悶悶」「年來處混濁空氣之中,神經為之痺麻。」這是失意政客發自內心的哀歎。這也是湯化龍在世時留下最後的一封信。事隔寫信時僅一週,9 月 1 日,湯化龍在加拿大維多利亞中華會館被國民黨人王昌槍殺。

釗從《晨鐘》就已經顯現出來的，一貫的重視報刊社會思想文化宣傳的特點，也正符合這一階段研究系對《晨報》等報刊活動的要求。而且，研究系知識分子本身對報刊活動中文化思想的傳播也一直採取兼收並蓄的態度，這一點始終不變。梁啓超在談到他對於中國文化運動的向來主張時，強調的是「絕對的無限制儘量輸入」。《晨報》對各種新思潮兼容並包地進行介紹，比如陳獨秀提倡的「俄國式革命」，周作人嚮往的「新村主義」，胡適鼓吹的「實驗主義」與「好人政府」，蔡元培主張的「美育代宗教」……跟梁啓超的上述主張顯然是密切相關的。《晨報》主編陳博生也公開宣稱：「我們《晨報》在法律無光、是非不明的社會之中，維持不偏不黨底態度……我們決不肯替一黨一派說法，也不肯替一國家一階級幫忙。」這正是研究系及其媒體的一種特色。而在研究系失去了政治權勢並開始轉向文化運動的時候，他們已經開始逐漸放棄發展政治勢力的要求，更多的把焦點聚集在文化運動和思想啓蒙領域。因此，如果我們從這樣的角度來看《晨報副刊》的革新和《晨報副刊》對俄國革命、社會主義和勞動主義的宣傳，就會發現：這些宣傳並不是研究系政治上革命性、先進性、激進性的體現，也不是李大釗讓這個研究系的報紙變成了一個革命性的報紙，在研究系知識分子的話語空間裏，這些內容與其他任何一種思潮或主義一樣，只是中國急需的西方各種先進社會思潮中的一種，他們的研究與介紹則是爲構建中國國家建設理論提供借鑒。《晨報》成立記者團赴俄國考察的意義也在於此，瞭解俄國社會革命的現實狀況，看是否能給混亂中的中國政局帶來有益的啓發。尤其是研究系知識分子放棄發展政治勢力之後，他們也沒再提出具有現實實踐意義的建設構想方案，其探討更多地停留在理論層面。

　　其實這並不是我們要有意貶低李大釗的貢獻，只是我們必須要更客觀地認識問題。而且李大釗對報紙副刊的改革確實爲傳統報紙副刊功能的顛覆和現代報紙副刊的定位做出了重要貢獻，而在他編輯《晨報副刊》期間〔註27〕，《晨報副刊》也呈現出李大釗式的特色。

　　第二，李大釗對《晨報副刊》的革新，把言論批評、思想文化、學術研究引入副刊空間，顛覆了原有副刊僅作爲文人展示閒情逸致獲得娛樂消閒的功能，淡化甚至取消了副刊的趣味性和娛樂性，建立了一種思想性、教育性和學術性較強的副刊空間，使副刊顯示出極強的現實責任感和歷史使命感。

─────────────────

〔註27〕1919 年初到 1920 年 7 月。

同時，這種精英化風格的副刊也存在著相應的局限性：對趣味性的弱化和對欄目精英化的要求，提高了副刊的門坎，不僅不利於副刊內容的傳播和接受，也不利於報刊發揮其商業傳媒運行機制爲普通人參與文化活動的實踐提供機會。特別是這一時期的《晨報副刊》相對忽視了文學性，但是卻強化了一種這樣的文學觀念：強調文學的社會功能，文學需要關注現實，需要具有社會歷史責任感和批判現實的精神。

報紙設副刊在中國歷史較長。1872 年上海《申報》在新聞之後附載詩詞，已具備副刊的潛在因素。1900 年日本人在上海辦的《同文滬報》附出《同文消閒錄》一張。而 1911 年《申報》出版的《自由談》，出版時間長，影響廣泛，爲人所共知。副刊也在之後成爲報紙必備的一欄。在李大釗改革之前，副刊作爲附屬於正報之外的消閒性讀物，內容一般包括詩詞、小說、戲曲之類的文藝作品，多用文言，比如舊體詩詞、文言小說、文言遊記等。還有社會新聞、雜談、野史，包括一些趣味性的消息、記事等等，其主要功能是消遣和娛樂。也就是說，副刊上的文字應該具有知識性、趣味性和可讀性，在人們的空閒時間裏，可以從中增長見識，開闊眼界，調節性情。《晨報》第七版改革前的欄目就主要有專載、文苑、小說、家庭常識、舊聞和劇評等，與《晨鐘》時期變化不大。其實當時更多的一般副刊還做不到這一點，有些副刊的內容趣味低下。《晨報副刊》的率先改良對於報紙副刊在性質上發生根本性的變化產生了顯著的推動作用。《晨報》之後，各報副刊相繼進行了類似的改革。上海的《民國日報》在同年六月取消其「國民閒話」和「民國小說」兩個常登載黃色材料的副刊，改出以後在宣傳新文化和社會主義思想方面極有影響的「覺悟」；《時事新報》與《晨報》同屬「研究系」的報紙，1918 年 3 月就有《學燈》副刊，在《晨報副刊》改革後，也實行革新，主要以傳播科學和西方文史哲思想爲主。顯然，李大釗在副刊改革上的作用不可低估。

但是，《晨報副刊》新欄目的內容要求具有精英化高雅化的特色，這實際上提高了副刊內容的深度和高度。注意「本報改良預告」中關於三個欄目內容要求的說明：「自由論壇」所歡迎的是「新修養、新知識、新思想之著作」，而且沒有語言方面的要求，「無論文言或白話皆所歡迎。」「譯叢」則「擬多採東西學者名人之新著」，是精英之選。而「劇評」的要求是「比較的有高尚精神者」予以登載。這些要求無論對作者還是對讀者都非常高，普通的知識者也難以進入這個平臺。

　　還有，《晨報副刊》對趣味性的淡化最突出的表現是對文學性的忽略。從1919 年初到 1920 年 7 月，這是李大釗編輯副刊的時段，1920 年 7 月由孫伏園接編，到 1921 年 10 月《晨報副刊》擴版並單獨出版。把這兩個時間段副刊內容的具體情況統計一下，就可以看出，李大釗階段文學性的弱化程度。統計情況如下：〔註28〕

《晨報》第七版欄目	1919 年 2 月～1920 年 6 月（文章數量）李大釗編	1920 年 7 月～1921 年 10 月（文章數量）孫伏園編
馬克思主義研究	5（均爲長篇連載）	0
世界新潮	1（新共產黨宣言）	0
自由論壇	110	26
勞動問題	4	3
婦女問題家庭問題	27	6
譯叢	36	10
理想世界	0	2
演講匯錄	38	63
專著	5	2
特載專件	0	6
紀念專號	4	4
名人小史	20	0
名人評傳	21	7
科學新談科學世界	21	48
衛生談	3	9
調查	0	2
討論	24	15
通信	1	11
旅俄通訊	1（連載 2 個月）	8
雜感浪漫談	11	156
小說	130	119
劇本	3	13
新文藝、詩	39	225

〔註28〕根據《五四時期期刊介紹》「晨報副刊分類目錄」整理，中共中央馬克思、恩格斯、列寧、斯大林著作編譯局研究室編，三聯書店 1978 年出版。

歌謠	0	148
遊記	12	17
文藝談、藝術談	15	18
劇談劇評	35	31
其他（海外、世界叢談）	7	1

從圖表中我們可以清楚地看到：李大釗編輯時期，馬克思主義研究、世界新潮、自由論壇、婦女問題家庭問題、譯叢、專著、名人小史、名人評傳等欄目發表稿件的數量佔有絕對優勢，而雜感、浪漫談、劇本、新文藝、詩、歌謠、遊記等多數文學性質的欄目發表稿件的數量明顯偏低。此外，表中還可看到「通信」欄中，李大釗時期的數量只有一次，這說明編者與讀者之間的互動與聯絡相對較少。

總的來說，李大釗強烈的歷史責任感使他更加重視《晨報副刊》在思想文化方面的傳播功能，在強化其思想性、嚴肅性和學術性的同時，弱化了它的文學性和趣味性。

第三，《晨報副刊》在沿著李大釗確定的軌跡前行的同時，還有一些不為人注意的細小因素在潛滋暗長，這些因素的變化預示著《晨報副刊》另一種面貌正在漸漸浮現。

比如在標點和語言形式方面的變化。《晨鐘》報創刊時，其體例就注明是「文言日刊」。〔註29〕1918 年 12 月 1 日《晨報》復刊到 1919 年 2 月初的《晨報》，也一直處於文言狀態，而且沒有標點句讀。在 1919 年 2 月 10 日的副刊版劇評欄中，署名涵廬主人的《現在改良戲劇家的錯誤》一文開始用白話，並有句讀〔註30〕。從 3 月 1 日起，七版上的大多數文章開始斷句，部分文章使用白話，不論文言文章還是白話文章都開始斷句。3 月，斷句的方式開始運用到其他版面，如「時評」欄。4 月份的七版，除「筆記」、「家庭常識」等仍用文言，小說欄的作品都是白話，而且這些白話小說使用的標點也越來越豐富。最初只是斷句，後來嘗試使用標點。最先使用的新式標點是省略號或表示省略意思的破折號，接著是句號、逗號等。到了 1920 年 10 月時，《晨報》除廣告外，全部版面實現斷句，七版的新標點使用更加豐富。

〔註29〕《北京 1916 年開設各報館呈請備案有關文件》，原始檔案藏於南京中國第二歷史檔案館，案卷號一〇〇一 3106。

〔註30〕並不是使用新標點，而只是用句讀方式斷開句子。

還有在 1919 年 5 月中旬，第七版開始出現「讀者問答」，9 月 10 日，七版的「編輯餘談」也具有與讀者互動的性質。

《晨報副刊》上這些細節的變化，已經可以被認為是它接近大眾，日趨平民化的痕跡。為它在孫伏園時期實現廣泛參與文化活動實踐的繁榮準備了最基本的條件。

二、孫伏園的貢獻

1921 年 10 月，《晨報》登載了《晨報副鐫》出刊啟事：「我們報告你一件可以高興的事，本報從十月十二日起，第七版要宣告獨立了。我們看著本報的銷路逐月逐日增加，知道海內外和本報表同情的人已經不少；但是我們對於社會的貢獻，斷不敢以這千數萬人的供給量為滿足。本報的篇幅原是兩大張，現在因為論說、新聞、海內外通信、各種調查、各種專件以及各種廣告，很形擁擠，幾於要全占兩大張的篇幅；而七版關於學術文藝的譯著，不但讀者不許刪節，而且常有要求增加的表示，所以現在決定於原有的兩大張之外，每日加出半張，作為『晨報附刊』；原來第七版的材料，都能劃歸附刊另成篇幅，並且改成橫幅以做摺釘成冊，除附刊之內，又把星期日的半張特別編輯，專取有趣味可以導娛樂又可以魘智欲的材料，以供各界君子休假腦筋的滋養。至原有兩大張的內容，不但論說、新聞、通信、調查……添了數量；而且組織也更加完美，準比從前越覺得爽心醒目。十月十二日快到了，愛讀本報諸君等著看罷。」〔註31〕

這個啟事宣布了《晨報副刊》擴版為《晨報副鐫》的消息，同時也指出《晨報副鐫》將增加「有趣味可以導娛樂又可以魘智欲的材料」，「以供各界君子休假腦筋的滋養」，而且「組織也更加完美，準比從前越覺得爽心醒目」。這段文字表明，《晨報副鐫》已經與李大釗時期的第七版有了很大的不同，它更強調趣味性和娛樂性。也體現出辦刊的宗旨有了改變，由過去重視編者的追求，轉變為現在更重視滿足讀者的需要。而主導這些變化的則是此時的副刊主編孫伏園。

不過孫伏園其實早在 1920 年 7 月就已經接編《晨報》第七版了。關於孫伏園和他進入及離開《晨報》的過程，記錄最細緻的要算是周作人了。

〔註31〕中共中央馬克思、恩格斯、列寧、斯大林著作編譯局研究室編《五四時期期刊介紹》，三聯書店 1978 年版。

　　他在回憶錄中曾經談到：〔註32〕「孫伏園原名孫福源，是我在紹興做中學教員那時候的學生」。孫伏園在 1917 年曾經考過北京大學，但未被錄取。1918 年周作人回鄉過暑，孫伏園曾「來訪四次」。9 月暑假結束，周作人回京。孫伏園在六天後也「飄然的來了」。9 月 18 日，他請周作人幫忙寫信給陳獨秀，代他請示准許他成爲北京大學旁聽生。當時北大關於旁聽生的規定是，一年後隨班考試及格就可以改爲正科生。這是旁聽生可以改爲正科的最後一年。「那一年入學的旁聽生，只有國文系二人，其一是孫福源，其二則是成平，即是辦世界日報的成舍我，在一榜之中出了兩位報人，也可以說不是偶然的事。」「他在北大第一院上課聽講，住在第二院對過的中老胡同，和北大有名的師生都頗熟悉了。」五四前後，他就得了機會施展他的能力。

　　「他最初據我所記得，同羅家倫在國民公報裏工作，後來那報停了，他便轉入了晨報。因爲這兩種報同是研究系報紙。研究系是很聰明的政黨，見事敏捷，善於見風使帆，所以對於五四後的所謂新文化運動，它是首先贊助。在這晨報中間更有一位傑出的人物，他名叫蒲伯英，他在前清末年四川爭路風潮的時候，已很有名，那時叫蒲殿俊，是清朝的一位太史公。孫福源在晨報最初編第五版，彷彿是文藝欄，登載些隨感雜文，我的《山中雜記》便都是在那下邊發表的，這是一九二一年秋天的事情；等到魯迅的《阿 Q 正傳》分期登載，已經是《晨報副刊》了。這是報紙對開的四頁，雖是附張卻有獨立的性質，是晨報首創的形式，這可能是蒲伯英孫伏園兩個人的智慧，出版的時期是一九二一年的冬天吧。報上有這麼一個副刊，讓人家可以自由投稿，的確是很好的，孫福源的編輯手段也是很高明，所以一向很是發達，別的新聞都陸續仿照增加。」〔註33〕但是好景不長，《晨報副刊》另一編輯劉勉己擅自抽去魯迅的稿子，孫伏園一氣之下，打了劉耳光，並憤而辭職。之後在魯迅和周作人等的幫助下籌辦《語絲》。〔註34〕不久，孫伏園被《京報》邵飄萍請去主編《京報副刊》，他又使《京報副刊》也成爲五四時期四大副刊之一。

　　周作人的記述已經非常完整，不過仍有一些內容需要補充。孫伏園在北京讀書期間，魯迅曾經介紹他到李大釗任主任的北大圖書館半工半讀，他還與羅家倫等人一起編輯過《新潮》。1920 年 7 月，他就已經從《國民公報》轉

〔註32〕周作人《周作人文選、自傳、知堂回憶錄》，群眾出版社 1998 年版。
〔註33〕周作人《周作人文選、自傳、知堂回憶錄》，群眾出版社 1998 年版。
〔註34〕張靜盧《中國現代出版史料》甲編，中華書局 1954 年出版。

入《晨報》任副刊（第七版）編輯，而在此之前已經有多篇文章在《晨報》第七版發表。1921 年 1 月，他與周作人、沈雁冰、鄭振鐸等人發起成立了我國現代最早的新文學團體「文學研究會」，倡導「爲人生而藝術」，主要成員還包括葉紹鈞、朱希祖、耿濟之、瞿世英、王統照、郭紹虞、許地山等人。隨後他從北大畢業，10 月成爲《晨報副鐫》的專職編輯。

正像周作人記述的那樣，《晨報副鐫》後來之所以「很是發達」，得益於孫伏園「高明的編輯手段」以及對報紙副刊發展的獨特看法和主張。孫伏園在《京報副刊》創刊號上發表的《理想中的日報附張》，〔註35〕正是他對《晨報副鐫》成功經驗的概括和總結。重點內容引述如下：

> 那麼，什麼才是我理想中的日報附張呢？我們應先知道什麼才是今日中國社會對於日報附張的需要。
>
> 第一，大戰終了以後，無論在世界上或在中國，人們心理中都存著一種懷疑，以爲從前生活的途徑大抵是瞎碰來的，此後須得另尋新知識，作我們生活的指導。這時候日報上討論學問的文章便增加了。不過，大多數人盡可有這樣的要求，日報到底還是日報，日報的附張到底替代不了講義與教科書的。廚川白村説得好，報章雜誌只供給人以趣味，研究學問須用書籍，從報紙雜誌上研究學問是徒勞的。而在中國，雜誌又如此之少，專門雜誌更少了，日報的附張於是又須代替一部分雜誌的工作。例如宗教、哲學、科學、文學、美術等，本來都應該依專門雜誌，而現在民國日報的覺悟、時事新報的學燈、北京晨報的副刊和將來的本刊，大抵是兼收並蓄的。一面要兼收並蓄，一面卻要避去教科書或講義式的艱深沉悶的弊病，所以此後我們對於各項學術，除了與日常生活有關的、引人研究之興趣的或至少艱深的學術而能用平易有趣之筆表達的一概從少登載。
>
> 第二，日報附張的正當作用就是供給人以娛樂，所以文學藝術這一類的作品，我以爲是日報附張的主要部分，比學術思想的作品尤爲重要。自然，文學藝術的文字與學術思想的文字能夠打通是最好了；即使丟開學術思想不管，只就文藝論文藝，那麼，文藝與人生是無論如何不能脫離的，我們決不能夠在生人面前天天登載些否

〔註35〕《京報副刊》創刊號 1924 年 12 月 5 日。

定人生的文藝。中國人的生活太乾枯了，就是首都的北京也如此：幾十個戲館是骯髒喧擾到令人不敢進去的，音樂跳舞會是絕無僅有的，其他運動場、娛樂會和種種遊藝場所，你能指點出幾個來麼？在家看方塊兒的天，出門吃滿肚子的土。如果有一個識字階級的人，試問除開看看日報附張藉以滋潤他的腦筋以外，他還有別的娛樂可以找到麼？

　　以上所述文學藝術兩項，自然不能全是短篇。如果把合訂本當作雜誌看，那麼，一月登記的作品並不算長，只要每天自爲起訖，而內容不與日常生活相離太遠，雖長亦是不甚覺得的；因爲有許多思想學術或人情世態，決不是短篇所能盡，而在人們的心理，看厭了短篇之後，一定有對於包羅的更豐富、描寫得更詳盡的長篇底要求的。記者對於學術文藝二類文字大概的意見如此，以下再講其他各種短篇文字。

　　第三，也是日報附張的主要部分，就是短篇的批評。無論對於社會，對於學術，對於思想，對於文學藝術，對於出版書籍，日報附張本就負有批評的責任。這類文字最易引起人的興味，但也最容易引起人的惡感。人們不善於做文章，每易說出露筋露骨的言語，多少無謂的爭端都是從此引起的。這類爭端，本刊雖然不能完全避免，也不求完全避免，但今天創刊日記者不妨先在這裡聲明一句，凡屬可以避免的爭端我們總是希望避免的。

　　除了批評以外，還有如不成形的小說，伸長了的短詩，不能演的短劇，描寫風景人情的遊記，和饒有文藝趣味的散文，這一類文字在作家或嫌其僅屬斷片而任其散失，而在日報則取其所含思想認爲有登載的可能。我們此後要多多徵求並登載此類文字。

我們必須儘量詳細地引述這段文字，因爲孫伏園僅在總結他的經驗，還有更爲深入的對社會基礎和讀者心理的分析。他認爲強化副刊的趣味性，是報紙副刊的本質決定的。副刊本身就是爲了給讀者以趣味。如果說以前出於不得已的情況，副刊更多地以「兼收並蓄」的方式兼有專門學術的責任，那麼隨著社會、學術的發展狀況，已經到了讓副刊回歸本質的時候了。增強副刊的娛樂性，更大的依據在於讀者的社會心理，「如果有一個識字階級的人，試問除開看看日報附張藉以滋潤他的腦筋以外，他還有別的娛樂可以找到

麼？」儘管副刊的趣味性和娛樂性非常重要，但副刊仍要肩負社會批評的責任，這也是孫伏園的副刊觀念中的重要內容。

減少專門的學術性，增強知識的趣味性和表達的平易性；用切近現實人生的文學性為人們提供娛樂；要肩負社會批評的責任。這三條正是孫伏園辦好《晨報副鐫》的指導思想，這三條也體現著社會責任感和副刊趣味性的完美融合。孫伏園的《晨報副鐫》也因而被認為是對新文學的發展影響最大的副刊。如何評價孫伏園的貢獻，他的副刊指導思想又是如何得到貫徹的呢？

第一，《晨報》在五四以後成為研究系知識分子在北京的重要文化據點。

1920 年，梁啓超歐遊回國，以一部《歐遊心影錄》恢復了他在知識界的巨大影響力。他在《歐遊心影錄》〔註 36〕中介紹一戰後的歐洲社會，給正在摸索新的國家建設模式的中國知識分子帶來很大衝擊。梁啓超的核心思想是：科學的發展最終破壞了建立在封建制度、基督教文化和希臘哲學基礎上的歐洲文明體系，也就是說科學的夢想已經引起歐洲文明的沒落。他指出：由 19 世紀中期出現的生物進化論、個人中心的自由主義和孔德的實證主義哲學結合而成的物質化的人生觀念，用必然法則來說明人的內部生活和外部生活，否定人間的自由意志，造成善惡價值標準和判斷力失去平衡，最終導致社會的整合規則遭到破壞並引發第一次世界大戰。但是梁啓超對西方文明也並不悲觀，他認為「個性解放」伴隨著「人格的自覺」，體現著互助及群眾主義的社會民主主義就是「新文明再造之前途」。所以，他主張中國應該在出現西方文明的弊病之前，力求避免西方社會的覆轍，應該追求以國民性徹底改造為基礎的民主主義，為此必須大力推進個人的人格覺醒和精神解放，這是他在歐遊之後得到的關於國家建設構想的新理解。也正是從這種認識出發，他警告中國知識界，缺乏國民覺醒的全民政治或階級政治都肯定要失敗。不管怎樣，梁啓超通過《歐遊心影錄》為人們解釋戰後的西方世界提供了嶄新的視角。這與從嚴復以來中國知識分子以進化論為媒介理解的西方文明觀念，特別是科學民主公理的價值體系完全不同。梁啓超也藉此恢復了他在中國學界的權勢和威望。

梁啓超一邊提出思想文化運動，一邊整理自己的學術思想，又一次成為「思想趕得上潮流的學術重鎮」。胡適曾在日記中說：「現今的中國學術界真凋敝零落極了，舊式學者只剩王國維、羅振玉、葉德輝、章炳麟等四

〔註 36〕梁啓超的《遊歐心影錄》、張君勱的《歐遊隨筆錄》等都在《晨報》上連載。

人；其次則半新半舊的過渡學者，也只有梁啓超和我們幾個人，其中章炳麟是在學術上已半僵了，羅與葉沒有條理系統，只有王國維最有希望。」〔註37〕梁啓超由此獲得了掌握其他文化資源的更多機會和開展多種文化活動的基礎。他在清華大學等許多高校開課演講，並得到商務印書館和中華書局的幫助。

以梁啓超爲核心的研究系知識分子的文化活動日益興盛。《晨報》、《時事新報》、《解放與改造》和中國公學逐漸成爲研究系知識分子的代表據點，他們以及與他們有關的人物基本上都聚集在這裡。這裡也成爲他們表達政治、社會和文化思想的空間。就像周作人所說的，「研究系是很聰明的政黨，見事敏捷，善於見風使帆，所以對於五四後的所謂新文化運動，它是首先贊助。」〔註38〕他們提倡知識分子的聯繫，追求社會理性的組織化，尤其重視與青年人的關係。《晨報》、《時事新報》對當時的知識界和進步青年的影響很大。眾所周知，《晨報副刊》跟《時事新報·學燈》、《民國日報·覺悟》、《京報副刊》合稱爲五四新文化運動中的四大副刊，而這四大副刊中前兩種都有著明顯的研究系背景。《時事新報》副刊《學燈》，人們更多注意到它在五四新文化運動時期是介紹西方思潮的主要媒體，但它同時也爲當時的青年人提供了一個非常好的討論空間。當時除俞頌華、柯一岑、李石岑、郭厚裳以外，「少年中國」的左舜生、宗白華、余家菊、易家鉞，新民學會的毛澤東，少年中國學會的惲代英，「新社會」的鄭振鐸、許地山、瞿秋白，「孤軍社」的周佛海、范壽康，還有文學青年王統照、朱光潛、茅盾〔註39〕等在上海的大批青年都對《時事新報》懷有極大的熱情。〔註40〕而北京的《晨報副鑴》則以文學爲核心，爲更多的新文學青年提供了開闊的文學實踐空間。除此之外，1919 年被安福系軍閥查封的《國民公報》也是研究系的言論機關，這也是新文化運動的一個重要陣地。1919 年 3 月 1 日，《新潮》雜誌 1 卷 3 號介紹了三種定期刊物，即《新青年》月刊、《每週評論》週刊和《國民公報》月刊，指出三者「雖然主張不盡一致，精神上卻有相通的素質；對於中國未來之革新事業，挾一樣的希望。」研究系創辦的另一份雜誌《解放與改造》，1920 年 9 月改組爲《改造》雜誌。這份刊物雖然對科學社會主義學說有諸多曲解，但也以近

〔註37〕 胡適《胡適的日記》，臺北遠流出版公司 1990 年出版。
〔註38〕 周作人《周作人文選、自傳、知堂回憶錄》，群眾出版社 1998 年版。
〔註39〕 當時王統照與茅盾在商務印書館任職，朱光潛在中國公學中學部任職。
〔註40〕 據《時事新報》作者情況整理。

十分之一的篇幅刊登了胡適、沈雁冰、耿濟之等人的評論和創作。這些報刊有時會步調一致解決同一問題，顯示出它們研究系背景的整體性。比如《時事新報》、《晨報》和《國民公報》在 1919 年 7 月 18 日聯合發布公告，要求凡轉錄三報文字的其他各報刊要注明「轉錄××」字樣，共同維護自己的權利。〔註41〕

依靠研究系知識分子所掌握的文化資源和權力網絡，這些帶有研究系性質的文化機構實際上形成了一個文化實體。研究系知識分子努力在這一時期的公共話語空間中獲得主導權。但是，儘管梁啓超試圖在此基礎之上重新組織從前的政治勢力，把文化權力政治勢力化，逐步實現他的國民制憲的政治構想。但是時代已經不同了，梁啓超的文化權威已經不可能再與他的政治聲望劃上等號，而且理論宣傳必須付諸實踐並獲得公眾認可才有現實意義。隨著國民革命的迅速高漲，梁啓超形成政治勢力的希望越來越渺茫。

第二，孫伏園的北大背景和他的個人性格是形成和貫徹其副刊編輯思想的關鍵因素。

孫伏園在《理想中的日報附張》中說：「現在民國日報的覺悟、時事新報的學燈、北京晨報的副刊和將來的本刊，大抵是兼收並蓄的。」這種「兼收並蓄」的風格並不是他的發明，而是來自於他的北大背景。這個所謂的「北大背景」就是指蔡元培倡導的北大精神。孫伏園在副刊編輯中運用的「兼收並蓄」顯然得益於北大精神的薰陶。

蔡元培談到自己在北京大學的改革，目的似乎很是簡單明確。「兼收並蓄」的初衷，其實是爲了改變學生學習的態度。「我們第一要改革的，是學生的觀念」。當時北京大學的學生，是從京師大學堂「老爺」式學生繼續下來。他們上學的目的，不只在畢業，更注重畢業以後的出路。所以專門研究學術的教師並不受歡迎。而如果是一位在政府有地位的人來兼課，倒反受這些學生的優待。「因爲畢業後可以有闊老師做靠山」。所以蔡元培到北大的第一次演說，就明確說明「大學學生，當以研究學術爲天職，不當以大學爲陞官發財之階梯」。他認爲要打破學生這些陋習，「只有從聘請積學而熱心的教員著手」。〔註42〕由之，才有了影響深遠的「兼收並蓄」。

〔註41〕《晨報》1919 年 7 月 18 日。
〔註42〕蔡元培《我在北京大學的經歷》，《五四運動回憶錄上》第 174 頁，中國社會科學出版社。

「我素信學術上的派別，是相對的，不是絕對的，所以每一種學科的教員，即使主張不同，若都是言之成理、持之有故的，就讓他們並存，令學生有自由選擇的餘地。最明白的，是胡適之君與錢玄同君等絕對的提倡白話文學，而劉申叔、黃季剛諸君仍極力維護文言的文學；那時候就讓他們並存。我信爲應用起見，白話文必要盛行，我也常常作白話文，也替白話文鼓吹；然而我也聲明：作美術文，用白話也好，用文言也好。」〔註43〕

這種表面看起來起源於大學教學管理的思想，其內涵卻遠遠超出了學校教育的範疇而擴展到社會思想領域，並因而備受當時和以後學者文人的讚賞與推崇。

周作人在回憶錄中寫到蔡子民時說：「蔡子民的辦大學，主張學術平等，設立英法日德俄各國文學系，俾得多瞭解各國文化。他又主張男女平等，大學開放，使女生得以入學。他的思想辦法有人戲稱之爲古今中外派，或以爲近於折衷，實則無寧說是兼容並包，可知其並非是偏激一流，我故以爲是眞正儒家，其與前人不同者，只是收容近世的西歐學問，使儒家本有的常識更益增強，持此以判斷事物，以合理爲止，所以即可目爲唯理主義。」周作人還對這種「唯理主義」的意義做出了評價：「其古今中外派的學說看似可笑，但在那時代與境地卻大大的發揮了它的作用，因爲這種寬容的態度，正與統一思想相反，可以容得新思想長成發達起來。」〔註44〕

蔡元培的思想和做法得到新舊兩派人物的共同認可。周作人記載，教他讀四書的「舊業師」壽洙鄰先生曾經這樣評介蔡元培：「子民學問道德之純粹高深，和平中正，而世多訾嗷，誠如莊子所謂純純常常，乃比於狂者矣。子民道德學問，集古今中外之大成，而實踐之，加以不擇壞流，不恥下問之大度，可謂偉大矣。」〔註45〕周作人說：壽先生平常不稱讚人，唯獨對於蔡子民不惜予以極度的讚美，這也並非偶然。

當代學者陳平原則指出了蔡元培的「兼容並包」背後的另一種深意。他說：「大學爲什麼需要兼容並包？鼓勵學術創造、便於學生選擇、承認眞理的相對性等，固然可以算作答案，但是，在蔡元培心目中，最重要的，還是如何拒絕黨派或教會的壓制，以保持教育的相對獨立性。」他認爲，這一思路，

〔註43〕同上第175頁。
〔註44〕周作人《周作人文選、自傳、知堂回憶錄》297頁，群眾出版社1998年出版。
〔註45〕周作人《周作人文選、自傳、知堂回憶錄》297頁，群眾出版社1998年出版。

「與蔡先生遊學德國的經歷大有關係」。〔註46〕他指出蔡元培顯然受到了德國大學「眞爲自由之神境」教育思想的影響。他引述了 1916 年上海商務印書館出版的《德國教育之精神》一書中對德國大學精神的講解：「德國大學之教育主義，可以自由研究四字盡之。德之學校教育，本施極嚴肅之教育，唯大學則全然不同，而施無制限之自由主義教育。大學教授得以己所欲講者講之，大學學生亦得學己之所欲學，潛心於己所欲研究之問題，遂以是爲學制而公認之。」陳平原說：「這種教授講課與學生聽課的絕對自由，背後蘊涵的是對於學海無涯的理解、對於個體選擇的尊重，以及對於獨立思考的推崇。在蔡元培建構北大傳統的過程中，德國大學作爲重要的理論資源，曾發揮了很大作用。」陳平原揭示了蔡元培「兼容並包」思想的另一層含義：保持自由和獨立性。

此外，蔡元培的性格魅力是實行其「兼容並包」思想的重要因素。首先爲他贏得尊重的是他深厚的資歷。周作人說：「蔡子民在民國元年南京臨時政府任教育總長的時候，首先即停止祭孔，其次是北京大學廢去經科，正式定名爲文科，這兩件事在中國的影響極大，是絕不可估計得太低的。中國的封建舊勢力倚靠孔子聖道的定名，橫行了多少年，現在一股腦兒的推倒在地上，便失了威信，雖然它幾次想捲土重來，但這有如廢帝的復辟，卻終於不能成了。蔡子民雖是科舉出身，但他能夠毅然決然衝破這重樊籠，不可不說是難能可貴。」〔註47〕再加上他獨特的個人氣質：「很多人都提到蔡先生性情的寬厚、溫潤、恬淡、從容，很有主見，但從不咄咄逼人」。〔註48〕無疑，這也是有利於他的「兼容並包」得以在北大順利實施。

北大畢業的孫伏園，顯然得益於蔡元培在北大倡導的「兼容並包」精神的薰陶。他在《晨報副鐫》上的「兼收並蓄」和努力保持《晨報副鐫》獨立性、自由度的追求，非常明確地體現著蔡元培的「唯理主義」精神。同樣，他的個人性格特點也直接影響到其編輯思想的貫徹。尤其是和《晨報》有研究系背景的其他人（比如蒲伯英）相比，孫伏園除了淺顯的北大求學的背景和周氏兄弟的關係以外，沒有更多的關係和資源可以作爲資本。對孫伏園來說，作爲報紙副刊編輯的責任顯得更加純粹單一。也正因如此，他的性格因

〔註46〕陳平原《觸摸歷史與進入五四》第 121 頁，北京大學出版社 2005 年出版。
〔註47〕周作人《周作人文選、自傳、知堂回憶錄》296 頁，群眾出版社 1998 年出版。
〔註48〕陳平原《觸摸歷史與進入五四》第 122 頁，北京大學出版社 2005 年出版。

素對編輯工作的影響更爲重要。

提到這位被一些後人稱爲「副刊之父」的編輯高手，人們大多會和周作人一樣，說：「孫福源的編輯手段也是很高明」。其實說穿了，這個高明的手段就是孫伏園執拗、難纏的性格。

這在他還沒到北京的時候，當過他老師的周作人就已經頗有感受了。1917年孫伏園曾到上海參加北京大學的招生考試，但沒被錄取。「次年（周作人）暑假裏回家去，他（孫伏園）來訪四次，我於九月十日返北京，可是過了六天，他老先生也飄然的來了。他說想進大學旁聽，這事假如當初對我說了，我一定會阻止他的，但是既然來了，也沒得話說。」這件事一定給周作人留下了深刻印象，要不他不會在很多年後還如此準確地記著，孫伏園是過了六天追隨他進京的。「先斬後奏」，「抓住不放」，孫伏園的執拗肯定給周作人帶來了困擾，要不然也不會說「既然來了，也沒得話說」。

孫伏園的這個脾氣顯然也用在了他的編輯工作上。《阿 Q 正傳》從 1921年 12 月 4 日開始在《晨報副鐫》上連載的時候，魯迅就說，孫伏園「每星期來一回，一有機會，就是：先生，《阿 Q 正傳》……明天要付排了」。曹聚仁筆下對孫伏園的催稿藝術描述得更是活靈活現：「（孫伏園）不僅會寫稿，會編稿，而且會拉稿；一臉笑嘻嘻，不容你擠不出稿來。我們從周氏兄弟的隨筆中，就可以看到這位孫先生的神情。圓圓臉，一團和氣，跨進門來，讓你知道該是交稿的時候了。」可見孫伏園的這種「溫柔的強迫」和「溫和的執拗」威力實在不小。

在《語絲》剛創刊的時候，孫伏園在街頭兜售《語絲》形象也給人留下了深刻印象。據川島回憶：「（孫伏園、李小峰和川島）曾於《語絲》頭幾期剛出版時，於星期日一早，從住處趕到眞光電影院門前以及東安市場一帶去兜售。三個人都穿著西裝，伏園那時已經留了鬍子。大家手上雖拿著報紙在兜售，但既不像兜售聖經的救世軍女教士那麼樣沉靜、安詳，也沒有一般賣報者連喊帶跑那麼樣的伶俐活潑，只是不聲不響地手上托著一大疊《語絲》，裝著笑嘻嘻的臉，走近去請他或她買一份，頭一聲招呼當然就是喂喂，有人乍遇到這副神情，是要莫名其妙地吃一驚的。尤其是孫伏園，矮矮的身材，長的那麼樣像日本人。」〔註 49〕孫伏園的這個性格放在這裡，反倒顯得有些可敬了。魯迅先生也對他們表示讚賞：「當（語絲）開辦之際，努力確也可驚，

〔註49〕川島《憶魯迅先生和語絲》，《魯迅回憶錄》，上海文藝出版社 1978 年出版。

那時做事的，伏園之外，我記得還有小峰和川島，都是乳毛還未褪盡的青年，自跑印刷局，自去校對，自疊報紙，還自己拿到大眾聚集之處去兜售，這真是青年對於老人，學生對於先生的教訓，令人覺得自己只用一點思索，寫幾句文章，未免過於安逸，還須竭力學好了。」〔註50〕

當然，溫和的表面和執拗的內心結合起來，也會蘊藏著驚人的爆發力。這體現在那個著名的「抽耳光事件」。孫伏園因為《晨報》另一編輯劉勉己擅自撤下魯迅先生的稿子大怒，上前打劉勉己耳光，並一氣之下憤而辭職。

孫伏園從《晨報副刊》辭職後，去了《京報副刊》。一年後他在《京報副刊》一週年紀念時，回顧追述了他離開《晨報副刊》的舊事：「去年十月的某天，就是發出魯迅先生《我的失戀》一詩的那天，我照例於八點到館看大樣去了。大樣上沒有別的特別處所，只少了一篇魯迅先生的詩，和多了一篇什麼人的評論。少登一篇稿子是常事，本已給校對者以範圍內的自由，遇稿過多時，有幾篇本來不妨不登的。但去年十月某日的事，卻不能與平時相提並論，不是因為稿多而被校對抽去的，因為校對報告我：這篇詩稿是被代理總編輯劉勉己先生抽去了。『抽去！』這是何等重大的事！但我究竟已經不是青年了，聽完話只是按捺著氣，依然伏在案頭看大樣。我正想看他補進的是一篇什麼東西，這時候劉勉己先生來了，慌慌忙忙的，連說魯迅的那首詩實在要不得，所以由他代為抽去了。但他只是吞吞吐吐的，也說不出何以『要不得』的緣故來。這時我的少年火氣，實在有些按捺不住了，一舉手就要打他的嘴巴。（這是我生平未有的恥辱，如果還有一點人氣，對於這種恥辱當然非昭雪不可。）但是那時他不知怎樣一躲閃，便抽身走了。我在後面緊追著，一直追到編輯部。別的同事硬把我攔住，使我不得動手，我遂只得大罵他一頓。同事把我擔出編輯部，勸進我的住室，第二天我便辭去晨報副刊的編輯了。」乍一看，好像孫伏園過於意氣用事，而且其行為也有些過火，不過結合他的性格來看，就有點順理成章了。依孫伏園的性格，是決不甘於被別人耍弄與輕視的。1924 年 10 月 31 日的《晨報副刊》專門登載了孫伏園辭職的個人啟事：「我已辭去晨報編輯職務，此後本刊稿件請直寄晨報編輯部。我個人信件請改寄南半截胡同紹興館。」

〔註50〕魯迅《我和語絲的始終》，魯迅全集第 4 卷，人民文學出版社 1981。

孫伏園辭職啟事

孫伏園的火爆脾氣背後卻有著不同常人的高度冷靜、理智和包容。「這種事本來沒有再講的必要，但事後想想，大家因爲公事而紅臉，是並不夾雜一毫私見的，倒覺得可以紀念，對於個人的感情上可以無傷了。自我辭職後三五日，承劉勉己先生過訪，問我可否這樣就算終了，我說當然的，我們已經不做同事了，當然可以做的朋友了。一直到今天，我與劉勉己先生的感情依然很好。」雖然因此事辭職，工作和生活因此而產生重大的影響甚至突變，一般人不可能輕易放下，但孫伏園則不同，他不僅沒有與矛盾對象就此斷交，反而只過了三五天就與之恢復了朋友感情。也許這才是孫伏園能夠成爲無論在報界還是在文學界都具有重要影響力人物的內在原因。

孫伏園離開《晨報副刊》，並沒有就此減弱他對新文學的積極推動，相反，

他的離開直接促成了《京報副刊》對新文學建設的推進和《語絲》的出版。「今天提到這件事，並不因爲這也是我的生活史上重要的一頁，而因爲有了這件事才有今日的京報副刊週年紀念日。京報自然在無論什麼時候都可以出它的副刊，但倘沒有這件事，『京副』與『伏園』或者不發生什麼關係，『十二月五日』與京報副刊週年紀念或者也不發生什麼關係。不但此也，因爲我的『晨副事件』爲人人（姑且學說大話）感到自由發表文字的機關之不可少，於是第一個就有語絲週刊的出版。」「流光如駛，轉瞬週年，登載那抽去的我的失戀的語絲已經出到五十五期，禁止發表的徐文長故事也居然出到第四冊了，我們只要一看本刊編輯室之參考報架一角，便知語絲以後，這一年中不知出了多少小刊物。豈但如此，去年被人抽去的我的失戀的著者魯迅先生，恰恰於今年今日，第一天發刊他的國民新報副刊。」

正是因爲北大的營養和頗富特色的手段與性格，一個沒有多少背景的孫伏園造就了《晨報副鐫》在新文化運動中的衝擊波。

第三，孫伏園突出《晨報副鐫》的文學性，用開闊的文學空間弱化思想與學術的呆板風格，在貫徹「唯理主義」的同時彰顯其趣味性，推動中國新文學走向繁榮。

《晨報副鐫》的話語空間存在著多種力量，其影響力是多種力量綜合而成。孫伏園代表著其中最主要的部分。

這種綜合力量至少包括三個部分：

一是以梁啓超爲代表的研究系知識分子以及與他們有關的人物，還有具有北大背景的教授與有關師生。如梁啓超、張君勱、張東蓀、丁文江、蒲伯英、藍公武、蔣夢麟、江亢虎、吳貫因、梁漱溟等和蔡元培、胡適、李大釗、甘蜇仙、江紹原、周作人等，他們主要佔據了《晨報副刊》上的「特載」、「紀念專號」、「論壇」、「講演錄」、「專著研究」和「譯述」等欄目。這些欄目中的文章思想性學術性較強。比如，《晨報副刊》曾有刊載一些重大問題的爭論，其中最著名的是兩個非常重要且影響深遠的討論，一個是「科學與宗教」，一個就是著名的「科玄論戰」。宗教問題在五四時期也是一個大熱點。圍繞關於需不需要宗教，關於科學與宗教在性質、功能等各方面的衝突，關於「非宗教大同盟」等等問題，許多學者圈入了這場討論。而「科玄論戰」雖然不是在《晨報副刊》上首先發起的，但論戰一開始，晨報副刊就馬上轉載《努力》上的文章，並隨之在《晨報副刊》上進入討論，而且《晨報副刊》的編輯在

討論過程中積極推波助瀾。這兩場討論影響深遠，至今仍爲人津津樂道。其他還以大量篇幅刊載杜威、羅素、愛羅先珂的演講，以及胡適、梁啓超、梁漱溟、蔡元培、陳獨秀、周作人等人的講演。1921 年 11 月胡適發表《好政府主義》，1922 年又轉載胡適、王寵惠、梁漱溟、丁文江等人在《努力週刊》上發表的「我們的政治主張」，提出建立「憲政的政府」、「公開的政府」、「公開的政治」三大主張。爲此還與中國共產黨機關刊物《嚮導》展開論爭，因而它還刊發了很多反駁文章。

二是蒲伯英、陳大悲倡導中國現代話劇的力量。他們主要佔據「劇本」「戲劇研究」「劇談」「劇評」等欄目，還涉及「文藝談」「雜感」「雜談」等空間。

這一力量完全由《晨報》總編輯蒲伯英掌握。蒲伯英政治資歷深厚，是研究系的元老級人物，在研究系退出段祺瑞內閣後，他就決心從此「脫離政治生涯」，以一個「文化人」面目出現，「盡力於輿論指導和社會教育」。蒲伯英也是《晨報》的元老，他經歷了《晨報》各個歷史階段的變化，李大釗的改革與孫伏園主編《晨報副鐫》，其實都是在他的主導之下。周作人說：「在這晨報中間更有一位傑出的人物，他名叫蒲伯英，他在前清末年四川爭路風潮的時候，已很有名，那時叫蒲殿俊，是清朝的一位太史公。孫福源在晨報最初編第五版，彷彿是文藝欄……等到魯迅的『阿 Q 正傳』分期登載，已經是晨報副刊了。這是報紙對開的四頁，雖是附張卻有獨立的性質，是晨報首創的形式，這可能是蒲伯英孫伏園兩個人的智慧」。〔註51〕

除擔任《晨報副鐫》總編輯外，他還發表了大量文章，「凡朝政之得失，法制之良否，學風之醇肆，人心風俗之隆污，無不削切敷陳，婉曲諷諭。」他認爲，教育民眾提高民眾之覺悟的最快最有效的辦法，一是辦報，大力宣傳，二是運用戲劇這個大眾喜聞樂見的形式來鼓動和教育群眾。他請陳大悲擔任副刊編輯，兩人通過《晨報副鐫》爲中國現代話劇的發展做出了較大貢獻。

《晨報副刊》先後設立的有關戲劇的欄目有：「劇評」、「劇談」、「劇本」、「戲劇研究」、「愛美的消息」、「戲劇談」等，另外在「雜感」、「雜談」、「文藝談」、「通信」、甚至「開心話」欄目中也有文章涉及戲劇，這些欄目幾乎每天都有文章發表，在 1921 年 10 月 12 日到 1922 年 12 月 31 日一年多的時間裏，發表著譯劇本 17 部，戲劇研究、劇談、劇評文章 89 篇（連載文章按一篇計）。事實上，五四以後的二三年間，《晨報》至少成爲了北京新劇尤其是

〔註51〕周作人《周作人文選、自傳、知堂回憶錄》，群眾出版社 1998 年出版。

「愛美的戲劇」的發展基地。

三是以孫伏園、魯迅、周作人爲核心，結合文學研究會眾成員及有關人物，還有廣大文學青年，致力於中國新文學建設和新文學實踐的力量。他們佔據了《晨報副鐫》的「小說」「雜感」「浪漫談」「詩」「歌謠」「遊記」「文藝談」「開心話」「兒童世界」等文學性欄目。

正如孫伏園在《理想中的日報附張》中所說，他認爲，理想的副刊要突出文藝學術，內容要貼近人生。在他的努力下，《晨報副刊》形成了一支相當龐大的作者隊伍，幾乎囊括了五四新文學初期的主要作家。在文學創作方面，該刊首發過魯迅的《阿 Q 正傳》、《肥皂》、《故鄉》、《兔和貓》等小說、雜文，還刊登過周作人的《自己的園地》、李大釗的《時》、胡適的《雙十節的鬼歌》、冰心的「問題小說」和小詩等佳作。可以說，這一時期的《晨報副刊》不僅爲自由撰稿人提供了展露文學才華的舞臺，而且還成爲了文學研究會、創造社等重要文學社團的重要陣地。本文將在下一章專門探討《晨報副刊》對新文學的貢獻。

多種力量並存於《晨報副鐫》的話語空間中，不論作者的思想與態度屬於哪門哪派，不論文章中介紹的思潮與人物屬於哪門哪派，他們都共享著這個輿論空間。而孫伏園又使文學帶來的趣味性在這個共享的空間裏尤其顯得突出。

作爲編輯，孫伏園不會根據自己的好惡和追求選擇稿件，他所堅持的「唯理主義」就是「兼收並蓄」，從而在各種力量中找到協調與平衡，並形成一個寬和、開闊、深邃又富有建設性的話語空間。這成爲《晨報副鐫》的一種重要精神。其實這種精神由來已久，我們從早在 1919 年 5 月《晨報副刊》上的一則有關婦女問題的徵稿啓事上就可略見一斑：「本報特別啓事：婦女問題爲今日世界上的一大問題，本報現於第七版特設婦女問題一欄，徵求海內學士名媛對於本問題研究的資料，從明日起逐日登載，無論贊否，兩方之意見經本報認爲有登載價值者，便當發表，原稿登載與否，概不奉還。」而到了孫伏園的「唯理主義」，這種精神愈加得以彰顯，並以其寬大和包容，贏得了很多人的肯定。林語堂就說過：「孫伏園這個人，品質還是不錯的。這或許因爲他是北大的學生，辦《晨報副刊》時剛畢業不久，對北大的教授都非常客氣。對周家兄弟很好，對徐志摩、胡適也很好。魯迅是他在杭州上學時的老師，自然應當更好。辦起《語絲》，在周家兄弟心裏，或許是要辦成一個同人刊物。

孫伏園是辦過大刊的，一定不會喜歡這種小家子氣的做法，想來創刊之初，就向徐志摩約了稿。」雖然這話裏有貶抑周氏兄弟「小家子氣」的意思，但對「辦過大刊的」孫伏園「唯理主義」的編輯原則，卻充滿推崇。

　　第四，孫伏園舉重若輕，善於把時代重大主題化為個人體驗和生活細節，在追求趣味性平民化的同時堅守自己的社會責任和獨立精神。

　　當時，知識分子普遍關注政治、國家、民族、社會、思想、文化、科學、民主、啓蒙等重大的時代話題，但是《晨報副鐫》卻把這些重大問題落實到具體的生活細節和個人體驗中，讓這些大題目變得細膩可感、紮實深入。

　　以科學為例。翻開《晨報副刊》，首先看到的常常是關於自然科學的長文連載。因為這些內容一般被安排在一版第一欄，並且往往佔據著很大的篇幅。《晨報副刊》從 1919 年至 1924 年，先後設立科學方面的欄目是「科學新談」、「科學世界」和「科學談」，還有專門設立的「衛生談」「衛生淺說」等，名稱相對固定。內容涉及廣泛：物理、化學、生物、醫學、衛生、地理、地質、天文、人類學等，另外還有科學史以及其他涉及科學內容的稿件。《晨報副刊》記者在介紹譯作《科學大綱》時指出：學習西方科學，不僅只在於知識的獲得，更在於科學頭腦的培養。但是「我所深恨的是全國大多數人連一點兒科學的常識都沒有」。所以，他希望：「通俗科學的著述，第一是專門的色彩越淡越好，第二是文字越明暢越淺顯越好，第三是如果能夠引入一點的趣味的材料那便更好。」〔註52〕但這一點當時很難做到，讀一讀《晨報副刊》上的文章也沒有達到這樣的要求。不僅《晨報副刊》沒做到，「關於中國的通俗科學書，我也與當代幾個科學家談及，算來算去總不過十餘年前吳稚暉先生做的《上下古今談》一部書。雖然中國科學社也每月出《科學雜誌》，北京大學學生也出《科學常識》〔註53〕，都於科學的普及上不無貢獻，不過要說到影響，那實在都不能算大……就是吳先生的《上下古今談》，這樣受科學家的推崇，他的銷數也遠遠不及那些油光紙的小說。」他認為，這是因為「中國人的頭腦，原來是與科學不相近的」，這就使得「灌輸科學知識，不是僅僅乎灌輸科學知識就夠了，還要首先有一步工夫，使一般人對於科學有興味。」儘管如此，他們仍然繼續著自己的努力。他們在普及常識的同時把人文思想注入科學，更多的作者開始把科學作為文化批判的工具，利用科學來進行文化

〔註52〕《晨報副鐫》特載欄 1923 年 2 月 8 日。
〔註53〕葉風虎等 1922 年 6 月創辦。

批判。比如 1921 年 12 月 14 日起，《晨報副刊》在雜著欄開始連載藍公武以《病》爲題的感想錄，這一系列文章往往從病的生理機制談起，比如體質體格或者病的原因症狀等等，說的卻是東西方人的文化差異、心理差異。梁啓超也在《晨報副刊》上大談《科學精神與東西文化》〔註54〕、《美術與科學》〔註55〕。其他借助科學進行文化批判的小文章更多，比如像《科學與吃飯》、《星期日的短旅行》、《說衛生》、《遊戲的重要》、《體操的解釋》等。他們往往以科學反封建迷信反愚昧無知的角度切入對中國傳統文化的批判。儘管這文章文化意味較濃，但卻因爲常常從生活中的小事有時甚至是某種生活習慣入手，仍然在大眾中產生了不小的影響。科學的啓蒙因而變得生動而深刻。

《淺陋的讀者》

　　《晨報副刊》上還經常有很大篇幅的自然科學、哲學、文學等方面長篇文章的連載，這讓讀者覺得興味索然。「有許多讀者，一看見『續』與『未完』兩字那便題目無論如何動人，也沒有看他的勇氣了。」但《晨報副刊》並沒

〔註54〕　《晨報副鐫》1922 年 8 月 24～25 日。
〔註55〕　《晨報副鐫》1922 年 4 月 23 日。

有因爲這些而改變自己的辦報原則。相反，孫伏園在「編餘閒話」一欄裏曾不止一次爲自己辯護，雖然聲明尊重讀者的意見，但他自有道理：「討論學理的文章，即問題極其狹小，也不能用數百字乃至千數字便說得圓滿。」「如果希望著作者把文中意義說得格外豐富圓滿，自非讓他多作長篇不可。」因此他反而要求讀者「何妨稍微耐點性子，一天天的往下看去。」〔註56〕而對那些認識能力淺陋的讀者的指責，孫伏園更是毫不留情地以醒目的標題諷刺：《淺陋的讀者》，「只配看淺陋的諷刺，較深的諷刺便看不懂了，這將怎麼好呢？」他在《理想中的日報附張》中也有這樣的話：「我們也有我們的理想，即使是大多數人，我們難道拋棄了自己的主張去服從他們麼？」〔註57〕

《星期日的副鐫》

〔註56〕孫伏園《編餘閒話》，《晨報副鐫》1922年11月11日。
〔註57〕孫伏園《淺陋的讀者》，《晨報副鐫》1924年4月12日。

　　其實沒有誰比孫伏園自己更深知：「日報的副刊，照中外報紙的通例，本以趣味爲先。」〔註58〕在 1922 年 4 月 9 日《晨報》記者談星期日的副鐫時也說：「當初計劃（星期日副鐫）的時候，是含著兩個意義的。一是力求通俗，務使大多數人都能瞭解，所以這一日凡屬高談學理的東西都摒棄了；一是偏重文藝，務使大多數人得到精神上的享樂，所以這一日凡屬艱深枯燥的東西又都摒棄了。」但是，《晨報副刊》並不認爲這樣做完全正確，它仍然堅持自己的認識。「在中國今日的特殊情形——教育不發達，一般人沒有常識，沒有研究學問的興味——之下，日報的副刊如本刊及學燈與覺悟，要兼談哲學科學，自是決不可少。」至於計劃的星期日副鐫，「說來固然很好聽，但在事實上，這其中的意義是很含混的。我們無論如何力求通俗，其範圍決不能及於不通文理的人們，而在這通曉文理的小範圍當中，就算文字上都依照了北京的土話，這樣做一篇或者也無大損害，但是思想上我們肯學《群強報》的樣子，處處去牽就社會所好嗎？」《晨報副刊》如此堅定地不盲目屈從大眾的趣味和意志，就是出於他們強烈的社會責任感。

　　《晨報副刊》倡導自由，尊重個人主張，卻力求成爲引導意見的報紙。它以最大的包容性讓各種撰稿人傳播他們自己的意見和主張，它對於個人意見相當尊重，因爲它相信那些經過深思熟慮後做出的判斷和主張對於處於混亂中的、只想得到簡單的消息或消遣的大眾來說是極有引導性的價值的。它從不壓制討論和爭辯，相反它極力形成有意義的爭論。〔註59〕《晨報副刊》編輯不斷有意識地提出問題組織批評討論，這成爲《晨報副刊》的特點，這種批評幫助大眾對各種認識和觀念進行價值判斷和選擇，並具有某種引導性。比如「愛情定則的討論」、「抵抗日貨的討論」、「女子參藝的討論」等等。但不管是它對各種學說、思想、觀念、見解的包容性，還是它對批評中個人意見的極大尊重，這兩者都不是完全沒有限制的，因爲無限制最終導致的是導向性的失去。因此，《晨報副刊》記者說：「投稿者不知本刊宗旨，任意撰述本刊不能收受之稿件，更是太不經濟。這是學術方面。至於言論方面，有幾位先生每譽本刊爲公開的言論機關，這實在大謬不然。本刊認爲可以代爲

〔註58〕　孫伏園《編餘閒話》，《晨報副鐫》1922 年 11 月 11 日。
〔註59〕　《晨報副鐫》甚至可以連續幾天用極大的篇幅，其中有一天竟然動用全部版面，刊發西瀅對陳大悲譯作的無情批評，要知道陳大悲本人就是晨報副刊的編輯。

宣布的稿件，至少也須有一個極簡單的條件，就是持之有故言之成理。」這當然只是在文法上的最低線，而在思想上，晨報副刊的最低線則是必須有利於新文化思想的發展。王統照在《文學旬刊》創刊時就說：「雖是對於任何作品可以各抒已見，但我們敢自信是嚴正而光明的，即對於發表創作上，也一視其藝術的如何爲準，絕不有所偏重。然對於反文學的作品，盲目的復古派與無聊的而有毒害社會的劣等通俗文學，我們卻不能寬容。」〔註60〕在「愛情定則」的討論中，各種意見紛紛出場，熱鬧非常，甚至「大半是代表舊禮教說話」，但《晨報副刊》仍大量刊發並使討論不斷升溫擴大。在大家以爲無法控制的時候，孫伏園出來借助魯迅先生的意見，說出了本意：就是要把這些意見作爲認識分析社會批判舊禮教的材料。編輯在此時顯示出極強的控制力。

本節小結：孫伏園之後是徐志摩時期的《晨報副刊》，其影響力延後並逐漸減弱了。其實徐志摩的《晨報副刊》也取得了不少成績。不僅刊登了徐志摩本人以及聞一多、胡適、饒夢侃、朱自清等人的詩歌佳作，而且宣揚了創作新格律詩的理論主張，還培養了許多新作家，特別是造就了後來成爲鄉土文學大師的沈從文和成爲「左聯五烈士」之一的胡也頻。但徐志摩宣布他的辦刊宗旨是：「我說我辦就辦，辦法可得完全由我，我愛登什麼就登什麼，萬一將來犯什麼忌諱出了亂子累及晨報本身的話，只要我自以爲有交待，他可不能怨我，……我自問我決不是一個會投機的主筆，迎合群眾心理，我是不來的，諛附言論界的權威者我是不來的，取媚社會的愚暗與偏淺我是不來的；我來只認識我自己，只知道對自己負責任，我不願意說的話你逼我求我我都不說的，我要說的話你逼我求我我都不能不說的：我來就是個全權的記者」。〔註61〕其實徐志摩是在用一個具有獨立精神的作家或詩人創作文學作品的態度來辦副刊。這段話更像一個文學創作的宣言，而不是一個報紙副刊的宣言。他取消了副刊的社會責任，文學的趣味深厚了，副刊卻成爲個人趣味的展品。把副刊局限在個人狹小的空間裏，其影響力可想而知。如果說李大釗時期，《晨報副刊》的特點是政治性、思想性，孫伏園時期是在堅守社會責任的同時突顯了文學性和趣味性，而徐志摩時期《晨報副刊》則成了個人創作的藝術作

〔註60〕 王統照《本刊的緣起及主張》，《晨報副鐫》1923 年 6 月 1 日。

〔註61〕 《晨報副刊》1925 年 10 月。

品。相比較而言，孫伏園時期是把報紙副刊的本質特點與自己的理想追求結合得較爲完美的階段，《晨報副刊》因此在那個特定的歷史境況中充分發揮了自己的作用。

　　此外，作爲研究系報紙副刊，《晨報副刊》的運行和發展始終沒有脫離這個深厚的背景。它享有研究系的各種資源，並成爲研究系知識分子強大的文化權力，它的發展變遷背後伴隨著研究系知識分子的心路歷程，研究系知識分子也通過它逐漸樹立起社會理性的代表形象。

第二節　倡導新文學的動因與產生巨大影響的條件

一、研究系與研究系知識分子群體

　　《晨報》的前身是《晨鐘》報，1918 年 12 月改名爲《晨報》繼續出版，是進步黨（研究系）的機關報。「進步黨」和「研究系」確實可稱爲一體，但細分起來，兩者還是有先後順序的。可以說，研究系的前身是進步黨，兩者成立的歷史背景完全不同。

　　進步黨的成立是以國會選舉爲背景的。1913 年 4 月 8 日，中華民國第一屆國會開幕。隨著國會的開幕，國民黨、共和黨、民主黨、統一黨四大政黨，以國民黨爲一方，共和、民主、統一三黨爲另一方，爲選舉參眾兩院議長、副議長展開了激烈的競爭。當時，國民黨由同盟會聯合統一共和黨等組織改組而成，成爲「黨勢澎湃、莫能禁禦的第一大黨」。〔註62〕除非共和黨、民主黨、統一黨三黨合而爲一，否則將難與國民黨對壘。由於同盟會革命主張的勝利，一直爲君主立憲而奔走呼號的立憲派人陷入窘境。爲對抗革命派，他們的出路是與袁世凱結成同盟。所以梁啓超向袁世凱提出建議，聯合舊立憲派和革命派中分化出來的人組織一個「健全之大黨」，以與同盟會爲「公正之黨爭」，使「彼自歸於劣敗」。袁世凱也意識到如果不快點組織能爲己所用的大黨，就不能有效控制國會。宋教仁被刺事件的發生，使得全國輿論集中到袁世凱身上，而梁啓超也備受責難。4 月 2 日，梁啓超趕往北京與各方磋商，定在 16 日舉行三黨黨員聯誼會。梁啓超在會上指出：「爲三黨計，爲敵黨計，

〔註62〕李新、李宗一主編《中華民國史》第二編第一卷第 274 頁，中華書局 1987 年
　　　　9 月出版。

皆宜三黨合併，使中國保有二大黨對峙之政象漸入軌道。」〔註63〕這次會後，三黨意見漸趨統一，25日正式簽訂合組進步黨協議書。29日，舉行三黨全體在京黨員大會，宣布進步黨正式成立。黎元洪為理事長，梁啓超、張謇、伍廷芳、湯化龍、王賡、蒲殿俊等九人為理事。其本部下設政務、黨務二部，由林長民、丁世嶧擔任部長。進步黨的成立，標誌著袁世凱與進步黨人的聯盟關係正式確立。但針對黨綱，進步黨反覆強調：進步黨「以國家生存發達為目的」，〔註64〕「唯一希望在國家不致糜爛，大局不致憂亂」。〔註65〕這種表白顯示出進步黨對當時國內政治局勢的判斷，也體現了以梁啓超的政治理念為核心的政治思想。

　　研究系的成立則是在段祺瑞與黎元洪府院之爭的時候。支持黎元洪的國民黨人和南方地方勢力，與支持段祺瑞的進步黨和親段的北洋督軍，雙方斗爭的焦點在於國會制憲問題。1916年7月，軍務院撤銷，國民黨和進步黨雙方就積極組織力量，爭取即將恢復的國會的控制權。梁啓超布置各地進步黨人，要組織「無形政黨」，不以政黨之名，而行政黨之實。8月22日，湯化龍、劉崇祐集結在京進步黨人成立「憲法案研究會」，另一部分進步黨人以王家襄、陳國祥為主結成「憲法研究同志會」。其組黨目的很清楚：「今決組強固無形之黨，左提北洋系，右挈某黨一部穩健分子，摧滅流氓草寇兩派。現國會即開始討伐。」〔註66〕與此同時，國民黨議員也在8月底至9月初，相繼組織起三個政團：丙辰俱樂部、客廬系和韜園系。9月9日，三派議員又集合組成「憲法商榷會」。「商榷會」包括了參眾兩院的國民黨人，是國會的第一大黨。但其內部存在很大矛盾，11月以後即由三系變為四系。進步黨人看到國民黨各派合組「商榷會」，遂於9月12日宣布「憲法研究同志會」與「憲法案研究會」無條件合併為「憲法研究會」。〔註67〕此後，進步黨即被人稱為研究系。「憲法研究會」在參眾兩院共有議員一百六十多人，是僅次於「商榷會」的第二大黨。研究系與商榷系在國會的鬥爭，開始集中在制憲問題。在國會體制等問題上，兩派也存在著嚴重分歧。

〔註63〕《迎賓館三黨之懇親大會》，《時報》1913年4月22日。
〔註64〕《進步黨之宣言》，《時報》1913年5月15日。
〔註65〕《迎賓館三黨之懇親大會》，《時報》1913年4月22日。
〔註66〕《致熊鐵崖、劉希陶電》，1916年8月21日《護國之役文電稿》。
〔註67〕《晨鐘》報，1916年9月14日。

　　「憲法研究會」也就是研究系，主要是原進步黨骨幹組成，實際淵源於立憲時期的憲友會。其歷史脈絡雖然裹挾在紛亂複雜的政治鬥爭中，但也能梳理得比較清楚。不過，對研究系的認識就非常複雜了。人們常常以「投機政客」、「牆頭草」之類的詞語來稱呼研究系在政治領域中的選擇。五四以後，隨著國民革命的高漲，研究系被很多人視爲政客，和軍閥一樣被認爲是革命的對象。

　　實際上，研究系還有更多更豐富的含義。當時在民國政界和知識界通用的「研究系」一詞，不僅僅是指這一政治集團，還被認爲是「權謀家」、「書生集團」等學者型政治家集團，當然這些稱謂都是貶義詞。形成這種對研究系的認識，原因主要有兩種：一是研究系領導人帶有深厚的知識分子氣質。梁啓超、湯化龍、熊希齡、林長民等人都是社會名流，甚至被稱爲國師，他們憑藉自己的文化權力如《晨報》、《國民公報》等，宣傳政治理論，提倡文化學術運動，聚集了很多知識分子和學術型官僚，給政界、言論界、學術界帶來了很大影響。二是如果以政治結果作爲評判標準，研究系顯然是失敗的。雖然他們基於社會權勢和所具有的政治資源和袁世凱、段祺瑞、曹錕合作，想要一邊牽制國民黨與護法政府，一邊試圖主導政局，推進制憲，但他們沒有辦法防止軍閥政權玩弄破壞約法和國會，最終也沒有擺脫被軍閥利用的結局。五四以後，北洋政府缺乏正統權威，國民革命的條件和時機還沒有成熟，這些研究系知識分子扮演著社會代表的角色，利用自己的社會權勢，繼續追求擴展政治社會的影響力。

　　除了政治集團意義上的研究系以外，還有另一種研究系值得關注。這就是研究系知識分子群體。這是指在五四前後以梁啓超爲中心的一批知識分子構成的集團，其中包括張東蓀、張君勱、蔣方震、藍公武等人。他們在安福國會出現以後跟隨梁啓超從政壇退出，籌辦《時事新報》、《改造》等報刊，並以此作爲文化資源的基礎，倡導文化運動，頗受矚目。〔註68〕他們雖然與研究系政治集團有千絲萬縷的聯繫，但他們以五四運動爲界，獨立於研究系的政客集團、政治家，具備獨立的文化權力與國家建設構想，確立了自己的領域。其實作爲一個知識分子群體，他們早在民國初期就已

〔註68〕楊杏佛《中國最近之社會改造思想》，《楊杏佛文存》（上海書店影印本），平凡書局 1929 年出版。

經形成。他們一直在梁啓超身邊作爲知識分子集團活動，提倡梁所主張的
政黨政治理論。他們依靠社會輿論，反袁反復辟，始終代表著梁啓超的政
治立場。五四以後，他們積極投入文化運動，反思共和失敗，致力於新思
潮的輸入，積極推進新的國家建設方案，他們倡導新文化運動與社會改造
論，產生很大影響。尤其是他們站在社會理性代表的立場上，對國民黨的
以黨治國和訓政理論堅持批判態度，組織國家社會黨，與國民黨一黨專政
對抗，主張法治與憲政。他們一直試圖代表社會理性，希望以法律和社會
理性限制國家權力的政治秩序。雖然他們被認爲是政治改良主義，但他們
對社會理性的執著與堅持，不管結果怎樣，都能爲我們理解中國革命歷史
過程的特質提供必不可少的啓示。

二、《晨報》作爲研究系政黨報紙的意義

1916 年 8 月 12 日，內務部警政司第四科的案卷中有一份京師警察廳呈送
的關於《晨鐘》出版的文件。〔註69〕內容如下：

名稱	晨鐘報
體例	文言日刊
發行時期	八月十五日
發行人姓名、年齡、籍貫、履歷、住址	劉堅，年二十五歲，福建籍商人，住丞相胡同
編輯人姓名、年齡、籍貫、履歷、住址	李迂，年二十七歲，直隸籍商人，住丞相胡同
印刷人姓名、年齡、籍貫、履歷、住址	張魁九，年四十歲，北京籍商人，住丞相胡同
發行所之名稱、地址	丞相胡同晨鐘報社發部
印刷所之名稱、地址	丞相胡同晨鐘報社印刷部
立案年月	中華民國五年八月

這是《晨鐘》報成立之初，按照當時的報刊律法規定向京師警察廳報送
的申報材料，京師警察廳隨後報行業主管部門內務部警政司第四科備案。

〔註69〕 《北京 1916 年開設各報館呈請備案有關文件》，原始檔案藏於南京中國第二
歷史檔案館，案卷號一〇〇一 3106。

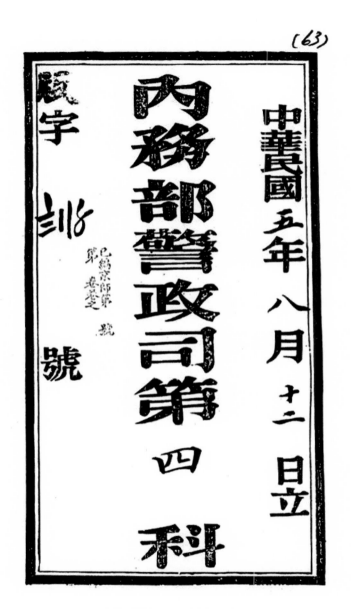

《晨鐘報》註冊信息-1

《晨鐘報》註冊信息-2

56

名稱	晨鐘報
體例	文言日刊
發行時期	八月十五日
發行人　姓名年齡籍貫履歷住址	劉聖年二十五歲　福建籍商人住東　相胡同
編輯人　姓名年齡籍貫履歷住址	李迁年二十七歲　直隸籍商人住東　相胡同
印刷人　姓名年齡籍貫履歷住址	張魁元年四十歲　北京籍商人住丞　相胡同
發行所印刷所立　之名稱　地址	丞相胡同晨鐘　報社發行部
印刷所　之名稱　地址	丞相胡同晨鐘　報社印刷部
立案年月	中華民國五年八月

《晨鐘報》註冊信息-3

53

第四科

內務部 警政司收 京師警察廳 應 之件

呈爲劉崇佑組織晨鐘報抄錄條款請備案由 附表一件

總長

擬呈備案

趙之翰

日字第二七八號

《晨鐘報》註冊信息-4

　　《晨鐘》報刊行的時候，正是袁世凱倒臺之後。進步黨的「憲法研究同志會」與「憲法案研究會」此時還沒有合併，政治意義上的研究系還沒有正式成立。因此，從嚴格意義上來講，並不是研究系成立後，才創刊《晨鐘》報作爲他們的機關報。《晨鐘》報的創刊甚至還在湯化龍的「憲法案研

究會」成立之前。〔註70〕那麼，《晨鐘》報此時的創刊對於進步黨人的意義
是什麼呢？

　　必須提到研究系中心人物梁啓超民初時期的國家思想和對政局的構想。
1912 年 10 月，當梁啓超回國的時候，武昌起義已經一週年。他的歸來受到各
方的熱烈歡迎和社會的極大關注：「蓋上自總統部、國務院諸人，趨蹌惟恐不
及，下則全社會，舉國若狂。」〔註71〕特別是立憲派和知識分子給予他更多
的熱情。雖然這種歡迎並不等同於政治上的支持，但以商會爲代表的資產階
級和立憲派等勢力，爲對抗革命派的政治勢力，確實對他寄予了厚望。被大
家寄予厚望的梁啓超採取的又是怎樣的政治路線呢？

　　在受到英國政黨制度深刻影響的梁啓超看來，辛亥革命以後的中國社
會，面臨的是國家機構解體，國家與國民關係斷裂的危險境況。他強調必須
恢復政治權威，使社會向心作用得以維持，強化國家和國民的有機整合。他
主張，首先要建設一個強有力的政府，以培育處於未成熟階段的國民，特別
是可以通過正常實行議會和政黨爲中心的政黨內閣制，來實現這一目標。他
強調政黨之間的合理正當的競爭，他認爲這種合理的競爭體制本身就是恢復
政治的向心作用，以進一步消除政治局勢的不安定因素。〔註72〕

　　梁啓超提出強有力政府論，參與共和政局的主要用意在於：用政黨政治
來恢復政治的社會整合作用，樹立憲政秩序，特別是以政黨政治的框架排除
革命勢力和北洋軍閥以及腐敗的官僚勢力，把擁護憲政的理性勢力聚集在一
起，整合分崩離析的民初政局，從而主導政局。他希望把各方不同的政治力
量統合起來，掌握內閣，同時也能夠牽制袁世凱。其實這種想法與當時知識
分子希望完成共和政局，但苦於共和政局基礎極爲虛空薄弱的狀況是相適應的。

　　梁啓超的這種想法來源於他從維新時期就具有的國家和社會觀念。他認
爲國家就是國民的總和，國民是形成國家的一分子〔註73〕。但建設國家需要
以社會爲中心。國家應當先具備以自律的個人組成的許多社會組織，然後通
過這些組織之間的協調，來建設國家。他所關注的不是國家和國民的直接關

〔註70〕《晨鐘》報創刊在 8 月 15 日，湯化龍憲法案研究會成立在 8 月 22 日。
〔註71〕有關歸京之後的「應酬之苦」，詳見丁文江、趙豐田編《梁啓超年譜長篇》，
　　　　第 651～655 頁。
〔註72〕梁啓超以政黨政治爲中心的共和政論是以他原有的「開明專制論」重新解釋
　　　　「共和政治」。參見梁啓超《開明專制論》，《飲冰室文集》十七。
〔註73〕《新中國建設問題》，《飲冰室文集》二十七。

係，而是國家和社會，或者社會和個人之間的關係。國家的主要功能在於合理調整許多獨立的社會勢力之間的利害關係，維持公平正義，其關鍵是社會代表如何發揮自身的整合作用。換句話說，他的政治思想的核心在於形成獨立於國家的社會。他想以市民社會的成就爲前提，由社會各個勢力的代表組成議會，通過競爭與妥協來調和各種勢力的關係，從而成爲整合社會的中心，國家權力正是通過維持這種社會的自律秩序而獲得正當的權威。他因此極爲重視制定憲法。制定憲法就是要以社會理性爲基礎，明確國家各機關的權限與責任，分散國家權力，保障社會的自律秩序。

但是梁啓超非常明白，要想實施這種政黨政治，實現所追求的目標，必須要有成熟的市民社會。但現實顯然並不具備這種條件。首先，已經有一年歷史的共和政體並不令人樂觀：國內各行業一片蕭條。「今日中國之工商，實已爲外國經濟勢力所壓倒，無論何種職業，皆實其存之力，非大爲革新，以謀抵禦此潮流，則全國人民，捨爲外人苦力以外，無他使可道也。」〔註 74〕其次是當時越來越嚴重的分權化因素，嚴重動搖著民國的基礎。共和政治顯露出基礎的薄弱和不成熟。「國體已定共和，可是沒有伴隨的變化」，「只是名稱上共和國，沒有具備實質的變化」，〔註75〕具有覺醒意識的國民、議會、政黨、內閣、法庭、自治團體、學校等共和政體的基本要素，在社會的任何一個角落也不曾見到，甚至作爲共和政體的最小前提，具有公共道德的國民與社會在當時也看不到絲毫端倪。最讓他頭疼的是政黨的狀況：「我觀乎今日之政黨，而又有不能不爲之慨然者，分明政見不相同，而居然可以同黨，分明無意識之人，而亦居然加入黨中，幾令人不能知其公共目的之所在，若此之結合，決非以公目的結合，乃以私目的結合者也。以私目的結合者，決不能謂之政黨，乃亦有公目的相同，而不能聯合者，是必有私目的雜乎其間，以爲之障礙耳，故不同目的相合者，其原因固在私目的，同目的而不相合者，其原因亦在私目的，夫合數私目的不能成一公目的，孰謂可以私目的成政黨乎？」〔註 76〕各政黨派別的不健全，爲自身利益各自爲政的狀況成爲梁啓超實施其政治理念的障礙。

〔註74〕 梁啓超《莅北京商會歡迎會演說辭》1912 年 10 月 30 日，《飲冰室文集》二十九。

〔註75〕 《答禮茶花會演說辭》1912 年 10 月 31 日，《飲冰室文集》二十九。

〔註76〕 《莅民主黨歡迎會演說辭》1912 年 10 月 22 日，《飲冰室文集》二十九。

　　梁啓超的理想是把現在政治勢力改良爲健全政黨，後通過確立政黨間的公正競爭並獲得國民同意的過程，建立穩定的憲政體制。「凡政黨必須有優容之氣量」，「無論何國既有政黨，必有相與對立之黨，既有對立之黨，主張利害，自不能強爲上同，故凡謂政黨者，對於他黨，不可有破壞疾忌之心，此必又望他黨只能發達，相與競爭角逐，求國民之同情，以促政治之進步，……故政黨對於他黨，必須有優容之氣量，主張雖互相反對，亦各自求，國民同情而謀政治之進步耳。」〔註77〕但是顯然，要使這種理想的政黨政治成爲現實，需要有成熟的市民社會，需要有國家和社會之間關係的緊密結合。因此，梁啓超提出，在市民的成熟程度與社會的組織程度都還不夠的現實條件下，作爲一種對不成熟的國民的替代，那些具備政治知識與道德意識的知識分子，應該匯聚在政黨與議會中，牽制國家權力，保護國民利益，調和社會各種勢力的利害關係，從而實現社會的整合。他也因而非常重視具有知識與道德整合能力的知識分子的中堅作用。另一方面，要使國家和社會之間形成一種緊密的關係，以精英爲主的政黨應擔當重任。「立憲政治之行也，國家以政權分諸大眾，於是一部人民得直接參與政治，又一部人民得有選舉之法間接參與政治，又不僅參與政權已也，全國政治於議會之外，又有政黨報紙及種種機關使國民平常日之間，於眼簾耳鼓中，時時與政治相接觸，如是國中分子乃由陳舊而一趨發達矣。」〔註78〕人民直接或間接行使主權，政黨和報刊等在日常生活中發揮政治作用，這就是國家和國民之間實現緊密結合的方法。

　　正是出於上面的主張，梁啓超非常重視報刊輿論的作用，並把它當作政治實踐中最有力的輔佐。他認爲，報刊是社會（也就是中堅力量）和個人相互聯繫的媒介。報刊輿論不僅能起到「睿牖民智，薰陶民德，發揚民力，務使養成共和法治國國民之資格」〔註79〕的精英或中堅啓蒙國民的作用，還可以成爲集結許多中堅知識分子，組織政黨政治的巨大助力。

　　綜合上文，梁啓超實現其國家建設構想的主要思路是：由代表社會理性的知識分子組成政黨和議會，整合社會，確立國家的正當權威，政黨是政治和輿論的中心，具備道德與理性能力的知識分子參與政治，從事辦報活動，提高國民政治常識，吸引國民進入政治領域中來。這成爲梁集結多數知識分

〔註77〕　《莅民主黨歡迎會演說辭》1912年10月22日，《飮冰室文集》二十九。
〔註78〕　《答禮茶花會演說辭》1912年10月31日，《飮冰室文集》二十九。
〔註79〕　《鄙人言論界之過去及將來》，《飮冰室文集》十一。

子的思想根據，也是研究系知識分子群形成的基礎。因此，如何組織社會理性勢力，如何使他們發揮應有的社會作用，成爲民初梁啓超政治活動的主要內容。事實上，民國初期梁啓超的政治活動就是在實踐這種政治思想，而他的這種思想也得到當時眾多知識分子的認可。他們在梁啓超所辦的《庸言》中，大力宣傳以梁啓超爲核心的進步黨的政治立場，謀求確立政黨政治和憲政秩序，限制國家權力，把國民引入政治秩序。

但是，事與願違，袁世凱的行爲讓他們很快就感到了失望。這種失望一直伴隨著袁世凱蹂躪國會、共和政體瓦解的過程，伴隨著國家權力的擴大與中堅勢力活動空間不斷縮小的過程，在宋教仁被暗殺、國民黨被解散、二次革命的過程中，他們也體會著袁世凱集權化政策的惡果。中間雖然有進步黨結成多數黨，有組成人才內閣的好時機，但他們所期待的中堅政治所要求的現實條件卻越來越受到局限。袁世凱解散國民黨是共和政體崩潰的標誌，同時引起法律的虛化和中央政府合法權威的喪失。沒有法律牽制的袁世凱，在經濟、行政和社會的各方面實施空前的集權化和國家權力的私權化，推進帝制，這使得國家與社會嚴重分裂。袁世凱破壞憲政，推進集權化，其實就是國家權力的私權化，是對社會自律秩序的挑戰，是對依靠憲法限制國家權力思想的否定。當時的知識分子已經意識到缺乏能夠控制國家權越軌的國民的對抗力。他們創辦了《太平洋》、《甲寅》、《新中華》、《大中華》等很多報刊，爲知識分子研究國家建設提供空間，目的在於給國民提供政治常識，促使國民的覺醒，擴大國民對政治的參與，同時摸索分散國家權力，擴大社會自律領域，促進建設能夠限制國家權力的政治秩序。

研究系知識分子也和其他知識分子一樣認識到無法運用憲政來限制國家權力，因而積極探討能夠對抗國家權力的方案。梁啓超的政治成果中最突出的當數組織護國戰爭保衛共和，但是他們之所以這樣做的主要原因在於想在公共領域獲得主導權。這還反映在他們主導關於縮小國家權力，擴大社會自律領域方案的討論中。他們強調個人的絕對自由權，主張國家領域與社會的嚴格區別。梁啓超的中堅政治論獲得了許多知識分子的認同，對於集結中堅勢力有重要作用。吳貫因、藍公武在《大中華》中主張對抗國家權力的市民社會應該從思想和文化的獨立入手，批判傳統禮教，摸索新文化運動；〔註80〕

〔註80〕吳貫因《改良家族制度論》等，藍公武《闢近日復古之謬》等，《大中華》1～5期。

黃遠庸也介紹新文化思想，探討政治與社會、政治與文學的獨立性。〔註81〕

　　梁啓超力圖恢復中堅勢力與軍事勢力以後發動反帝制反復辟的鬥爭。特別是在國會恢復後，他倡導「不黨主義」，推行制憲，希望建設中堅政治。在討袁之後恢復國會問題上，梁啓超和湯化龍都曾談到自己的看法。梁啓超說：「現當國家再造之時，一切建設問題，當合全國優秀人事以協議一致解決之，若樹黨相對，實有百害而無一利，望前此各黨要人設法將所屬之黨實行解散，免留畛域痕跡，以影響於政局，則國家前途之福也」。〔註82〕湯化龍認爲：「以鄙見測之，今日誠毀黨之日，而非造黨之日也……惟當集新式思想人物爲友誼之結合，開誠布公以商國家共同之利益，同舟共濟」。〔註83〕兩人同樣都表明恢復中堅政治仍是重建共和、建設國家的重要手段。但中堅勢力基礎薄弱，而且他們認爲社會結構處於進步與保守勢力的對立狀態，要與保守勢力相抗衡，必須要擴大和強化國民與進步勢力之間的聯繫。

　　《晨鐘》報就是在這樣的大背景下創刊的。《晨鐘》報對於研究系的意義也在於此：聚集進步知識分子，開展思想文化運動，迎合進步勢力特別是青年人的需要，擴大中堅政治的社會基礎。創辦《晨鐘》報，致力於新文化運動，正是爲了對抗國家權力，增強中堅力量。

　　也許從這個意義上，我們才能眞正理解李大釗的《晨鐘的使命》作爲研究系報紙《晨鐘》報發刊詞的豐富含義。「吾國所以演成今象者，非彼老輩之強，乃吾青年之弱，非彼舊人之勇，乃吾新人之怯，非吾國之多老輩多舊人，乃吾國之無青年無新人耳！非絕無青年，絕無新人，有之而乏慷慨悲壯之精神，起死迴天之氣力耳！此則不能不求青年之自覺與反省，不能不需《晨鐘》之奮發與努力者矣。」「蓋青年者，國家之魂，《晨鐘》者，青年之友。青年當努力爲國家自重，《晨鐘》當努力爲青年自勉，而各以青春中華之創造爲唯一之使命，此則《晨鐘》出世之始，所當昭告於吾同胞之前者矣。」〔註84〕可能李大釗這些話語的目的和他心中追求的目標，與研究系所指的方向並不相同，但對於此時的研究系來說，李大釗充滿激情的呼籲正是他們所需要的。

〔註81〕黃遠庸《新劇雜論》，《小說月報》第 5 卷。
〔註82〕《梁任公不黨之宣言》，《盛京時報》1916 年 6 月 27 日。
〔註83〕《申報》1916 年 7 月 1 日。
〔註84〕守常《晨鐘的使命》，《晨鐘》創刊號，1916 年 8 月 15 日。

　　1918 年段祺瑞控制北京政權，成立「安福國會」（即安福系），推行軍閥獨裁統治和武力統一政策。曾經對段有過期望的研究系因安福國會遭受重大挫折，與段祺瑞發生了激烈衝突。《晨鐘》、《國民公報》等研究系報刊開始大量揭露和猛烈抨擊段祺瑞的賣國與獨裁。1918 年 9 月，《晨鐘》報和其他七家報刊因刊載段祺瑞政府向日本政府大借款的消息，遭到段祺瑞政府的封閉。

　　熊少豪在《五十年來北方報紙之事略》一文中記錄：「安福專政時代：項城既殂，黃陂繼任，段祺瑞爲國務總理，舊會與約法次第恢復，都中各報幸獲一時之自由。然未幾合肥免職，督團獨立，張勳復辟，相因而生。迨段氏再造共和，自矜功伐，專橫尤甚於前，嗾使徐樹錚組織安福俱樂部以武斷一切。一時都下報紙，十九爲安福部所收買。有敢批其逆麟者，無論有無黨派，皆擅行封閉。民國八年中，《晨鐘報》、《國民公報》、《京報》等十一家，因訾議安福，爲內務總長朱琛勒令停版。又嚴令逮捕編輯，各報編輯多逃亡日本，其被捕下獄者，惟《國民公報》孫幾伊一人，以其反對安福最烈之故。其後《國民公報》竟不復開。《晨鐘報》後易名爲《晨報》。安福失敗後，《京報》始復活。」

　　1918 年 12 月 1 日，被迫停刊兩個多月的《晨鐘》報經過改組，更名爲《晨報》，繼續出版直至 1928 年 6 月 5 日停刊。《晨報》改組後，基本延用了《晨鐘》報的原班人馬，但主要人物發生了變動。以湯化龍爲首的研究系閣員〔註85〕，在《晨鐘》報被段政府封閉以後，立刻宣布以辭職抗議。不久湯化龍、林長民一行赴日本和北美考察遊歷。而梁啓超也在《晨報》改組復刊後不久，與蔣百里、丁文江、張君勱等人一起赴歐洲考察遊歷。這樣，《晨報》就主要由蒲殿俊、李大釗、胡適、蔣夢齡、張申府等人負責主持。梁啓超等人仍然是《晨報》的主要撰稿人，《晨報》的發刊詞就是梁啓超親自撰寫的。〔註86〕

　　由《晨鐘》報到《晨報》，看起來似乎只是名稱的變化，但作爲政治性極強的報紙，它的變更顯然可以讓人們從中感受到政治局勢的風雲變幻。那麼，研究系在新的歷史階段會有怎樣的調整和變化，而新的《晨報》又會在研究系的思想潮流裏扮演著怎樣的角色？

　　在袁世凱死後，以梁啓超爲首的研究系與段祺瑞政府的合作中，曾經全力幫助段與黎元洪在府院之爭中佔據上風，甚至有一段時間參加了內閣，多

〔註85〕湯化龍當時擔任內務總長，林長民擔任司法總長。
〔註86〕徐松榮《維新派與近代報刊》359 頁，山西古籍出版社，1998 年出版。

位研究系骨幹在政府各部門擔任要職，成爲段內閣的重要支柱。但 1917 年
11 月，段祺瑞因對川湘戰爭的失敗而被迫辭職，梁啓超也只能一同退出內
閣。此時，段派軍閥與交通系勾結，研究系從此下野失勢。1918 年 3 月，段
祺瑞重新組閣時，研究系被排除在外。爲了不讓研究系在將來的新國會中與
自己作對，他們甚至要求嚴防研究系參與國會選舉。〔註 87〕在安福國會選舉
中的慘敗以及南北分裂局面的形成，迫使研究系知識分子不得不從政壇隱
退。但從梁啓超寫給《晨報》的發刊詞中，我們還沒有看到明顯的變化，他
仍然在著重強調社會理性和秩序化的國家。他說，《晨報》是在「政象模糊，
權要縱橫」的環境裏發刊的。「然而晨報何爲而作乎，曰即爲此罪惡之政治
作、社會作，新聞界之惡歲作。」《晨報》的宗旨在於發揮「言論之本能」，
「謀國家必爲統一之國家，政治必爲循軌之政治，社會必爲秩序的進步社
會。」〔註 88〕只不過，梁啓超此時的話語已經不能在政界產生如往日一樣的
影響了。

　　如果說《晨鐘》報創刊時，研究系是爲了擴張自身的政治勢力，同時也
是基於自己的政治理想，已經流露出走向文化運動的跡象，那麼《晨報》直
至五四以後，重視文化運動，追求民治秩序已經成爲他們的主要傾向。

　　安福國會與南北分裂給研究系知識分子帶來了很大挫折。他們體會到沒
有國民的覺醒，沒有國民對政治的主動參與，不可能實現他們所追求的憲政
政治。他們開始轉向文化運動，並開始在文化運動中依靠自己對中國現實狀
況的深刻認識，摸索國民性改造和社會結構的改良。研究系知識分子則開始
從政客集團性的研究系中分離出來，〔註 89〕他們不再跟隨作爲政治集團的研
究系，想通過主導南北和會和國民外交協會，作爲國民的代表，恢復在政治
方面的影響力，而是重視文化運動，追求民治秩序。

　　五四以後，研究系知識分子成爲一種文化權力。他們通過《解放與改造》、
《時事新報》積極介紹一戰以後國民公決思潮和進步的社會主義，積極迎合
當時的進步青年。1920 年，梁啓超從歐洲回國，倡導文化運動與政治運動相

〔註 87〕李新、李宗一主編《中華民國史》第二編第二卷 259 頁。
〔註 88〕梁啓超《晨報發刊詞》，《晨報》1918 年 12 月 1 日。
〔註 89〕《晨報》1920 年 12 月 8 日前後，蒲殿俊等 61 人在《晨報》上發表聲明：自
　　　　時局攪擾政團星散，憲法研究會久已名存實亡，年來同人等以友誼關係時復
　　　　相互周旋，然決無團體之活動，茲特正式聲明：研究會久已消滅，同人中所
　　　　有活動均屬個人關係，特此布聞。

結合的國民運動，他以自己的社會關係爲基礎，大力改造《時事新報》、《晨報》和《改造》等報刊，接辦中國公學，同時組成共學社和講學社致力學術運動。梁啓超以《歐遊心影錄》恢復了自己的文化權勢。研究系知識分子以大學和學術文化界爲中心，靠自己的學術聲望，擴大影響力。他們在運用這些文化機構開展文化運動的過程中成爲具體的文化實體。他們以一貫的彼此共通的知識背景和西體中用的價值態度爲基礎，積極參與社會主義論戰、科玄論戰，並力圖以他們明確的整體意識，憑藉優越的文化資源，在有關國家建設構想的討論中起到主導作用。他們通過報刊討論國家建設方向，大力宣傳他們的社會改造論，〔註90〕希望給這些對現實政治絕望正在摸索新出路的進步青年提供能夠解決中國現實問題的方法和見解，並以此來吸引更多的知識青年。他們也確實在這一過程中重新探討了國家與社會的關係以及國民的角色問題，完成了自己以社會改造爲核心內容的國家建設方案。

只是，在五四及以後的話語空間裏，他們常常被認爲是落後的保守主義、代表資產階級利益或者是與軍閥相勾結的知識分子團體而受到嚴厲的抨擊。再加上他們除了參與進步勢力的大討論以外，並沒有提出自己具有政治力量的組織論說或政治勢力化方案。他們和革命勢力相反，並沒有發展自己的政治勢力，而僅僅是具備文化權力的較爲鬆散的知識團體。而且，他們作爲文化權力，針對中國現實所做的解釋，提出的理論，如「聯邦論」、合作運動等，並沒有在實踐中獲得多大成效，其實際意義不大。在這種情況下，他們的構想和實踐不可能得到國民的認同，只能在各種力量的鬥爭中失敗。1923 年以後，隨著國民革命的急速發展，依靠立憲建設國家的可能性逐步消失，他們的現實影響力也漸趨衰微。

但是他們對普遍理性和理性秩序的堅持卻賦予了他們批判的能力。他們仍然把自己作爲社會理性的代表，堅持探討理性控制的社會秩序，探討讓國民成爲形成具體政治秩序的主體的途徑。他們從傳統文人轉變成用理性批判社會的知識分子。儘管他們的想法和實踐無法與社會條件相適應，無法取得相應的效果，但他們一貫主張的立憲理論、重視社會自律和社會理性的執著態度，已經成爲人們認識中國歷史進程和中國知識分子摸索國家建設道路的重要參照，應該得到應有的重視和評價。

研究系是一個具有特殊性質的政黨派別，研究系中的很多成員既是政治

〔註90〕 《改造發刊辭》，《改造》1920 年 9 月 15 日。

家，也是文人學者，他們始終奔走在政治和文化學術兩個相互影響又相互交融的領域中。作爲政治家，他們希望集聚有政治知識和道德意識的知識分子，通過這些知識分子達到國家與社會的結合，知識分子既可以牽制國家權力，同時又可以調整各種利害關係，他們的作用可以彌補當時現實社會特別是國民的不成熟。而實現這一政治理想的關鍵手段就是政黨和報刊。所以，對於他們所創辦的報刊來說，只有在理清這一政黨派別或這一群體的歷史脈絡的前提下，才能顯現出自身的眞正意義和角色定位。

三、《晨報》作爲文化權力的資源構成

　　《晨報》在五四前後成爲研究系知識分子文化權力的一個表徵。《晨報》在五四新文化運動中產生的影響無疑是巨大的。徐鑄成說：「（直到）我進師大時（1927 年），《晨報》還是北京各報中規模最大、發行最廣的報紙，雖然它的副刊已不大吸引人，但在閱報室裏，早晨大家還是首先搶看《晨報》，下午，天津報送到，才搶看《大公報》。」〔註 91〕但是，《晨報》的這種影響和它所具有的歷史價值以及它所獲得的歷史地位並不僅僅來源於報紙本身，更多的來源於它所屬的知識分子群體多年不斷積累的文化資源、政治經濟資源和強大的文化權力。

　　如果我們分析一下民國初期以梁啓超爲核心的研究系知識分子的構成，就可以對研究系知識分子所擁有的深厚資源和文化、政治權力的具體狀況有所瞭解。具體來說，就是看看那些與研究系知識分子報刊活動直接或間接有關的一些人，他們個人具有怎樣的政治的、文化的資源，這些資源又是怎樣融合到一起，進而影響報刊活動的。

　　民國初期，梁啓超按照自己的政黨政治理論和對政治局勢的構想，以政黨與報刊相結合的方式，聚集具有政治知識和道德整合力量的社會精英。其中政黨和報刊就是中堅勢力活動的空間。在第一次國會選舉中，梁啓超雖然沒有成功組建起強大的政黨，但是他得到了林長民、湯化龍、梁善濟、蒲殿俊等人的共識，而這些人物在立憲運動中有較高的聲望，是憲友會的骨幹，成爲以後進步黨和研究系的基礎。他們的個人情況如下：〔註 92〕

〔註91〕徐鑄成《報海舊聞》52 頁，上海人民出版社，1981 年出版。
〔註92〕根據李新、李宗一《中華民國史》，謝彬《民國政黨史》（民國叢書影印本），
　　　　彭明《五四前後的研究系》等提供的資料整理。

姓名	出生年份	留學情況	擔任職務
梁善濟	1863	日本	翰林院檢討，諮議局議長
蒲殿俊	1875	日本	法部主事，諮議局議長
熊希齡	1866		財政總長
湯化龍	1876	日本	法部主事，諮議局議長

在梁啓超身邊還有一些學識淵博，對中外歷史和各國制度都有深刻認識的知識分子，他們與研究系知識分子密切相關。民國初期，他們和梁啓超一樣具有中堅意識和相應的政治路線，依靠政論性雜誌主動參與建設共和政局。他們主要集中於《庸言》和《國民公報》等刊物上，在這些刊物上，我們也能看到這些人的基本情況。《庸言》最有代表性。它是 1912 年在袁世凱的幫助下作為共和黨和民主黨的統合計劃出現的。〔註 93〕當時梁啓超回國只有一個月，就急忙創辦這分報刊，主要原因是當時緊迫的國會議員選舉。對梁啓超來說，這次選舉是政黨政治的第一步，他當然想在選舉中獲得第一大黨的地位。而創辦《庸言》，正是為了明確提出自己設計的政綱和政策，擴大以國民支持為基礎的政黨的正常活動。《庸言》的撰稿人們雖然在一些具體問題上有不同意見，但基本指向是相同的，即代表社會理性，通過道德和法律整合社會。這和當時國民黨及袁世凱的政策有明顯區別，體現出這些人統一的整體性和獨立性。《庸言》的骨乾和主要撰稿人（資料引自吳炳守《研究系知識分子群體的國家建設構想及其實踐》）：

姓名	生年及籍貫	教育	民國前經歷	民初職務
梁啓超	1873 廣東			進步黨領袖、司法總長、財政總長
湯覺頓	1878 廣東	萬木草堂，留日	新民總報、國風報	中國銀行總裁
梁啓勛	1879 廣東	留美（哥倫比亞）	新民叢報	中國銀行、青島大學、交通大學
黃遠庸	1884 江西	進士，中央大學		少年中國、國民公報、中報、亞細亞報、進步黨眾議員
藍公武	1887 江蘇	東京帝大，留德	國民公報	國民公報、亞細亞日報、進步黨議員

〔註93〕《庸言》刊行期為 1912 年 12 月到 1915 年 5 月，其創刊的主要資金支持來自袁世凱。

張君勱	1887 江蘇	秀才，早稻田大學	新民叢報	新民叢報、憲政新知、少年中國
林紓	1852 福建	舉人	國風報，京師大學堂	
嚴復	1854 福建	福州船政學堂，留英	國聞報、國風報	京師大學堂校長、總統府顧問
陳衍	1856 福建	舉人	求是報、國風報、學部主事、禮部禮學官	北大文科教授
夏曾佑	1863 浙江	進士	國聞報、政藝通報	教育部社會教育司長
林長民	1876 福建	秀才，早稻田大學	立憲運動、憲友會	國務院參議、法制局長、司法總長、民國大學校長、法政雜誌主編
吳貫因	1880 廣東	早稻田大學	憲政新志、憲法新聞	庸言主筆
徐佛蘇	1880 浙江	東京高師	新民叢報、國民公報	政事堂、國務院參議
林誌鈞	1883 福建	日本政治大學		司法部參事、民事司長
張東蓀	1886 江蘇	東京帝大		臨時政府內務部秘書
王桐齡	1878 河北	東京帝大文學部		教育部參事，北京高師
賈士毅	1886 江蘇	明治大學		財政部會計司司長
孔昭焱	1881 廣東	東京法政大學	知新報、新民叢報	總統府秘書

　　除《庸言》外，梁啓超的報刊活動從維新時期已經開始，他通過報刊活動集結的其他人物的情況也值得注意：

刊物名稱	起止時間	有關人物	備註
時務報	1896〜1898	梁啓超、嚴復、馬良、譚嗣同、麥孟華	
清議報	1898〜1901	梁啓超	
新民叢報	1902〜1907	康有爲、馬君武、章太炎、蔣方震、麥孟華、徐佛蘇、梁啓勛、徐勤、楊度	梁啓超主編
憲政新志	始於 1909 年	張君勱、周大鈞、杜國摩、吳柳隅等	

政論	1907～1908	梁啓超、蔣智由等	政聞社
國風報	1910～1911	梁啓超、林紓、嚴復、陳衍、湯化龍、春水等	
上海法政雜誌	1911～1915	林長民、張元濟、孟森、陶保霖、孔昭炎等	
憲法新聞	1913 年	黃遠庸、吳貫因、李慶芳、王登艾等	
中華雜誌	1914～1915	張東蓀、丁世峰、汪馥炎、李素、凌文淵等	進步黨
大中華	1915～1916	梁啓超編、吳貫因、王寵惠、藍公武、梁啓勛、張君勱、蔣方震、林紓、馬君武、謝旡量等	中華書局
新中華	1915～1916	張東蓀、李劍農、楊端六、汪馥炎	
憲法公言	1916～1917	李大釗、白堅武、高一涵、章炳麟、章士釗、吳貫因、陳獨秀、汪馥炎、田解、張嘉森	
太平洋	1917～1925	李劍農、周鯨生、楊端六等	

這些資料（引自吳炳守《研究系知識分子群體的國家建設構想及其實踐》）基本概括了梁啓超民初報刊活動相關的重要人物。梁啓超爲核心的知識分子的脈絡關係可以從中梳理清楚。從整體看，他們大多數人有留日或國外生活經驗，而且已經在政治領域或者文化領域扮演重要角色。這說明梁啓超在民初的活動繼承了從維新以來的一貫傳統，作爲社會的代表，依靠文化權力探索國家建設的知識分子傳統，而且這些人物確實擁有在新舊交替時期國家建設所需要的文化和知識資源。但是這些知識分子的性質並不完全相同，如果按照時期、活動領域和與梁啓超的關係來區分，可以分成三個不同的群體：

一是從維新時期就和梁啓超一起參與各種活動的康有爲門下弟子，如麥孟華、梁啓勛、湯覺頓等人。他們一起參加維新活動，之後在國外創辦《清議報》、《新民叢報》等，參與籌劃政聞社等立憲活動。無論從學源、地域還是經歷方面，他們與梁啓超的關係都是最爲緊密和接近的。

二是嚴復、林紓、夏曾佑等維新派中堅人物和他們周圍的關係。這些人比梁啓超輩分高，與梁啓超認識時間長而且來往密切。〔註 94〕另外，陳衍是

〔註94〕參見陳鵬鳴《梁啓超學術思想評傳》，北京圖書館出版社 1999 年出版。

林紓的同鄉，並且同科及第，是同光體詩人，曾在北京大學文科任教，後從事國學研究；魏易、陳家鄰和林紓合作翻譯過西方小說；林長民是林紓的學生，他和劉崇祐在福建從事立憲活動。這些人物都可以算是研究系的核心人物。這部分人物在維新活動中涉及到多個領域，尤其是在文化領域取得了卓越的成就。嚴復的思想及其影響眾所周知；梁啓超本人倡導詩界革命、小說界革命、文體改良等，給社會啓蒙和晚清文學帶來重要影響；林紓的翻譯小說在晚清民初甚至五四文學的影響也不可小覷；嚴復、林紓、梁啓超、陳衍等人對文學的看法雖然不同，但都把文學當作社會啓蒙的手段。他們也都把自己看作傳統文人，代表著中國傳統文化的精英。

三是那些年青的留學生群體，如藍公武、張東蓀、張君勱、吳貫因、黃遠庸等，他們接受維新派主導的新教育，立志於改造中國現實，其中很多人參加過一些政治組織的活動。他們受到過梁啓超的深刻影響，在留學時期與梁啓超建立了密切的關係，他們也參加梁啓超組織的各種立憲活動，與梁啓超的政治立場相同。在他們身上有傳統士大夫的道德意識，同時也是具備現代政治和法律知識的精英知識分子。他們在聚集精英預防專制的立憲政治和探索解決辦法的思路上，和梁啓超完全一致。他們的政治意識更強，積極參與現實政局，尋找各種途徑進入政治領域。或者以參議員身份投入政界，或者通過與湯化龍、孫洪伊等政治領袖聯絡，進入政黨，但他們畢竟資歷較淺，缺少更深更強的背景參與政治，所以他們只能選擇進入官場成爲官僚，或者通過報刊活動批判現實政治，成爲重要報刊的主要發言人，來擴大自身的影響。這些人後來成爲研究系知識分子群體的骨幹。

這三類人物雖然因梁啓超集結在一個空間裏，但個人條件不同，社會地位相異，思想認識有別，這種結合只能是脆弱的，更不可能僅憑梁的中堅政治論就能讓這些人成爲一個政治上的整體，形成政治勢力。但這些人物各自具備的政治資源和文化資源，已經足以通過他們之間的聯繫形成一個強大的政治文化勢力，在政治或文化領域掀起波瀾。而梁啓超也盡力抓住他們之間共通的因素（精英或中堅意識），鞏固他們之間的關係，以發揮知識分子社會理性的作用控制國家權力的擴大，爲具體的政治實踐提供助力。

這些以梁啓超爲核心的知識分子在政治鬥爭的過程中也積累了深厚的政治權力和政治資本。研究系在洪憲帝制破產後成立，他們發起護國戰爭和反復辟鬥爭，有再造共和的功勞，並幫助段祺瑞政府組織內閣，研究系多數骨

干進入段政府任重要職務：〔註95〕

姓名	在段祺瑞政府中的職務	任職期限
梁啓超	財政總長	1917 年 7 月 17 日～1917 年 11 月 22 日
林長民	司法總長	1917 年 7 月 17 日～1917 年 11 月 30 日
范源濂	教育總長	1917 年 7 月 17 日～1917 年 11 月 30 日
湯化龍	內務總長	1917 年 7 月 17 日～1917 年 11 月 30 日
蒲殿俊	內務次長、市政公所督辦	1917 年 7 月 17 日～1917 年 11 月 30 日
凌文淵	財政部參事	1917 年 8 月 16 日～1926 年
吳貫因	內務部參事	1917 年～1924 年
張君勱	總統府秘書	
張嘉璈	中國銀行副總裁	
林誌鈞	司法部民事司長	1918 年 12 月 10 日～1926 年
蔣方震	總統府秘書	

　　雖然主要人物任職並不長，政治權力很快失去，而政治資源卻再一次得到累加。

　　而在五四以後，研究系則以龐大的文化資源著稱。他們擁有《晨報》、《時事新報》、《改造》、《時事月鑴》等報刊，還有講學社、尚志學社、新學會、共學社、今人學會及各種文化運動團體。這使得人們把他們看作一派憑藉文化資源和文化運動而存在的潛在的政治勢力。他們想依靠所具備的文化資源得到社會的承認，實現其政治理想，從而成爲一種文化權力。這種文化權力形成的背景、基礎和過程，仍然是與梁啓超歐遊回國之後的動作有關。

　　歸國後的梁啓超認爲，發展中國的政治應該從普及知識和人格，改造國民思想，提高人民自決能力入手，〔註96〕這促使他通過報刊改造和教育活動，進一步聚集力量，整頓、擴大已經非常充實的文化基礎，以求發揮出更大的能量。

　　1920 年 9 月，梁啓超依靠王敬方的財政支持，著手整頓因董事會解體而陷入困境的中國公學，〔註97〕把中國公學辦成與北京大學、東南大學鼎足而

〔註95〕根據李新、李宗一《中華民國史》，謝彬《民國政黨史》（民國叢書影印本）等資料整理。
〔註96〕《改造發刊詞》，《改造》1920 年 9 月 15 日。
〔註97〕左玉河《張東蓀傳》，山東人民出版社 1998 年出版。

立的一流大學和文化運動的穩固基地。該校成爲一批志趣相投的知識分子的彙集地：俞頌華、高踐四、朱進之、劉南陔以及葉聖陶、朱自清、柳延陵、吳有訓、陳兼善等，這些人也成爲研究系知識分子推進文化運動的主要後盾。但是中國公學過分依靠梁啓超從前建立聯繫的人物與勢力。其財政經費除了王敬方的福中公司提供的資金外沒有其他固定資金，主要依靠梁啓超爭取獲得政府公債利息作爲補助，再有就是私人募捐。

共學社和講學社也是梁啓超的突出成果。梁啓超的成功之處在於，把自己從前積累的社會權力與新的學術權力結合起來。組織共學社和講學社的目的在於有計劃地系統地翻譯外國名著，普及西方思想，聘請外國學者講演，振興國內思想運動。共學社的宗旨就是：「培養新人才，宣傳新文化，開拓新政治」。這也反映了梁啓超文化與政治不可分的思想。〔註98〕

共學社是個純粹的民間學術機構，該機構的發起人名單從側面印證了梁啓超的文化勢力。這些發起人有：蔡元培、王敬方、蔣夢麟、藍公武、趙元任、張謇、張元濟、張嘉璈、丁文江、梁善濟等人。共學社網羅了梁啓超的社會關係，利用他們的社會名望和經濟支持展開工作。他們與商務印書館合作出版關於西方著作的譯稿，張東蓀、張元濟等人選定譯書和譯者，內容涉及科學、歷史、哲學、經濟、社會等方面，都與思想啓蒙運動和文藝復興有關。其中瞿秋白、耿濟之、鄭振鐸、沈雁冰等人參加了俄羅斯文學的翻譯。

講學社則依靠教育部的資助和募捐資金邀請外國著名學者講學，杜威就是其中影響較大的一位。講學社董事會包括研究系的政治社會名流：梁啓超、蔡元培、熊希齡、王寵惠、王敬方、范源濂、張元濟、張謇、黃炎培、林長民等約20人。他們邀請來的學者如杜威、羅素和泰戈爾等，在中國知識界頗受歡迎。〔註99〕

梁啓超在他回國後的思想文化運動和政治運動中，試圖利用自身的文化能量和人際關係，與新文化運動中興起的進步力量結合成新的社會力量。於是，《晨報》、《時事新報》、《改造》、中國公學、共學社和講學社共同形成了在梁啓超控制之下結合在一起的文化根據地。研究系知識分子在各類文化事業中起到核心作用。這個群體集結起來的最大力量是梁啓超本人的文化基礎、學識和組織能力，他幾乎統領著所有相關的文化機構和文化領域。作爲

〔註98〕梁啓超《政治運動之意義及價值》，《改造》。
〔註99〕《晨報副鐫》上均有介紹、記載、報導和評論。

這種文化權力核心的梁啓超，一邊提出思想文化運動，一邊整理清代學術思想，獲得了非同一般的學術聲望，這爲他提供了掌握其他文化資源的更多機會，也是他開展多種文化活動的基礎。他在清華大學等許多學校開課，進行演講，並得到商務印書館和中華書局的幫助。

其實研究系知識分子幾乎每個人都具有深厚廣泛的文化資源、獨立的學術名望和文化權威以及活動基礎。張東蓀、張君勱、蔣方震、林宰平等都以學術名流著稱，分別執教於北京大學、清華大學等具有權威聲望的高等教育機構，他們的活動範圍廣泛，經常涉及政治和社會各領域。以蔣方震爲例，他到日本學習軍事，後當過陸軍保定學校校長，與軍界接觸較多。當他跟隨梁啓超遊歐之後，認識到思想改造運動的重要性。他幫助梁啓超改造中國公學和《改造》，主管《共學社叢書》，策劃出版俄羅斯叢書。他和張東蓀一樣，反對直接的政治運動，只注重文化運動。他和商務印書館及一些文人關係密切，包括鄭振鐸、葉聖陶、劉延陵、周作人、孫伏園、瞿世英、耿濟之、許地山等文學研究會成員，而且直接推動發起文學研究會，1923 年還和胡適、徐志摩等組織新月社。此外，他還曾任湖南省憲起草委員、浙江省議員，主動參與浙江省自治運動，這些活動與他的軍事經歷有關。至於張君勱、張東蓀，他們的活動空間同樣較爲廣泛。

不過，在研究系眾多的文化資源中，最主要的據點仍然是《時事新報》、《解放與改造》、中國公學和北京的《晨報》。所有研究系知識分子的活動更多地以這四個空間爲中心。

《晨報》顯然是研究系知識分子在北京最重要的文化權力的表徵。它所擁有的政治文化資源，它具有的營造話語空間和話語權力的能力，是當時其他報刊無法相比的。而北京作爲政治文化中心，《晨報》當然更有利於運用研究系知識分子雄厚的文化資源和政治資源，更有利於發揮他們所擁有的文化權力。那麼，《晨報》能夠成爲規模和影響都首屈一指的報紙傳媒當然並不困難。

本節小結：也許有人會覺得，我們把焦點集中在《晨報》作爲政黨報紙的政治和文化背景上，看起來只是關於研究系知識分子的研究，似乎與《晨報》無關。但事實卻恰恰相反。

下面是關於《晨報》的一個名單。由梁啓超、湯化龍、蒲殿俊等進步黨人主辦的研究系機關報，擁有一批知名人士擔任編輯、記者和撰稿人，有李大釗、胡適、蔣夢麟、丁文江、張申府、吳貫因、蔣方震、林長民、藍公武、

蔡元培、潘力山、張君勱、陳獨秀、魯迅、徐寶璜、王若愚、周作人、郭紹虞、顧頡剛、黃炎培、羅家倫、錢玄同、瞿秋白、俞頌華、李仲武等。

　　在瞭解研究系知識分子的政治和文化背景之前，這個名單在我們面前可能只是一些作者名字的簡單羅列。而當我們理清他們的政治文化背景以後，這份簡單的名單就成了一個錯綜複雜的關係網絡，在這個網絡背後是深厚的政治文化資源、各種文化權力和話語權力的並存與衝突。而我們也才可能接觸到有關《晨報》及其副刊的一些本質問題。

　　在瞭解研究系知識分子的政治和文化背景之前，我們可能以爲《晨報》及其副刊的意義、價值和影響是報紙本身經營的結果，是源自《晨報》本身。而在瞭解了之後，我們發現《晨報》及其副刊的影響其實是其政治、文化背景的延伸。當然它本身也重要，但這種「重要」的依託卻是它的背景和它所代表的權力。

　　事實上，是《晨報》的背景幫助它搭建了一個具有穩固基礎、格調和層次都極高的平臺。這個平臺的高度，不僅是《晨報》本身價值、意義和影響產生的根源，也是有能力在《晨報》上亮相的其他各種話語權力、文化勢力在相關的言論空間產生影響，獲得相應的價值和意義的因由所在。

　　還有需要說明的一點是：在對研究系文化資源和權力整理分析的過程中，有一個詞讓我們覺得非常重要，這個詞就是「人際關係」。實際上，從某種意義上來說，「關係」是研究系知識分子組合各種文化資源、開展文化運動的關鍵因素。比如梁啓超的私人關係在五四以後研究系知識分子的文化活動中起到了非常重要的作用。

　　這種情況顯然不可能只發生在研究系知識分子群體之間。在對其他史料的閱讀中，我們注意到這種現象其實極爲普遍。比如：冰心在《晨報》的一鳴驚人與她在《晨報》作編輯的親戚有關；李大釗的留學是由湯化龍資助的，他進入和離開《晨鐘》報都與湯化龍有關，甚至在他發表在《晨鐘》上的文言小說也影射著與湯化龍的私人感情；陳大悲進入《晨報副刊》是靠了與蒲伯英的關係；孫伏園與周氏二兄弟的關係密切；李大釗與胡適甚至在報紙上幫助自己的學生徵求工作；周作人在回憶錄中記錄了北京大學的教授們之間的矛盾和恩怨……。

　　這可能是一種時代特點的反映。在新舊交替、改朝換代的時期，人們的身份變得非常複雜，人與人之間的關係也變得更加多樣：同鄉、同黨、同僚、

同事、同門、同學、同人、同志等等。當各種政治權力、文化權力介入到個人關係之中，或者個人關係遭遇到政治的、文化的等社會性關係影響的時候，無論歷史事件的眞實還是個人情感的衝突都有可能陷入一片混亂之中，很難梳理清楚。因此，如果我們想找到事實，弄清楚這種種關係就顯得非常重要。

應該特別注意的是，各種關係之間產生作用的過程，或者說通過關係對各種資源的整合，並不是簡單的人的聚集，而是各種關係不斷矛盾、權衡、協調、妥協最終得到平衡的過程，而人們的情感在這一過程中變化會更加複雜。稍不注意，就可能會被一個簡單的「關係」遮住了眞相。

第四章　《晨報副刊》怎樣促進了新文學的建設？

　　人們關注《晨報副刊》，最大的原因在於它為新文學的發展做出了重大貢獻。它的貢獻是全方位的：它是新文學作者進行文學實踐的園地，在它上面發表的作品顯示著新文學的實績；它為新文學培養了一大批作家，成為新文學創作的主要力量；它關注新文學理論建設，並引領著新文學的發展方向；它樹立並傳播嶄新的文學觀念，不斷擴大新文學的影響；它對新文學各種體裁的發展都起到了巨大的促進作用。

第一節　《晨報副刊》的「啟蒙」氛圍

　　對於今天的我們來說，「啟蒙」在某種程度上可能仍是一個比較抽象的概念，或者是一種精神品格的象徵，那是因為大家並沒有特別關注「啟蒙」作為一種現實的實踐是如何實現的。報刊提供了有效的渠道。在報刊上我們可以清楚看到，「啟蒙」如何從一個抽象的詞語落實到具體的現實中來，「啟蒙」又如何在人們的態度、追求、言語和行為的公開傳播中形成一種潮流。

一、「啟蒙」特徵與大學文化

　　《晨報副刊》的追求宗旨、編輯態度和思想以及形成的整體風格等這些傳播媒介的內在質素，都明確地體現出教育「啟蒙」特徵。

　　首先，《晨報副刊》深受大學文化影響，整體上呈現出濃厚的學術氣息，

承載的內容是當時的文化精英們提供的現代高尚文化，就是說《晨報副刊》的傳播過程就是一個把精英文化向群眾中傳播的過程。

翻開《晨報副刊》，單是那些文字、詞語或者文章題目就彌漫著學術的氣息、研究的味道。那些充滿報紙各個版面的「思想」、「評論」、「研究」、「感想」、「見解」等詞匯，直接體現了這種風格。標題絕不譁眾取寵，一律的質樸簡單，隨便舉出幾例，如《俄畫展覽批評》、《先秦政治思想》、《國語與新文化》、《評非宗教同盟》、《改造中國的入手辦法議》、《我對於宗教問題的意見》、《人生的價值》、《看了英雄與美人之後》等等，幾乎無一不顯示出大學文化中的研究評論風格、不加修飾的平實表達、直接明確的句式結構和語氣中流露出的說教感。有的文章簡直就可以拿到課堂上作爲教學的講義，或者可以說，它本身就是講義，不過聽者的範圍不同罷了。至於文章內容的專門程度、深淺程度、質地水平，作者的學識、視野、修養以及語言的表達方式和能力，更讓人感到這些條件在當時只能在大學文化中才具備。

其實這也難怪。不說這家報紙本身和「研究系」的淵源。只要看一下《晨報》的編者、作者和讀者三方面的人員情況就明白了。《晨報副刊》在五四時期的主編是孫伏園，他是魯迅周作人的老鄉，也是他們的學生：《晨報副刊》的作者，也大都是大學裏的老師教授或者在自己的領域內有專門研究的學者，還有學生；讀者自然首先主要是學生，許欽文曾說那時看《晨報副刊》幾乎成爲學生生活的一部分。1922 年 12 月《晨報》四週年紀念時，曾發表過一篇周建侯的文章《我希望晨報今後對於教育方面應做的兩件事》，一開始就說：「我相信《晨報》不是一黨一系底機關報，我也希望《晨報》不要只作學生底機關報。我這個信念，是觀察他年來的言論和記載生出來的。學生機關報這個名字，是因爲他對於教育界底事，極力的宣傳；對於學生一舉一動，都極力的援助；教育界中人替他起的。其實《晨報》對於社會凡百應興應革的事業，都在那裡宣傳或援助，自然不能說只是偏於一方面：不過既有這一部分人底尊仰，也無須否認。我底意思，卻不望《晨報》只作學生底機關報，還要望他作中國全教育界底機關報。」這段話不僅談到《晨報》與學生之間的密切關係，更重要的是談到《晨報》對於教育有很大的貢獻。從中我們似乎還能體味到當時新文化先驅們的這樣一種想法：啓蒙先抓教育，改造國民性首先要從眼前的學生們入手。

周建侯《我希望晨報今後對於教育方面應做的兩件事》

　　這些都只是從《晨報副刊》的一些表面特徵來談它與大學文化的聯繫。兩者當然還有很多更為內在更為深刻的相互影響。比如在性質、機制、功能等方面，其實學校和傳媒的根本性質有相似之處：傳播。但學校往往更重在縱向傳承，而傳媒則重在現時的橫向推廣；學校往往更是歷史的、抽象的、理論的，而傳媒則貴在積極地切入現實；學校往往更多地從學術入手，較少尖銳的價值判斷，而傳媒卻必須有著鮮明的傾向性。而這些在當時的新文化先驅那裡有時是劇烈衝突的，不僅是彼此之間，甚至個人內心也有著難以調和的矛盾，能否以學者的心態辦報紙，能否以宣傳家的心態做教育，怎樣取捨，如何調和，對於更多的處於新舊之間的文人來說是個不小的難題。不管怎樣的取捨，這一切對於與大學文化有密切聯繫的報紙來說都無疑會帶來深刻的影響。

二、堅持文化傳播中的明確導向

　　《晨報副刊》致力於傳播新文化新思想，在顧及受眾接受趣味的同時堅持自己的追求指向，在五四新文化傳播中具有明確的導向作用。就如孫伏園在《理想中的日報副張》中所說：「日報副刊應該登些什麼文字？我上面已經照我的意見解答了。對於稿件性質及分量的支配，記者也曾經費過許多躊躇，都得不到若干結果。從前有人勸我，最好再徵求讀者的意見，後來我想，徵求答案的結果大抵是不圓滿的，因爲大多數人照例不說話，說話的少數人大抵不能代表讀者的意見。而且我們也有我們的理想，即使是大多數人，我們難道肯拋棄了自己的主張去服從他們麼？所謂服從，也中介參酌二者而折中罷了。現在我用變通的辦法，不採公開的徵求制度，只在這裡首先聲明，希望熱心幫助本刊的和記者個人的朋友們多多指教。」《晨報副刊》明確表明並不一味尊從讀者的趣味和意見，而是力求堅持自己的態度，並在報紙態度和大眾需求之間尋找到了變通有效的方法和路徑。

　　《晨報副刊》經常有很大篇幅的自然科學、哲學、文學等方面長篇文章的連載，這事實上是不太符合報紙的特點的，同時也受到不少讀者的指責。不過，啓蒙總是爲了讓大眾接受的，報紙也是辦給人看的。如果說民間文化不經過文人的改造就不易成爲高雅文化，那麼反過來也可以說，高雅文化如果不經過通俗化簡單化的過程，同樣也很難進入民間。《晨報副刊》其實深知這一傳播的奧妙。孫伏園就說：「日報的副刊，照中外報紙的通例，本以趣味爲先。」但《晨報副刊》並沒有因爲這些而改變自己的辦報原則。

　　《晨報副刊》能夠如此堅定地堅持自己的理想追求和文化品味，還體現在它在經營和啓蒙傳播的責任上，明確選擇了啓蒙責任。這種認識又使得他們形成了不以賺錢贏利爲目的的辦報機制。1923 年 4 月 10 日，《晨報副鐫》記者在回答讀者有關投稿和稿酬的問題時，這樣解釋：「這個問題極不容易作簡單的回答。第一是主義上，我們覺得稿件究竟比不得蘿蔔白菜，可以稱斤論兩，而且精神方面的勞動，又比體力方面的勞動更不應該切片另賣。所以字數之多寡，性質之好壞，雖有時可以權作論價的憑藉，但除作者自己聲明受酬以外，致送區區稿費總覺得是對於作者的一種侮辱。第二是經費上，副刊不是一種商品的性質，所以我們至今沒有計算到什麼賺錢與賠本。如果本來打算賺錢，那麼仿照外國買稿的辦法，稿費不妨定得較貴，書價不妨定得更貴。這對於作者或者可以減少一點侮辱，但對於讀者卻無端增加了負擔了，在眼前的中國恐怕

還行不過去。如果本來打算賠本，那麼稿費不妨特別從豐，書價不妨特別從廉，對於作者與讀者都優待了，但晨報現在還沒有這麼大的資本。第三是性質上，本刊沿舊例只知聘人撰稿，決不想多收受投稿的。投稿的登載，只是代爲宣布的意思，本無與於酬金不酬金。」算計不可謂不精明，更不是不會算計，只是算計的不是錢。魯迅先生在得知孫伏園因他的稿子辭掉《晨報副刊》的主編時，並沒有什麼其他反應，只是說有些遺憾，少了個發言的地方，於是他們很快出了《語絲》，孫伏園也又很快創刊了《京報副刊》。

其實在那個時代，這種堅持並不容易做到。昔日的普遍信仰正在日甚一日地失去影響力，這正爲一大堆既無歷史也無未來的偶然意見提供了上演的場所。群眾的勢力不斷增長，而且越來越沒有制衡的力量。各種各樣的認識和觀念層出不窮，而每一種個別的認識和觀念所產生的暗示作用，馬上就會受到對立意見的破壞，任何意見都很難得到普及，它還沒來得及被人理解，就一下子成了過眼煙雲。在這樣的時代，報紙急著忙著追趕各種認識和觀念還來不及，更何談堅持自己明確的傾向性和引導性。

三、文化傳播與社會批判

《晨報副刊》在學術介入社會現實方面也進行了極有意義的努力。除了科學與文學，它在教育、哲學和社會學等社會科學方面的內容也占很大比重，這部分內容研究性質比較重，它強化了晨報副刊的學術性，但《晨報副刊》在培植學術氛圍的同時，卻力圖在文化傳播中，更多地把學術作爲介入現實生活、批判社會的工具。

《晨報副刊》內容的學術性比較深厚，但編輯卻把學術成果的傳播與大眾的人生觀、世界觀建設乃至生活和行爲方式聯繫起來，使得科學的人文化進一步深入。這一點最突出地表現在《晨報副刊》積極參與兩個非常重要且影響深遠的討論，一個是「科學與宗教」，一個就是著名的「科玄論戰」。宗教問題在五四時期也是一個大熱點。圍繞關於需不需要宗教，關於科學與宗教在性質、功能等各方面的衝突，關於「非宗教大同盟」等等問題，許多學者捲入了這場討論。而「科玄論戰」雖然不是在《晨報副刊》上首先發起的，但論戰一開始，晨報副刊就馬上轉載《努力》上的文章，並隨之在《晨報副刊》上進入討論，而且《晨報副刊》的編輯在討論過程中積極推波助瀾。這兩場討論影響深遠，至今仍爲人津津樂道。這兩場論戰實際上都是牽涉人生觀世界觀的文化深層的

哲學問題，它們都是在《晨報副刊》上如火如荼的發生，是通過《晨報副刊》散播了它當時的影響，記錄了它歷史的意義。我們從中更應該關注的是：在報紙上進行的學術議題的公開性討論，讓新文化的傳播在一開始就突破了學術的藩籬，找到了滲透到社會現實的路徑，從而具有了濃厚的人文色彩。

第二節　全面關注新文學建設

　　《晨報副刊》的主要內容是文學。文學欄目特別多，「雜感」、「浪漫談」、「小說」、「詩歌」、「歌謠」、「劇本」、「文藝談」、「戲劇研究」、「劇談」、「劇評」等等。分析起來，《晨報副刊》主要從三個方面關注著新文學的建設。

一、刊發新文學作品，扶植新文學作家

　　關於新文學，《晨報副刊》上最顯而易見的特點就是大量刊發新文學作品，宣傳扶植新文學作家。

　　孫伏園一直到從《晨報副刊》去了《京報副刊》，仍然堅持自己大力扶植新作家的編輯觀念。他去《京報副刊》任職後，就公布：「投稿是無限制的收受的。至於（投稿）的章程，因為沒有必要，所以也沒有定。簡單一句話：如果記者認為可以登載的便登載，否則寄還或仍在字紙簍裏。」對於任何投稿都不設限，而編輯則對任何稿件的處置有絕對的處置權。更重要的是：「記者竭誠的歡迎新進作家。新進作家的名字，自然不是社會所習知，但希望讀者對於他們的作品，不要以為名字生疏而厭棄之。據我的經驗，讀者大抵希望記者多登名人的作品，投稿者大抵指謫記者多登名人的作品，其實兩者都是有偏見的。社會上已經成名的作家的作品，我們固然願意多登，不成名的新進作家的作品，我們尤其希望多介紹。我希望以後本刊登載名人作品的時候，投稿人不妨放大一點眼光，不要盡是責備記者以為是『報界的孟賊，』『選稿時存了勢利的成見』，『不是你的狐群狗黨便不登載！』登載新進作家的時候，尤其讀者不要存了勢利的成見，以為『京報副刊這幾天太沈寂了，簡直一篇名人的作品也沒有』。」這裡既明確了對名人作者的尊重，更突出了多介紹新進作家的願望。這種思想和態度，顯然對成長中的新文學產生了顯著的影響。

　　我們可以從《晨報副刊》上的文學欄目就可以想見每日出版的《晨報副鐫》上文學作品巨大的創作量。再加上，1923 年 6 月間，文學研究會在北京的分會員與《晨報》協商，創辦《文學旬刊》，由王統照主編，逢每旬的第一天（即

每月 1 號、11 號、21 號）代替《晨報副刊》出版。這是專門的文學報紙，更加大了新文學作品發表的數量。如此眾多的新文學作品每日與讀者見面，對刺激讀者的新文學意識，對向大眾宣傳新文學觀念，對吸引讀者參與到新文學中來，都會起到促進作用。數量多、速度快、頻率高，這是報紙的優勢，但在質量的角度上看，這些優勢就成了劣勢。就像王統照所說：許多作者不願把質量好的稿子拿到報紙上來發表，他們覺得報紙有點隨意有點缺乏鄭重的態度，好像稿子在報紙上發表要比在期刊上發表低一個檔次似的。儘管如此，好多在當時顯示著新文學實績，對以後的文學史也產生重大影響的文學作品，都是首先在《晨報副刊》上發表的：冰心的問題小說《去國》、《斯人獨憔悴》等和新詩《繁星》與《春水》；魯迅的小說、雜文和譯作，如《阿Q正傳》、《估學衡》和《苦悶的象徵》等；周作人的散文和譯作，如《自己的園地》、《綠洲》、《雨天的書》等；還有徐玉諾、俞平伯的新詩，陳大悲的劇作和劇談，盧隱、石評梅、王統照、徐志摩等人的作品。許多作家實際上是完全由《晨報副刊》培養起來，或者經由《晨報副刊》其作品產生影響並奠定其作品的價值和地位的，前者如冰心、許欽文，後者如魯迅的《阿Q正傳》。

魯迅先生的《吶喊自序》

魯迅先生的《估學衡》

王統照《近來的創作界》

　　至於作家，《晨報副刊》多是聘人作稿，但是編輯也相當重視投稿，並一直力圖發現新人。「據我的私見，總覺得老看著這幾箇舊名字未免太寂寞，每每想在青年社會中訪求幾位新近作家。所以越是生疏的名字，他的作品便越惹我注意。」但是「每天接到的投稿總是數十件，等到拆閱完畢，卻總是一無所得。」並且「我到現在還找不著什麼原因，是記者眼光的不高明呢，態度的不虔誠呢，還是青年的著作家實在難以產出呢？文章的內容與外形的優越不必提了，只求一篇文字通順不必再費改削的，也就不可多得。」於是就只能「弄到結果，依然是那幾個老名字唱出來」。其實《晨報副刊》上並不少見新人新作，但是在日日出版的報紙上，他們的名字就像流星一樣閃過。還是那些經常出現的「老名字」更為人所知，而這些「老名字」中很多是在新文化運動中頗具影響力的人物，這顯然對讀者有著相當的號召力，同時當然也增加了《晨報副刊》的影響力和地位。就像孫伏園說的：「在本刊方面或者盡可以自誇的，用這種知名之士的作品餇讀者，乃是一件格外巴結讀者的事。」

馮文炳的作品

孫席珍的詩作

二、密切關注和傳遞文壇新動態

　　《晨報副刊》密切關注著文壇動態，及時向大眾傳達文學信息，爲文學期刊、社團、著作及各種文學活動廣告宣傳。《晨報副刊》的廣告一般是對文化文學期刊、著作的宣傳，有時偶而也有文化用品的廣告。這些廣告大多是報刊之間相互交換的性質，沒有更多的商業意味。1920 年《晨報副刊》改出四版後，廣告一直排在第四版。隨著《晨報副刊》的影響逐漸擴大，廣告的數量也不斷增加，爲不影響副刊的正常內容，副刊部甚至特爲此事發布公告，以暫停無條件交換廣告，並開始收費的辦法，控制廣告數量。這些宣傳廣告內容比較具體，期刊有的要列出詳細目錄，著作往往有摘要，所以儘管占空間不大，卻比較充實。很多著名的期刊著作在《晨報副刊》上得到宣傳。《新青年》叢書、新潮社叢書、《時事新報》、《學燈》、《覺悟》叢刊、《戲劇》等，還有《湖畔詩集》、《繁星》、《春水》等，至於《晨報副刊》自己出的叢書如《愛美的戲劇》及雜文集、小說集等更不在話下。《晨報副刊》還特別注意文學社團或者文學報刊的動態發展狀況，1923 年《文學旬刊》創刊後，這類文壇動態消息更爲全面詳細。〔註 1〕文學社團的成立、文學刊物的創刊、文壇人

〔註 1〕《文學旬刊》第 4 版上專設「文壇消息」一欄，每一期幾乎都有各地文壇消息的收集整理。

物的動向、文學著作的出版、文學活動的狀況，這些都能在《晨報副刊》上找到及時的報導。給人較深印象的是《泰戈爾來華的波摺》、《新潮社的最近》等。〔註2〕而影響更大的則是對商務印書館沈雁冰改革後的《小說月報》的關注，因為商務印書館又出了一本《小說世界》，收的卻大多是舊小說，受到大家的疑問和指責，引得王統照出來解釋，〔註3〕很費了一番口舌。另一個要數對胡適的《努力》的關注。《努力》這個曾經影響極大的期刊莫名其妙地消失了，引起讀者的疑惑，高一涵的越俎代庖，好多天的《晨報副刊》連續追問此事，最後還是胡適自己出來說明。〔註4〕另外各地新文學社團成立的宣言，各種新文學刊物創刊的發刊詞也常常由《晨報副刊》代為宣布。甚至它還為關心文學的大眾，有時是個人，提供出書購書信息。還有一種內容值得注意，《晨報副刊》上經常有文章後面出現「記者附白」「編餘閒話」，也常有「通信」一欄或者稿件以通信問答的方式刊出，這說明《晨報副刊》編者在與讀者的交流和反饋上也有一個相當通暢的渠道。也許在報刊上，你看到的這些內容，只不過是在一些極不重要的角落裏擁擠著，但正是這些零零碎碎的隻言片語，反映的卻是文學與報刊的互動，大眾與文學的互動。

「綠波」發刊詞

〔註2〕 《新潮社的最近》，《晨報副鐫》1922 年 12 月 24 日。
〔註3〕 因為其中收了王統照的一篇，而他並不知道自己的作品是和舊小說列在一起的。
〔註4〕 胡適《努力的問題》，《晨報副鐫》1924 年 9 月 12 日。

三、引導新文學建設和發展

  《晨報副刊》敏銳地抓住新文學建設中出現的文學問題，引起爭論，並最終力求形成對新文學的發展具有建設性、導向性的意見。以「醜字入詩」的爭論為例，開始是周作人寫了一篇關於「醜字」可以入詩的文章，接著受到實秋的反駁，《晨報副刊》並沒有停止這剛剛開始的爭論，而是讓它一直繼續下去，接著引來東巒、柏生、虛生和景超等好多人參與爭論，問題逐漸深入到心理學、美學、創作心理等多方面，一個看來沒有什麼太大意義，只是某人文章中的一句引起爭議的話，討論卻使人們對於新文學的幾個方面都有了新的認識。像這樣的關於文學問題的爭論很多，比如「新某生體」、「不敢盲從」、「譯名中的方言土音問題」等。問題起初看來不值一提，像「新某生體」實際上是討論在文學創作中能否用「某某（××）」或者羅馬字母來代替人名的問題，而「不敢盲從」涉及到新文學批評的道德問題，「譯名中的方言土音問題」則是說有些翻譯者把外國人名翻譯成中文時，帶入了中國方言音，造成翻譯不準確，比如南方人 n 與 l 不分的問題。這些問題現在看起來挺可笑，但是他們當時卻那樣嚴肅認真地爭吵，可見新文學學步時的步履維艱。雖然此時新文學的文白之爭已經像浩然所說「可以置之不理」〔註5〕了，但白話新文學該如何建立，每一個細小的問題都是在廣泛激烈的爭論中確定成熟起來的。《晨報副刊》在這方面非常敏銳，它抓住並充分利用了很多微小的機會，並把它擴大，成功地推動了新文學的發展。

  《晨報副刊》在把握新文學發展方向上也很敏銳。比如，五四新文學的起初兩三年，「關於文藝的大抵只有幾篇創作（姑且這樣說）和翻譯，於是讀者頗有批評家出現的要求，現在批評家已經出現了，而且日見其多了。」這是魯迅先生 1922 年 11 月 9 日在《晨報副刊》上的話。但批評剛一出現，就「獨有靠了一兩本『西方』的舊批語論，或則撈了一點頭腦板滯的老先生們的唾餘，或則憑藉著中國固有的什麼天經地義之類的，也到文壇上來踐踏」，「委實太濫用了批評的權威」。於是，《晨報副刊》接連在 1922 年 11 月 9 日發出了魯迅先生的《對於批評家的希望》，在 1922 年 11 月 17 日發出了《反對『含淚』的批評家》等文章，對這種情況予以及時的批判和匡正。1923

〔註5〕浩然《文白之爭》，《晨報副鐫》1923 年 4 月 16 日。

年 9 月 21 日的《文學旬刊》上，發表了王統照的文章《近來的創作界》，文中說：「本年的文學創作，論量尚不甚缺乏，但貧弱的現象，卻似乎日甚一日。」分析其原因，「大約這是有下列兩種原因：一是因作者較好的作品，多數人不肯在日日流行的報紙上發表。二是因為各種文學刊物甚多，有求過於供的恐慌。」這就導致整個文學界出現了兩種弊病：「創作過多而介紹量少；情緒方面的作品多，而藝術上太缺欠。」這對於當時表面一片繁榮的文學創作來說，是一針清醒劑。因此他希望創作界多翻譯介紹外國理論和作品，並提高作品的藝術水準。到 1923 年 12 月 1 日的《文學旬刊》，王統照又對新文學的作者提出了兩種具體的要求：「一，多讀西洋的創作；二，多研究文學的原理及研究的方法等書。」就在這篇名為《對於『創作』者的兩種希望》的文章中，王統照非常清醒地認識到，新文學的發展存在著過分偏重創作，淺薄幼稚的作品太多太濫，缺少思想深度和藝術性，真正有質量有厚度的作品很少，多數作者急功近利，「中國青年發表熱狂期」的繁榮掩蓋不住內裏的蒼白。同時，他還發現，自從提倡新文學幾年以來，「不但自作的關於文學原理，文學問題的成本著作未曾出現，即譯也沒有人作這種工作，以致，討論起這些問題來，在中國文裏如披沙掠金，只見朝作夕刊的創作，在市上飛行，這是我們很可慚愧的事！」這些意見對於當時的新文學發展無疑起到了指導性的作用。

第三節　在雜文與話劇方面的特殊貢獻

　　新文學各種體裁在《晨報副刊》上都得到了扶持和發展。新詩、小說、戲劇、雜文等尤其引人注目。關於《晨報副刊》與新詩、小說發展的關係，已經有較多的研究者論及，相比之下，有關《晨報副刊》與話劇、雜文關係的論述並不豐富。因為話劇與雜文所具備的體裁特色，它們的發展與《晨報副刊》的資源與背景聯繫更為密切，話劇與雜文的發展其實是《晨報副刊》對新文學最具個性的貢獻。

一、《晨報副刊》與五四雜文

　　記得茅盾曾說：「中國現代文學史有一個既不同於世界各國文學史、也不同於中國歷代文學史的特點，這就是雜文的重大作用。」這是說雜文在中國

現代文學史上有著極為特殊也極為重要的地位。

　　雖然五四初期對於雜文在理論上可以說並沒有專門的研究和闡述，但自1918 年《新青年》上開設「隨感錄」這一欄目後，當時幾乎所有有影響的文學報刊都設置了有關雜文的欄目，越來越多的人從事雜文的寫作，雜文在創作上顯現出令人驚異的繁榮，並產生了頗受矚目的影響。據統計，五四前後，僅以「隨感錄」為欄目名稱發表的雜文，《新青年》上就有 130 多篇（1918 年 4 月到 1921 年 1 月），《每週評論》上有 250 多篇（1918 年 12 月到 1919 年 8 月，僅僅 8 個月），《民國日報》副刊《覺悟》上則有 1500 多篇（1919 年到 1925 年）。這些數字並不包括在其他欄目上發表的雜文。魯迅在《小品文的危機》一文中說：「到五四運動的時候，才又來了一個展開，散文小品的成功，幾乎在小說戲曲和詩歌之上。」孫伏園也曾在《晨報副刊》上提到：「近幾年中國青年思想界稍呈一點活力的現象，也無非是雜感一類文字的功勞。」〔註 6〕

　　作為當時在北方影響最大的報紙北京《晨報》的副刊，對於五四時期雜文發展的影響顯然不可低估。周作人在《中國新文學大系・散文一集・導言》中表達過這樣的意思：當時報紙成為發表雜感的主要園地，而比較起來，《晨報》要比其他刊物影響更大。《晨報副刊》先後設立的有關雜文的較為專門的欄目主要有「雜感」、「浪漫談」、「雜談」、「星期講壇」等，其他還有像「論壇」、「文藝談」、「開心話」、「劇談」、「衛生談」等等欄目也有雜文性質的文章發表。粗略地統計一下，從 1918 年到 1924 年間，《晨報副刊》上共發表了 1000 篇左右的雜文，這個數字顯然是其他文學樣式無法相比的。

〔註 6〕孫伏園《雜感第一集》，《晨報副鎸》1923 年 4 月 5 日。

1921 年 10 月魯迅先生發表《知識即罪惡》時的欄目是「開心話」

1922 年 11 月魯迅先生連續在「雜感」欄中發表雜文──不懂的音譯

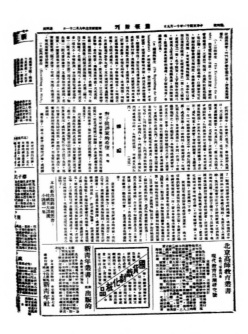

1922 年 11 月魯迅先生連續在「雜感」欄發表雜文-反對批評家的希望

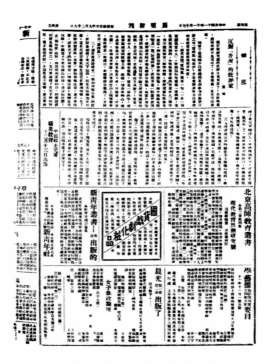

1922 年 11 月魯迅先生連續在「雜感」欄發表雜文-反對含淚的批評家

其實作為傳播媒介的報紙對於雜文決不只是一個發表的園地。很多人把雜文在五四時期的繁榮歸結為時代的原因。一方面認為雜文的繁榮是雜文自身的特點從根本上適應了時代要求的結果。雜文是一種短小精悍、談吐隨意、直接陳說事理的文學樣式，與其他文學體裁相比，它的表達更為自由、直接、明白。在雜文中想像和思想、感性和理性比較容易達到平衡，不像小說、戲劇等文學樣式對於形象和感性的要求較高。因此，它能夠使作者直接地或抒情或說理，讓讀者不必經過形象感知等許多閱讀的中介，直接接觸到表達內容的本質，迅速把握現實生活。雜文的這些特點正好適應了五四時代整個社會處於劇變狀態之中的人們的精神需求，因此能夠得到迅速發展。另一方面，時代也為雜文的繁榮創造了相應的條件。比如，五四時期較為寬容、相對自由的社會氛圍，新聞出版事業的發展壯大，時代的氛圍造成讀者特定的閱讀趣味和閱讀要求等。〔註7〕

這樣的分析當然非常有說服力，但是這種歸結好像仍讓人覺得有點過於概括和寬泛了，其中似乎忽視了某些環節。對於雜文特性的分析，雖然解釋了為什麼同樣都是時代需要的表達，雜文的發展卻能夠在多種文學樣式中如此獨樹一幟的原因。但是，中國現代雜文的文體特性為什麼會在五四時期得到這樣鮮明的放大呢？而且事實上正是這種文體特徵非同一般的被放大才使它有了異乎尋常的繁榮。那麼又是什麼放大了雜文的這種文體特徵呢？我們的古代文學中也不缺少雜文的傳統，雖然古代的議論散文在語言形式和表達內容上與現代雜文有著質的區別，可作為雜文的一般文體特徵並沒有太大的質的分別，但是為什麼現代雜文一出現它的文體特徵就被如此突顯出來，到底是現代社會生活的什麼發生了怎樣的變化才使得雜文與時代之間建立了這樣前所未有的熱絡關係？而且這種關係又是借助什麼來建立的呢？

其實產生這樣的困惑是因為我們在理解上忽略了一個環節。當然，時代生活的變化是根本。在傳統封建社會中，對於時代在文學方面的表達只是個人表達，也往往只能是個人表達，個人的表達對於社會歷史的參與性極低，而封建政治經濟制度也不會產生規模宏大的傳播工具，古人不是常常「恨天下無書以廣新聞」嗎。而當歷史進入現代群體社會的時候，個體的表達對於社會參與的需求越來越高，而此時應運而生的傳播媒體則為這種表達的實現

〔註7〕　魯迅曾說：大約漸要有一種的要求，是關於文藝思想的 ESSAY，不過以看去不大費力者為限。

提供了物質工具，正是傳播媒體的出現才使得個人表達參與社會歷史的急迫要求有了實現的可能。雜文之所以冠絕一時，就是因爲雜文本身那種對社會生活的直接參與性。

也就是說，任何對於時代的個人表達要實現對社會歷史的參與，都需要通過傳播媒介才可能實現。這樣，傳播媒介這一物質工具就顯示出不可忽視的重要性。

上面的分析中雖然也提到了新聞事業的發展，報刊的湧現，但只把它當作時代爲雜文的繁榮提供的一個物質條件，而內中的具體因由和這一物質工具的能動作用都沒有被強調出來。個人表達要想參與社會是需要通過傳播媒介這個渠道，而傳播媒介這一物質工具一旦產生，也就具有了自己獨特的性質和功能，蘊含著特定的社會能量，它也會反過來對個人對時代需求的表達產生相應的刺激、規範和制約的作用。這就如同計算機中使用的各種軟件一樣，每種軟件都是爲滿足人們的某種需求而設計產生的，但是軟件一旦形成，就對於人們需求的滿足產生了一種規範和制約作用，而且在使用過程中，人們的要求和需求必須按照一定的使用程序和方法才能得到實現和滿足。也就是說，傳播媒介這一物質工具也會影響到人們對時代的文學表達，再明確一些，就是說各種不同的傳播媒介因爲其性質功能等的不同也會對各種文學體裁的發展產生不同的影響。

僅僅從時代需求角度來解釋報紙雜文繁榮的內在原因，應該還不足夠。我們也可以從更具體一些的層面即報紙本身的發展來切入對雜文繁榮動力的分析。

一方面，報紙成爲大量需求雜文的文化空間。五四以後，報紙的發展趨勢發生了變化。報紙作爲政黨進行政治活動的宣傳工具或者知識精英進行啓蒙活動的文化工具的這一訴求，與報紙作爲經營性傳媒機構要獲取經濟利益的經濟訴求，在最大限度地獲取讀者數量方面形成了共識。報紙需要越來越多地考慮到讀者的閱讀興趣和需求，需要按讀者的要求改變自己的內容和結構。而此時的讀者，經過前些年的培養與鋪墊，已經把報紙作爲自己與社會、國家、他人聯絡和溝通的主要方式。報紙是他們獲得信息和知識的主要渠道。尤其在社會處於劇烈變動的時期，更多的報紙讀者不再有耐心閱讀如同學術書籍一樣的長篇大論，而更迫切地要求在短時間內最大效率地瞭解社會現實信息，並對這些信息做出判斷和理解，以幫助自己在現實生活中準確定

位並付諸行動。清晰、準確、明白、易懂、快速接受，能夠高效地激發起情緒並快速轉化爲行爲選擇，這是讀者最期待獲得閱讀快感。雜文的文體和內容特徵，恰恰最爲符合讀者的閱讀需求，它和新聞稿也因此成爲報紙最需要的內容。

二方面，報紙成爲意見領袖和受眾個體進入公共輿論空間的關鍵渠道。五四時期動盪不安的社會，讓人們對外部世界的感受更加不確定，內心的不安和焦慮相比較而言更加嚴重。要解除這種焦慮不安，需要從認知層面上解決兩個問題：一是更多地掌握信息，瞭解外部社會；二是對得到的信息有正確的分析、判斷和理解，以幫助自己在現實中做出正確的選擇。這樣才能身處不斷變化的現實中獲得安全感。雜文和新聞幫助社會大眾在報紙上營造了一個公共輿論空間。社會大眾通過報紙獲取關於國家、社會和現實生活的各方面信息和知識，而知識精英作爲意見領袖，通過雜文的形式發表對社會的看法，幫助受眾個體在紛繁複雜的信息中確定有效的信息，引導受眾個體在各種分析、判斷和探討中，找到正確的方向和確定的思想、觀點和態度，從而帶給他們在現實中的抉擇。雜文這種文字形式，最大限度地滿足了知識精英和社會大眾在公共空間裏抒發個人對社會現實的思考與情緒，並積極參與現實變革的強烈訴求。

三方面，報紙作爲傳播媒介，其自身的特性也是成就雜文繁榮的要素之一。

作爲五四時期最主要的文學傳播媒介，報紙副刊以其獨特的性質和功能對於雜文而不是其他文學體裁產生了獨特的影響。本來，高頻率講時效的出版方式決定了報紙能比其他傳播媒介更有效地參與現實生活，這就已經與雜文直接參與現實生活的特性有了結合點，而副刊本身對於表達的特殊要求則更使得雜文如魚得水。

首先，副刊也是報紙，其篇幅有限，目的是在有限的空間裏傳達儘量多的信息，因此它對於文章的要求必須是篇幅短小，但內容充實。

其次，副刊不是主要傳播新聞消息的報紙，而主要是以文學爲傳播內容，因此它要求文章必須有一定的文藝性，具備一般的文學特徵。

第三，副刊還是報紙，以讓更多的人接受和消費爲目的，因而雖然強調其文學性，但語言文字仍追求明白曉暢，淺顯易懂，平易近人。

第四，副刊還有一種娛樂消遣性質，因此，對於文章的風格不拘一格，

可莊可諧,追求多樣化。

第五,每日出版的高頻率出版方式使它對文章的數量上的需求非常大,相應地在質量上的要求則有較大的彈性。因為它不可能只發表名人專家的文章,也就同時為普通人的參與提供了條件。

第六,副刊雖然不同於傳播新聞的報紙對時效性的嚴格要求,但它也有一定的時效限制,因此,副刊上的文章必須緊跟現實生活的變化,對現實有極強的參與性。

第七,與上一條相關,副刊還具有時事性特徵。反映時事,隨感而發,且以深刻的思想給現實以批判和引導的文章更受歡迎。

由此可見,再也沒有哪種文學體裁比雜文更適合在報紙副刊上發表了。正是報紙副刊的這些獨特的性質和功能直接刺激了五四時期雜文的發展,報紙副刊的不斷湧現,使得副刊對雜文的需求量越來越多,同時也刺激了更多的人參與雜文的創作,從而帶來了雜文的繁榮。其實,這也就解釋了五四時代雜文的文體特徵得到如此的放大和突顯,這一環節到底是如何實現的。

我們在《晨報副刊》上也可以非常清楚地看到這一點。《晨報副刊》上雜文的數量逐年增加。從 1918 年到 1924 年,《晨報副刊》上發表的雜文有 900 多篇。魯迅先生說:「到五四運動的時候,才又來了一個展開,散文小品的成功,幾乎在小說戲曲和詩歌之上。」圍繞《晨報副刊》還形成了一個雜文作家群體,主要有魯迅、周作人、孫伏園、甘蟄仙、江紹原、陳大悲、蒲伯英、吳稚暉、張友鸞等,當然更多的還是普通知識者。《晨報副刊》上的雜文緊跟時代的變化,隨時反映現實生活中出現的變化和問題,對社會文化一直保持著清醒的批判態度,成為青年知識者所推崇的思想和智慧的傳播者。同時,它的雜文追求不同風格的嘗試,比如「開心話」欄目裏的文章就具有充滿戲謔色彩的諷刺批判效果。透過《晨報副刊》,我們可以看得到雜文的繁榮,也能找到作為傳播媒介的報紙副刊是如何造成並推動了這一繁榮。

五四新文學初期,雜文是繁榮了,就像孫伏園所說:「副刊上的文字,就其入人最深一點而論,宜莫過於雜感了,即再推廣些論,近幾年中國青年思想界稍呈一點活力的現象,也無非是雜感一類文字的功勞。」〔註8〕但這段話的實際意思是指雜感的功勞在於對現代思想的傳播,並沒有提到雜文作為一種文學樣式,在五四文學初期它本身在藝術上有什麼建樹。而魯迅先生所說,

〔註 8〕 孫伏園《雜感第一集》,《晨報副鐫》1923 年 4 月 5 日。

五四運動的時候，散文小品的成功在小說戲曲和詩歌之上，這話的意思也是一樣，只是說明雜文的繁榮是指它在思想傳播方面的繁榮。

從《晨報副刊》上的雜文來看，五四新文學初期，雜文甚至沒有作爲一種文體的自覺。也就是說，當時很少有人眞正把雜文當做文章來寫，只把它看成一種傳達自己思想觀點的工具。只有極少數人，尤其是傳統文學功底深厚的文化人，比如魯迅、周作人等，他們的雜文才有篇章結構、藝術技巧可言。我們可以把這種狀況看成是啓蒙時代傳播現代思想觀念必然的犧牲，也可以認爲這是傳媒對雜文發展的負面制約，但我們卻不能迴避在繁榮的表面背後，雜文作爲一種文學樣式初期發展存在的問題和缺陷。

《晨報副刊》上，很多雜文雖然邏輯關係清楚，但不講究文章結構，無藝術技巧可言，一味直陳觀點闡述事理。因此多數文章缺乏個性，體式結構單調，語言表達枯燥，有千篇一律的感覺。

爲宣傳和啓蒙，語言上追求通俗化，追求明白易懂，這當然是合理的。但過分的追求直白，往往失去了感染力；而在那些讀起來明顯地感到語言表達的累贅和囉嗦的文章中，你也能感受到作者惟恐說不清楚，急於表達自己的迫切心情。同時你會有這樣的認識：在五四新文學初期，不僅是雜文的語言，新文學所有體裁的語言都需要更爲長久的錘煉。

即使在思想傳播中，雜文也存在著因爲文體的限制而造成的具有某種潛在危險的缺陷。這就是由於篇幅的制約、對文體把握能力的薄弱以及認識能力、表達能力的有限，一些雜文在觀點看法的傳達中出現了「大事化小」、「繁而簡之」的思想化約的現象，有時一個複雜的思想體系可能被化約爲對某一側面某一部分的過分強化，而得出較爲片面的結論；有時一種豐富而深刻的思想認識，可能會被化約爲一句淺薄而情緒化的簡單口號。新文學初期雜文的這種化約功能可能會給接受者帶來認識偏差，如果我們把它大而化之，它就有可能對後人重新認識這段歷史造成某種障礙。

雜文的理性色彩深厚。它最大的特點是直接切入現實的功能特質，用有力的思辨和批評干預現實生活。這是它有別於其他文學體裁的獨特之處。雜文作爲報刊上針對社會現實問題開展公共討論空間的語言形式，它的直接淺顯既是它的優勢也是它的弱點。它能夠帶給讀者直接的情緒和思維上的刺激，但卻在思維深度和思想沉澱方面無法提供更多助力。它往往是對現實生活直接的同步反應，更側重表達激烈的觀點和淺露的情緒，缺乏文學創作應

有的冷卻和沉澱的過程。而這恰恰是報紙所需要的特點。

中國現代作家對雜文的選擇，有內外兩種力量的促動。內在力量主要體現爲作家本身對純文學價值和社會功利價值之間的選擇衝突。魯迅就曾說過：「有人勸我不要做這樣的短評。那好意，我是很感激的，而且也並非不知道創作之可貴。然而要做這樣的東西的時候，恐怕也還要做這樣的東西，我以爲如果藝術之宮裏有這麼麻煩的禁令，倒不如不進去。」(《華蓋集·題記》)這段話說明魯迅本身也在雜文的文學價值和社會批評價值之間有過矛盾和選擇。對那些追求文學價值的作家來說，這樣的雜文是不值得自己去加入創作的；而對那些對現實和社會持有干預追求的作家來說，雜文的功能卻是其他文學體裁無法相比的。徐懋庸也曾說過：「我之所以不管人們輕蔑，自顧做我的『雜文』，就是因爲相信在現在這個時代中，『雜文』對於社會實在很有點用處。」雜文的出現並不是作家們爲文學的世界增加一個正宗的品類，他們自己也並未眞正把雜文當作一種所謂正宗的文學種類來構建，他們看重的是雜文干預現實的能量，而這能量的釋放與發散則是通過傳媒（報紙）來完成的。報刊是知識者針對社會現實展開公共討論的空間，它自身的屬性規定了發言者最適當的發言方式和信息呈現方式。傳媒成爲推動雜文這一文體在五四繁榮的重要外部力量。

孫伏園曾經在《雜感第一集》一文中說過一段很有影響的話：「雜感優於論文，因爲它比論文更簡潔，更明瞭；雜感優於文藝作品，因爲文藝作品尙描寫不尙批評，貴有結構而不務直捷，每不爲普通人所瞭解，雜感不必像論文的條暢，一千字以上的雜感就似乎不足貴了；雜感雖沒有像文藝作品的細膩描寫與精嚴結構，但自有他的簡潔明瞭和眞切等的文藝價值——雜感也是一種的文藝。」這話的內涵與其說是被大多人所理解的那樣，是在探討雜文的創作理論及文學價值，還不如說是作爲編輯的孫伏園對於報刊的特徵與雜文的特點之間關係的準確描述。

在群體崛起、屬於一個啓蒙時代的「五四」，《晨報副刊》和像《晨報副刊》一樣的其他報紙副刊，它們刺激、造成並推動了雜文這一文學形式的繁榮，同時也在某些方面制約了它的發展。

二、《晨報副刊》與早期話劇

《晨報副鐫》對於中國早期話劇的建設和發展功不可沒。事實上，在二

十年代初期的一兩年間，《晨報》是主導中國話劇發展的基地。《晨報副鐫》上記載了中國早期話劇的發展狀況，反映著中國早期話劇的啟蒙追求，展現出早期話劇在實踐中遇到的困難和問題。

余上沅《晨報與戲劇》

（一）《晨報》是二十年代初中國早期話劇發展的基地

1922 年 12 月 1 日的《晨報副刊》是《晨報》四週年紀念專號，其中有余上沅的一篇文章，題目就是《晨報與戲劇》。他說：「《晨報》對戲劇努力的成績，用不著我來恭維，不過我總相信在促進『新中華戲劇』的實現上，他確是一員健將。我並敢代表一般讀者說，《晨報》是孕育新中華戲劇的，將來新中華戲劇的大成功，我們對他有特厚的希望。」這段話指出《晨報》對新中華戲劇的孕育功不可沒。同時也接著對《晨報》之於戲劇提出了新的要求：「我以為我們至少應當向他（指晨報）提出以下四種要求：宣傳戲劇的價值；解決舊戲的處置；促進戲劇的實現；喚起人民的覺悟。」余上沅還說：「要解決這些難題，我們非常希望能容納各方面的意見，能公開的討論問題，而又是與戲劇最有因緣的晨報不可了。」他把戲劇的發展重責都寄託在《晨報》身上了。

　　《晨報副刊》也確實承擔起了余上沅的希望。《晨報副刊》恰恰是余上沅提出的四種要求的實踐者，在「宣傳戲劇的價值，解決舊戲的處置，促進戲劇的實現，喚起人民的覺悟」方面進行了艱苦的探索，爲中國現代戲劇的發展做出了巨大貢獻。

　　說起《晨報》對中國早期話劇的貢獻，不能不提及兩個人：《晨報》總編輯蒲伯英和編輯陳大悲。

　　蒲伯英即蒲殿俊，伯英是他的字。生於 1875 年，四川廣安人。1899 年，24 歲的蒲殿俊就開始在自己的家鄉開展改革文化教育的嘗試。1904 年被官費選送日本留學，接觸到西方社會政治和文化思想及各種學說。1908 年從日本回國，擔任法部主事兼憲政編查館行走。1909 年，清政府要求各省設立諮議局，蒲伯英被四川家鄉人極力推崇，力邀其回四川。「省城各方紛紛函電邀其返川」。他帶頭籌資創辦了四川諮議局的機關報《蜀報》並擔任社長，利用《蜀報》傳播新思想、新知識，向大眾傳播國內外大事，宣傳君主立憲，鼓吹改良思想，同時介紹日本法政知識及各國科學論著，發表時事評論。他還先後籌資創辦了《白話報》、《西顧報》、《啓智畫報》等。這些都爲他以後借助報紙從事文化實踐活動進而追求社會改良奠定了基礎。1909 年 10 月，四川諮議局成立，34 歲的蒲殿俊當選爲議長。之後作爲立憲派的骨幹，成爲著名的四川「保路運動」的主角。1911 年 9 月被捕入獄。11 月 23 日川督趙爾豐不得不釋放蒲殿俊，並與蒲簽訂了《四川獨立二十三條》。後出任四川軍政府都督，宣布四川獨立。民國成立後，蒲殿俊出任眾議院議員。1913 年與梁啓超、湯化龍等籌組進步黨，是七理事之一。而進步黨後來成爲袁世凱的政治資本和工具。1917 年張勳復辟，蒲殿俊積極支持段祺瑞討伐張勳。在段奪取政權後，蒲殿俊還曾出任段政府的內務部次長兼北京市政公所督辦。但四個月後，因對段政府和「一個假共和的民國」的失望，憤而辭職，決定從此脫離政治生涯，以一個文化人的面目出現，盡力於輿論指導和社會教育。他認爲教育民眾，提高民眾覺悟最快最有效的方式有兩種：一是辦報，一是戲劇。1919 年，他成爲《晨報》總編輯。蒲殿俊對於新文學最大的貢獻就是他從理論到實踐都爲傳統舊戲向現代戲劇轉型進行了身體力行的探索。他把戲劇當作「引導人類向光明路上去的一顆明星，是打破中華傳統的種種偶像底一種利器，是開墾世界的、人類的新中華的一柄長鋤，和其他新學問新事業一樣，很值得用多數多量的精力去改革它、創造它，無休無限的去發展它」。1921 年 5 月，

他與陳大悲、沈雁冰、鄭振鐸、歐陽予倩等創辦了近代中國第一個專論戲劇的雜誌《戲劇》月刊。在理論方面，他提出的現代的、教化的、履行改造社會的、職業的戲劇改革理論，和以民眾精神爲原動力的創作思想，在當時的新文學發展中產生了重要影響。在實踐方面，他於 1922 年籌資創辦了中國第一所職業戲劇學校「人藝戲劇專門學校」。戲劇學校第一期招生三十名，進行編導演全面訓練。他還籌資建設了新明劇場，爲學員演員提供實踐演出的機會。他本人也進行創作實踐。他的六幕話劇《道義之交》被洪深認爲是五四以來的優秀劇本之一，併入選《中國新文學大系》。

陳大悲原是有名的文明戲職業演員，多才多藝，能演、能寫、能編，一直極爲執著地探究著中國戲劇的發展方向。1918 年去日本學習戲劇，1919 年五四前回國，在北京與蒲伯英相識，並進入《晨報》任編輯。〔註9〕正是這兩個人使《晨報》在 20 年代初成爲中國早期話劇發展的中心。

首先，他們充分利用《晨報》及《晨報副鐫》的輿論空間，爲「新劇」搖旗吶喊。

幾乎每一天的《晨報副鐫》都有關於「新劇」的內容。《晨報副刊》先後設立的有關戲劇的欄目有：「劇評」、「劇談」、「劇本」、「戲劇研究」、「愛美的消息」、「戲劇談」等，另外在「雜感」、「雜談」、「文藝談」、「通信」、「開心話」欄目中也有文章涉及戲劇，這些欄目幾乎每天都有文章發表，在 1921 年 10 月 12 日到 1922 年 12 月 31 日一年多的時間裏，發表著譯劇本 17 部，戲劇研究、劇談、劇評文章 89 篇（連載文章按一篇計）。〔註10〕在五四以後的二三年間，《晨報》成爲了北京新劇尤其是「愛美的戲劇」的發展基地。

作爲《晨報》的總編和編輯，蒲伯英和陳大悲更有機會在《晨報》和《晨報副鐫》上發表自己對現代話劇的見解和想法。蒲伯英本人對中國戲劇的發展懷有濃厚興趣，且有獨到的研究，《晨報副刊》連載過他的《我主張要提倡職業的戲劇》〔註11〕、《戲劇爲什麼不要寫實》〔註12〕、《中國戲天然革命的趨勢》〔註13〕等文章；儘管與陳大悲觀點不同，但他仍然給陳大悲極大的自由空間，支持陳大悲不遺餘力地鼓吹「愛美的戲劇」。陳大悲作爲編輯則在《晨

〔註 9〕韓日新《陳大悲研究資料》，中國戲劇出版社 1985 年出版。
〔註10〕根據《五四時期期刊介紹》，《晨報副鐫》分類目錄統計整理。
〔註11〕蒲伯英《我主張要提倡職業的戲劇》，《晨報副鐫》1921 年 11 月 28～30 日。
〔註12〕蒲伯英《戲劇爲什麼不要寫實》，《晨報副鐫》1922 年 1 月 12～14 日。
〔註13〕蒲伯英《中國戲劇天然革命的趨勢》，《晨報副鐫》1922 年 3 月 9～11 日。

報副鐫》上傾注了自己對戲劇的全部熱情和精力。只要看一下《晨報副刊》登載有關戲劇的文章的有關數字統計就可知道，一個人對於一個報紙對於戲劇的宣傳有多大影響，也可以知道陳大悲與其他人在戲劇方面所付出的熱情和努力有多大差別。從 1921 年 10 月到 1922 年底，《晨報副刊》上戲劇研究、劇評、劇談的文章和劇本共有 106 篇，而在陳大悲將主要精力放在人藝劇專的工作上之後，整個 1923 年，《晨報副刊》有關戲劇的文章和劇本僅 32 篇。到了 1924 年，則只有 10 篇。1923 年之前的《晨報副刊》有關戲劇的欄目很多：「劇談」、「劇評」、「戲劇研究」、「劇本」、「愛美的消息」等等，但在 1923 年之後，欄目逐漸只剩下「劇本」和「戲劇談」兩個。陳大悲本人的劇評和劇談在《晨報副刊》上時常出現，字裏行間體現著他對新劇無人可比的熱愛和呵護。他在劇本創作中取得的成績和產生的影響在當時無人可與之比肩，1920 年到 1921 年《晨報副刊》上登載的 8 部創作劇本，有 5 部是陳大悲的作品，《幽蘭女士》、《英雄與美人》成為愛美劇演出最為搶手的作品。最初在《晨報副刊》上連載，後由《晨報》社出版成書的《愛美的戲劇》，是中國現代話劇較早的關於戲劇研究的專門書籍，雖然較為基礎和淺顯，但卻是新劇最早的系統的理論建設，更重要的是，這本書在當時現代話劇基本知識的普及中也發揮了重大作用。

其次，他們以《晨報》為依託，通過成立劇社、辦報刊和開辦戲劇學校進行戲劇教育等方式，竭力為「新劇」開拓新的發展空間，成績卓著，影響巨大。

1921 年 11 月 26 日，由陳大悲、李健吾、封至模等 12 人發起成立的「愛美的劇社」「北京實驗劇社」，在《晨報副刊》「專件」一欄中特別發表了宣言、簡章和陳大悲的介紹文章，劇社的通訊中轉就是《晨報副刊》編輯部。1922 年 1 月、2 月間，蒲伯英與陳大悲等人一起，把民眾戲劇社的中心由上海移至北京，並改組為新中華戲劇協社，致力於新劇的建設與發展，尤其注重新劇的實踐與普及。民眾戲劇社的刊物《戲劇》也成為新中華戲劇社的機關刊物。《戲劇》原來由中華書局印刷發行，到北京後改由晨報社代印並總發行。蒲伯英辦的另一份《實話》報，實際上是「愛美的戲劇」的「母胎」，也同樣幾乎每天都有新劇的動態消息，在一度因編輯人手缺少的原因停刊後，也於 1922 年 8 月 20 日重新出版，「愛美的戲劇」又多了一個宣傳陣地。1922 年冬天，蒲伯英在陳大悲慫恿下，仍然以《晨報》為依託，籌資在北京創辦了人藝戲

劇專門學校，招收男女學生三十多人，蒲伯英任校長，校董還包括魯迅、周作人等。儘管學校在一年間就宣告解散，但仍然爲中國現代話劇的發展培養了第一批專門人才。他們組織學生在 1923 年 5 月 19 日的實習演出，是中國現代戲劇史上第一次男女同臺演出。意味深長的是，在人藝劇專解散之後，儘管學校裏的演劇可以男女同臺，社會上男女同臺的演劇卻仍然被視爲「有傷風化」。

《戲劇》出版

第三，本著堅定的「實踐精神」，《晨報副鐫》引領了當時中國現代話劇發展各個環節的戲劇實踐。以蒲伯英、陳大悲爲代表的現代話劇倡導者傾心力於各種戲劇實踐，不僅符合話劇本身發展的藝術規律，更是他們實現啓蒙目標的有效途徑。

他們是爲新劇付出全部精力和熱情的倡導者，更是一個以勤奮紮實的態度致力於新劇建設的實踐者。無論是演劇、評劇、編劇，還是辦報編刊物、成立劇社、辦學校搞戲劇教育，他們始終貫徹的就是「忠於作事的精神」，注

重戲劇實踐和戲劇普及的思想。正像他們在成立實驗劇社時的宣言所說，實驗劇社擔負著三項事業：「利用劇場的實驗，研究關於戲劇的各種藝術；利用劇場的實驗，研究關於戲劇的各種理論；利用劇場的實驗，研究創作的或翻譯的現代劇本。」演劇實踐是他們建設和發展新劇的最重要基礎。在這方面，陳大悲付出了更多的勞動。

　　陳大悲參與了新劇所有部門的實踐。他參加新劇的演出，不僅做演員，還做化妝師，而且從服裝到布景甚至演出中的細枝末節，他都有親身體驗。而他通過這種實踐得到的，關於表演、化妝、劇場秩序、服裝搭配、舞臺設計等方面的經驗，也常在他的劇評劇談中得到及時的總結。至少，一批經過專門訓練、具有專門知識的戲劇人才出現了。從他在文章的字裏行間流溢出的對戲劇的狂熱感情，以及對戲劇工作的極端投入看，他似乎可以被稱爲戲劇狂人，但他同時卻又的的確確潛心於那些也許別人都不屑去做，也看不到眼裏去的實際、瑣碎的事體。甚至他傾盡心血做的這些事，在幾十年後仍沒有人看到。其實，僅靠他在新劇建設領域的拓荒勞動，就足以讓歷史記住他，而他在新劇幾乎所有部門的基本實踐中所取得的豐富經驗和成績，也一樣是中國現代話劇的寶貴財富。

　　我們從《晨報副刊》所體現出的編輯思路中也能清晰地看到對「實踐」的關注，實踐成爲擴大新劇影響並使其得到普及的最有效手段。從 1921 年 10 月到 1922 年上半年，《晨報副刊》上有關戲劇的文章，絕大部分是關於戲劇活動的動態消息和緊跟演劇的劇評，很少見有長篇的理論文章。在《晨報副刊》以記者爲名發表的《1921 年之最後一天》中提到：「陳大悲君打量讀他《愛美的戲劇》的數，遠不及讀他劇評和劇談，所以他說此後要多做劇評劇談一類的文字，少做長篇論學的文字了。」〔註 14〕理論的探究遠遠比不上直接的戲劇實踐更能引起大眾的注意。結果，陳大悲果然在 1922 年 1 月 1 日隆重推出一個新的欄目「愛美的消息」。

　　甚至在他的劇本創作中，這種「實踐」的標準仍然是第一位的。洪深在《中國新文學大系戲劇集·導言》中，對陳大悲有這樣的評價：「陳大悲的作品極多，一致地用出奇的事實與曲折的情節來刺激觀眾，結果戲是有勁了，但也成爲空想的鬧劇了。」這可能是影響最大的對陳大悲歷史價值的一種評價了。但是，他的劇本中這個人人指摘的著名弱點「出奇的事實與曲折的情

─────────────────

〔註14〕《晨報副鐫》1921 年 12 月 31 日。

節」，事實上也可能是他有意而爲。因爲其實他本人也反對這樣的傾向。在回答涵廬先生關於「英雄與美人」中對於蕭煥雲的描寫問題時，他說：「我也很願意『極力描寫他臨機應變和陰賊陰狠的態度』，但是我不能依我心所願的那樣做，一則因爲我覺得這樣的描寫法太缺乏刺激性（我曾在《愛美的戲劇》中把戒煙做過比喻，主張在戒煙藥中逐漸減少刺激的成分。）」之所以這樣明知故犯，就是因爲他要最大限度地使新劇得到普及和推廣，並起到啓蒙的作用。他在《歡迎兩個創作的劇本》中明確提出：「只是盡我的力量去創作，不必希望產出的是傑作」，因爲「魚翅與海參宴救不得饑荒。救饑荒時不得不求粗米與大豆」。同時他自己也指出：「我在實行（創作）時往往不得不略爲蹲下一點身子遷就那班鑼鼓聲停了之後，還肯屈尊坐下的好看客。伯英先生去年說過『我們在實行的，不得不挨兩邊的罵：新的人罵我們，舊的人也要罵我們。』這是我們的苦衷。」他願意並且自覺地爲贏得更多的普通觀眾而俯就他們的趣味。

陳大悲《歡迎兩個創作的劇本》

　　也許孫伏園反倒比我們看得更清楚，他說：「大悲並沒有什麼崇高深奧的學問，他的事業也還在發軔的時代，不能下具體的批評。他的名字與世人相見只在戲劇的一個小範圍內。但我所以取他的並不因爲他在戲劇方面的貢獻，是因爲他的一種作事的精神。」這精神包括「活潑的精神：他沒有一天不樂觀，失敗了他也樂觀；公開宣傳的精神；忠於所事的精神：有人說他沒有五分鐘不談戲劇。」〔註15〕

　　「在促進『新中華戲劇』的實現上，《晨報》確是一員健將。他孕育著新中華戲劇。」余上沅對《晨報》之於中國現代話劇功勞的評價，的確沒有言過其實。

（二）《晨報副刊》上中國早期話劇的啟蒙追求

　　在新文化運動中，想要通過文化思想的啟蒙，改造國民性，重塑國民靈魂，繼而變革社會推動歷史發展，是一個主要潮流。中國現代話劇和其他藝術門類一樣，受到這一潮流沖洗，其早期自覺負有啟蒙的使命。但是中國早期話劇的啟蒙卻有著由自身本質所規定的獨特性。

　　透過《晨報副刊》上有關戲劇的記載，我們可以比較清晰地看到中國早期話劇在謀求生存、實現追求中的艱難遭遇和痛苦掙扎。

　　陳大悲在《新中華戲劇運動的大同盟》一文中這樣說：「我研究的對象就是人──就是一個一個的人──就是你和我！戲劇是研究人的一種最簡便最明顯的方法，手段，或是道路。舞臺是人生底最精妙的化驗器！所以從改造戲劇的路上走去，一直可以達到改造人的路。人改造了，社會自然也就改造了。我們相信用別種方法去改造社會也是對的，但是我們既以戲劇爲研究，我們從戲劇這方看去，見得的確也有一條筆直的路通於社會的改造。因此，我們就在這條路上很堅決很勇敢地向前進取。」〔註16〕顯然這位早期話劇最爲積極熱情的倡導者，是想通過戲劇爲大眾啟蒙，進而實現改造社會的目的。

〔註15〕《晨報副鐫》1922 年 11 月 25 日。
〔註16〕《晨報副鐫》1922 年 2 月 14 日。

陳大悲《新中華戲劇運動的大同盟》

　　其實在 1921 年 11 月，何玉書、李健吾、封至模、陳大悲等 12 人發起成立北京實驗劇社，在他們的宣言中就稱：「我們的目的就是：從舞臺上的實驗，使民眾與文學得到最近接觸的機會，以節省人類在生活的經驗上耗去的工夫，增進人類從同情中得到的幸福。」〔註 17〕這裡不僅包蘊著啓蒙的意味，而且更富獨特性：以舞臺爲媒介連接民眾與文學。

　　但是，追求與理想再美好也只是單方面的意願，口號一旦付諸實踐，往往即使不被撞得粉碎，也可能頭破血流。

　　五四以後，對新劇的倡導，也在對「舊戲」和「文明戲」的反對和斥責聲中重新高漲。但「現代話劇」這一完全從西方傳進的事物，要想很快從舊的傳統戲劇觀念和習慣中贏得作爲藝術的地位，仍然極爲困難。徹底否定傳

〔註 17〕何玉書、陳大悲等《北京實驗劇社宣言》，《晨報副鐫》1921 年 11 月 26 日。

統戲劇並不難，但要一磚一瓦地建設起新劇，即使是完全照搬西方的模式，也決非一日之功。

《晨報副刊》上登載的有關戲劇方面的文章，不外乎演劇、評劇、編劇（劇本創作）三個主要方面。我們試著從這三個方面出發，看看早期話劇在致力於啓蒙的道路上到底走了多遠。

「演劇」方面。當時參與話劇演出的演員，大多是學校的學生，演出話劇純粹是出於新奇和興趣，缺乏訓練，紀律鬆散，並沒有把戲劇當作嚴肅的藝術追求，而且除了少數倡導者組織者，一般人普遍缺乏有關新劇基本常識。一場戲中的男女角色，要麼全由男性扮演，要麼全由女性扮演，直到1923年5月人藝劇專的學生首次實行男女同臺。演劇的條件也相當艱苦，沒有資金投入，新劇的演出從服裝到布景往往是臨時拼湊，東挪西借，直到1922年4月16日美術學校的學生演出，才第一次出現了自製的布景。那時新劇的演出常常不是獨立的，往往是與舊劇輪流上演，有時成爲舊劇的點綴，而且這些演出很多都是什麼遊藝會、俱樂會或者募捐會的工具。陳大悲在「劇談」欄目裏發表《愛美的戲劇之在北京》〔註18〕一文，「從此以後，種種名目的遊藝會愈開愈多，而且每一次的遊藝會裏總有數幕新劇。新劇與遊藝會差不多已結了不解之緣。就連素常熱心於皮黃的人在主持遊藝會時也要到處去拉人來『辦』幾幕新劇湊湊色。就已往而論，愛美的戲劇的最盛時代自然要算今年春間了。新舊曆年中幾乎天天都有新劇。男女高師，清華，北大，中大等學校相繼開演。有的是爲籌平民小學的經費。有的是爲集金贖路。有的是爲補助童子軍的經費。爲新劇團體自身籌款而演劇的只有兩次。兩次籌來的款直到如今尚沒有花過一個錢在購買戲劇書籍或是舞臺裝飾的試驗上！」「在萌芽時代的愛的戲劇，東也替人籌款，西也替人籌款，忙苦到筋疲力盡，誰來可憐他？愛美的戲劇在北京城裏（除美術學校外），混不到一片布景！可憐的愛美的劇社呵！你何苦要來光顧這塊糞土撲鼻的沙漠地呢？」也許這段話裏不乏帶有情緒色彩的牢騷話，但新劇生長的惡劣環境和艱難處境也是無法迴避的。

這段話也暴露出新劇發展的另一個更爲巨大的困難：新劇缺乏生存的土壤。儘管倡導者嘔心瀝血地鼓吹新劇，但更多的人們最多把新劇看作娛樂的工具，在本質上和舊戲沒有區別，只不過添了些新鮮時髦的味道。傳統觀念

〔註18〕《晨報副鐫》1922年6月22日。

不改變，新劇就不會有太大的發展。而那些已經覺醒的知識者，雖然在觀念上不再有問題，但他們卻與普通群眾一樣有著難以迅速改變的欣賞習慣，並且缺乏必要的現代話劇的基本常識，以至於新劇的倡導者不斷地在糾正惡劣的欣賞習慣上煞費苦心，在普及常識問題上耗費口舌。陳大悲的《愛美的戲劇》，實際上是對現代話劇基本知識的普及。但直到人藝劇專實習演出的那一天，陳大悲仍在晨報副刊上發表《要求今晚新明劇場觀眾的三件事》〔註19〕：一，在開幕演劇的時候請大家不要鼓掌；二，在開幕演劇的時候請諸君不要高聲說話；三，今晚演完之後請諸君給我們一點批評。陳大悲甚至就《劇場中鼓掌的問題》發表長篇大論。〔註20〕

陳大悲《劇場中鼓掌的問題》

〔註19〕《晨報副鐫》1923 年 5 月 19 日。
〔註20〕《晨報副鐫》1922 年 3 月 12～14 日。

陳大悲《要求今晚新明劇場觀眾的三件事》

　　生存土壤的缺乏，也可能會導致劇本創作和演劇不得不對大眾趣味屈從和俯就，造成新劇倡導者的理想追求和現實條件之間的劇烈矛盾。

　　「評劇」方面。評劇包括對演劇的評論和現代戲劇理論建設。幾乎每一次新劇演出總能在《晨報副刊》上找到及時的評論，但評論的水平卻很難說有多高。你看1921、1922年的劇評，大多數文章都是一個模式：先述說一下看劇的情況，然後把劇中角色一個個按順序排列起來，完全憑自己對劇情的理解和對表演的感受，或者評價演員的表演，應該這樣演而不應該那樣演，細緻到哪句話的語氣語調演員掌握得好不好，服裝搭配的合不合適，或者推論劇情的合不合情理。但無論是評表演，還是論劇情，都只是具體瑣碎的感受和認識，很少有上升到理論高度的深刻剖析。有意思的是，很多評論文章開始每每有「我是對於戲劇毫無研究的一個學生」之類表示謙虛的聲明，有時也直接說：「我的這點疑問，是主觀的，純由直覺得來，並無學理的依據」，這中間固然有謙虛的成份，但更多的還是作者自己也感覺到理論知識的貧乏吧。

　　還有一種情況，似乎也能反映出當時劇評的複雜狀況。陳大悲在《對於『新村正』劇評的我見》〔註21〕一文中有這樣一段話：「人人都喜歡聽別人說自己好。所以北京城裏有這許多依賴叫好為生活的『捧角式的評劇家』。熱心於戲劇藝術的朋友因要提高藝術觀，固然不妨下『吹毛求疵』、『求全責備』的批評。但是時候還太早。我們果真親眼看見愛美的劇社這一點兒嫩芽幼苗上有害蟲出現，不忍袖手旁觀，我們也只能夠輕輕動手把害蟲揀去，不該用猛烈的手段；因為深怕這弱不經風的嫩芽與害蟲『同歸於盡』，一場培植的工夫全歸烏有。」看得出來，這種對於健康評論的要求，蘊含著很多矛盾和苦衷：既要求幫助新劇改正已有的缺點，又擔心尖銳的評論會對新生的戲劇造成傷害；既要求對新劇的發展有適當的鼓勵，又害怕舊式「捧角」式的評論「捧」壞新劇的嫩芽；既要求評論不要有新式的明槍，又要求評論防止舊式的暗箭。這種對評論的極度敏感和掩飾不住的擔憂，讓新劇倡導者們對剛剛生長的新劇的珍惜和愛護溢於言表，也顯示出新劇的脆弱和成長的艱難，同時也在一個側面上反映了評論的複雜心態。

　　至於純粹的戲劇理論建設，在《晨報副刊》上並不多見。多數情況是在劇評或雜談中涉及個別具體的理論問題，而較為系統較為深入的理論創作或譯作也有，比如陳大悲的《愛美的戲劇》在《晨報副刊》上從 1920 年 4 月開始的連載，既可說是理論的奠基，也可認為是戲劇知識的普及；余上沅也連續翻譯了美國馬太士《作戲的原理》等七篇，從 1922 年 6 月底一直到 8 月中旬在晨報副刊上間斷連載。但從總體上看，戲劇理論的建設仍然是薄弱的。

　　編劇方面。舊戲和實行「幕表制」的「文明戲」是不講劇本的，倡導新劇，劇本的創作首當其衝。當時在某種意義上說，有無劇本成為區分新劇與舊劇的重要條件。

　　統計一下在《晨報副刊》上登載的劇本情況：1919 年 2 月到 1921 年 10 月二年半多的時間裏，晨報第七版發表 16 部劇本（創作 8 部、譯作 8 部）；1921 年 10 月到 1922 年 12 月一年多的時間，改版後的晨報副刊發表劇本 17 部（創作 9 部、譯作 8 部）；1923 年發表劇本 18 部（創作 13 部，譯作 5 部）；1924 年發表 5 部（創作 3 部，譯作 2 部）。可以看到劇本創作的高潮期在 1922、1923 年。但就是在這高潮中，陳大悲仍說：「劇本缺乏的恐慌已為各處愛美的劇社所同感。」以至於「新中華戲劇協社成立之初，即以徵求劇本為服務之

〔註21〕陳大悲《關於新村正劇評的意見》，《晨報副鑴》1921 年 12 月 3 日。

要項。」對於同時得到《孔雀東南飛》和《車夫的婚姻》兩個劇本，他竟激動到「新中華戲劇的前途更加光明了。」彷彿這兩個劇本的同時出現便決定了新中華戲劇的前途一樣。不過，他還是「望創作界多多努力！因爲近來需要的量突增而供給的量遠不能敵。」〔註22〕

陳大悲劇作《平民的恩人》

其實，數量倒並不是主要問題。劇本的創作在新劇萌芽階段就顯示出兩個重要特點。

1921 年 11 月 26 日《晨報副鐫》上刊有北京實驗劇社的宣言。「單有劇本的文學不能完成一出現代的戲劇，單有舞臺的演作也不能完成一出現代的戲劇」。但「近來這十多年中，中國因爲只有在舞臺的演作方面活動的人而得不到劇本的文學之補助，以致失敗」，「最近數年來……介紹歐美劇論與劇本的

〔註22〕陳大悲《歡迎兩個創作的劇本》，《晨報副鐫》1922 年 2 月 24 日。

人已日見其多，而有志於創作的人卻也不少……但……造成一種非常奇怪的觀念，以爲戲劇只是以紙面上的讀料爲上境，而能演與否倒並不成問題。」宣言對於戲劇與文學的關係理解深刻，同時也強調指出了當時劇本創作中存在的可演性不強的弊病。

另一個特點是劇本創作注重思想內容，而對於藝術性技巧性卻不太關注。無論「愛美的戲劇」還是「職業的戲劇」，在「戲劇是教化的娛樂」方面並無分歧，都非常注意戲劇的思想性和教育性。易卜生戲劇的引入對劇本創作產生較明顯的影響，創作劇本好多是問題劇，而評論劇本的文章也多從劇本的思想內容、人物性格的社會合理性等方面入手，極少論及劇本在藝術方面的特色。這倒正好反映了時代的特點，也是時代精神使然。

雖然中國早期話劇一開始就帶著啓蒙的功利要求，但是，在五四時期啓蒙目的的實現是在堅持話劇自身文藝特性的前提下進行的，可以說那時話劇並沒有因爲功利的要求迷失了自己。隨著以後的社會歷史的變化，對包括話劇在內的各種藝術樣式的功利要求似乎越來越高，話劇自身的特性是否會在功利的追求中漸漸遠離它自身了呢？

綜上所述，《晨報副鐫》對於中國早期話劇的建設和發展功不可沒。現在無論是中國文學史、話劇史還是現代話劇教育史，無論是研究作家作品還是戲劇觀念、戲劇理論或者是戲劇社團，人們並沒有完全忘記爲蒲伯英、陳大悲等人，爲「人藝劇專」，爲「民眾戲劇社」，爲「愛美的戲劇」提上一筆，但人們似乎都忽略了，蒲伯英、陳大悲的生計，「人藝劇專」的建立，「愛美的戲劇」的傳播，「民眾戲劇社」的北遷和由理論而實踐的變化，這一切都與晨報密切相關。在二十年代初期的一兩年間，《晨報》是主導著中國話劇發展的基地。《晨報副鐫》在戲劇方面的記錄，反映著當時中國話劇發展的眞實狀況。

與詩歌、小說、散文相比，戲劇在文學的各種體裁中具有更強的獨立性，它在五四文化啓蒙運動中的作用可能也更加直接、有效。除了文學性，除了供人閱讀，它更需要演出實踐，需要觀眾，需要多種藝術種類的綜合效果，才能更中肯地檢驗其價值。它的發展甚至與技術的發展也有關係。正是在《晨報副鐫》上，在一篇篇對於戲劇演出活動的報導、評論中，在那些戲劇人竭盡全力的實踐、探索和思考中，才能更爲清楚地看到，我們對於中國現代話劇發展的研究存在著怎樣的偏差。僅僅強調戲劇的文學性，並主要以這一標

準來評價作家作品，評價戲劇的發展，免不了出現狹隘或偏頗的問題。

　　本章小結：《晨報副刊》促進了新文學的繁榮。不過，如果我們把《晨報副刊》對新文學的貢獻放在傳媒視野裏衡量，就會發現它的局限性。《晨報副刊》對「新」文學的扶持非常有力，它對「舊」與「俗」文學的排斥也同樣堅定。正如王統照所說：「雖是對於任何作品可以各抒已見，但我們敢自信是嚴正而光明的，即對於發表創作上，也一視其藝術的如何爲準，絕不有所偏重。然對於反文學的作品，盲目的復古派與無聊的而有毒害社會的劣等通俗文學，我們卻不能寬容。」在《晨報副刊》上，在文學領域強化了「新」與「舊」二元對立的思維模式，這種文學觀念雖然對文化啓蒙意義重大，但它對「舊」和「俗」的價值的貶低，也正是它的局限所在。

結　語

　　史料常常拋給我們許多富有啓示性的話題。它們與研究對象相關，對這些話題的探究既是對主體研究的補充和深入，同時也是一個新的起點。

　　第一，報刊對於五四時期知識分子解決學術與政治衝突的意義。

　　一九二五年四月三十日，許廣平在寫給魯迅先生的信中，提到了一件小事：「本星期二朱希祖先生講文學史，說到人們用假名是不負責任的推諉的表示。這也有一部分精義，敢作敢當，也是不可不有的精神。」這本是許廣平順手提及的事，對朱希祖的說法非但沒有異議，還有大部分的贊同。沒想到魯迅在五月三日寫的回信裏，第一句話就是：「四月三十日的信收到了。閒話休提，先來攻擊朱老夫子的『假名論』罷。」魯迅一定被這件事大大觸動了，覺得有必要給許廣平以引導。

　　他接著說：「夫朱老夫子者，是我的老同學，我對於他在窗下孜孜研究，久而不懈，是十分佩服的，然此亦惟於古學一端而已，若夫評論世事，乃頗覺其迂遠之至者也。他對於假名之非難，實不過其最偏的一部分。如以此誣陷譭謗個人之類，才可謂之『不負責任的推諉的表示』，倘在人權尚無確實保障的時候，兩面的眾寡強弱，又極懸殊，則須又作別論才是。例如子房爲韓報仇，從君子看來，蓋是應該寫信給秦始皇，要求兩人赤膊決鬥，才算合理的。然而博浪一擊，大索十日而終不可得，後世亦不以爲『不負責任』者，知公私不同，而強弱之勢亦異，一匹夫不得不然之故也。況且，現在的有權者，是什麼東西呢？他知道什麼責任呢？《民國日報》案故意拖延月餘，才來裁判，又決罰至如此之重，而叫喊幾聲的人獨要硬負片面的責任，如孩子脫衣以入虎穴，豈非大愚麼？朱老夫子生活於平安中，所做的是《蕭梁舊史

考》，負責與否，沒有大關係，也並沒有什麼意外的危險，所以他的侃侃而談之談，僅可供他日共和實現之後的參考，若今日者，則我以爲只要目的是正的——這所謂正與不正，又只專憑自己判斷——即可用無論什麼手段，而況區區假名眞名之小事也哉。此我所以指窗下爲活人之墳墓，而勸人們不必多讀中國之書者也！」如此激烈的長篇論述之後，魯迅似乎仍然意猶未盡：「本來還要更長更明白的罵幾句，但因爲有所顧忌，又哀其鬍子之長，就此收束吧。」〔註1〕

其實魯迅原本沒有必要向自己的「老同學」大光其火，大概是因爲他對現實社會的醜陋比如《民國日報》案之類太憤懣了，所以才借朱希祖的「假名論」發洩一下自己的怒火。他也明白朱希祖的說法「亦惟於古學一端而已」，要是用它來「評論世事」，才「頗覺其迂遠之至者也」。但魯迅和朱希祖的不同觀點，代表了當時知識分子的兩種完全不同的態度：一是學術的，一是政治的。

魯迅對朱希祖的批評表明，他顯然認爲知識分子不應該只問學術，而是應該關注現實，批判現實，改變現實。而那些倡導以學術爲本的知識分子，卻對那些不專心於學問，流連在社會性活動中投機鑽營的青年學生極爲反感。

蔡元培就說，「我在譯學館的時候，就知道北京學生的習慣。他們平日對於學問上並沒有什麼興會，只要年限滿後，可以得到一張畢業文憑」。而北京大學的學生「他們的目的，不但在畢業，而尤注重在畢業以後的出路」，所以他們對只做學問的教員「不見得歡迎」，而對「在政府有地位的人來兼課」，「還是歡迎的很，因爲畢業後可以有闊老師做靠山」。〔註2〕而周作人對傅斯年、羅家倫這些「新潮」的主幹印象更差。「新潮的主幹是傅斯年，羅家倫只是副手，才力也較差，傅在研究所也擔任了一種黃侃文章組的『文』，可以想見在一年之前還是黃派〔註3〕的中堅。但到七年十二月便完全轉變了。所以陳獨秀雖自己在編《新青年》，卻不自信有這樣的法力，在那時候曾經問過我，『他們可不是派來做細作的麼？』我雖然教過他們這一班，但實在不知底細，只好成人之美說些好話，說他們既然有意學好，想是可靠的吧。結果仲甫的懷疑到底是不錯的，他們並不是做細作，卻實在是投機；『五

〔註1〕《魯迅全集》第11卷67頁，人民文學出版社1981年出版。

〔註2〕蔡元培《我在北京大學的經歷》，《五四運動回憶錄》，中國社會科學出版社1979年出版。

〔註3〕周作人說他們是北大舊派的代表，專門潑婦式罵街的國學大師。

四』以後羅家倫在學生會辦事也頗出力，及至得學校的重視，資送出洋，便得到高飛的機會了。他們的做法實在要比舊派來得高明，雖然其動機與舊派一流原是一樣的。」〔註4〕周作人認為傳與羅其實是投機分子，加入新派只不過為撈取飛黃騰達的資本。

就在《晨報副刊》上，稍微仔細一點，你就可以分辨出文章中有兩種不同的文風態度：一種極富現實性和宣傳性，立場鮮明，力圖說服讀者接受自己的判斷和認知；一種平穩的研究態度，只做解釋和介紹，很少做價值上的判斷。1921年10月16日的《晨報副刊》有一篇平明的文章叫《主張與討論》，裏面有這樣一段話：「研究討論這些名詞，在別處也許可用，但我以為在現在我們的社會裏是絕對不適用。你要研究討論，儘管一兩個人鑽進研究室裏研究討論去。待到公開的時候，便只准有一種主張，萬萬不能化許多閒工夫與大眾研究講座。你看那一個問題是從公開的研究討論得到了結果的？」。

實際上，這兩種態度並沒有本質上的差異，並沒有對與錯之分。無論對社會抱以政治的態度，還是對社會抱以學術的態度，這是知識分子為民族和國家在兩個不同方向上的努力，兩者並存，各司其職，各盡其用，應該是最恰當的選擇。

馬克斯·韋伯在《學術與政治》中對這個問題的分析非常具有啟發意義。

他說：一個學術教育工作者，「他只能要求自己做到知識上誠實，認識到，確定事實、確定邏輯和數學關係或文化價值的內在結構是一回事，而對於文化價值問題、對於在文化共同體和政治社團中應當如何行動這些文化價值的個別內容問題做出回答，則是另一回事。他必須明白，這是兩個完全異質的問題。」他還說：「講臺不是先知和煽動家應呆的地方。對先知和煽動家應當這樣說：『到街上去向公眾演說吧』，也就是說，到能聽到批評的地方去說話」。而在課堂上，教師「如果他不是盡教師的職責，用自己的知識和科研經驗去幫助學生，而是趁機漁利，向他們兜售自己的政治見解」，「這是一種不負責的做法」。「一名科學工作者，在他表明自己的價值判斷之時，也就是對事實充分理解的終結之時」。〔註5〕

按照韋伯的說法，公共領域中報刊與學校的功能是有區別的。如果說學校是以學術為本的知識分子的據點，那麼報刊就是以政治為本的知識分子的

〔註4〕周作人《周作人文選·自傳·知堂回想錄》，群眾出版社1999年出版。
〔註5〕馮克利譯，馬克斯·韋伯《學術與政治》，三聯書店1998年出版。

領地。再純粹的學術一旦進入公共輿論空間，也必然顯示出相應的情感態度和價值取向；而政治化的標準也決不能侵入純粹的學術空間，並作爲評判其高低優劣、先進落後的標準。

第二，科玄論戰的意義與研究系知識分子的歷史評價。

1923 年 2 月，北大教授張君勱在清華大學作了題爲《人生觀》的演講，演講稿隨後發表在《清華週刊》272 期上。他認爲，人生觀是主觀的、直覺的、自由意志的、單一人格的，客觀的分析和靠因果律支配的科學解決不了人生觀問題。他強調對立於物質科學的精神世界的獨立性。地質學者丁文江在《玄學與科學》一文反駁，並說：「玄學鬼附在張君勱身上」。科玄論戰由此而起。

表面看來，這次論戰是胡適、丁文江爲核心的科學派與張君勱、張東蓀、林宰平爲代表的玄學派的對立，參與其中的還有馬克思主義派。這樣的力量組合反映了新文化運動的內在衝突。新文化運動不僅僅是文化上的建設，它還有進行國家建設的政治要求。五四以後這種傾向更加明顯。各知識分子群體都試圖找到政治上的新的出路。

其實這一點，也是張君勱的演講發展成爲知識界大論戰的主要動因。

張君勱的主要觀點與梁啓超歐遊後的思想很類似。張君勱對科學文明採取批判態度，強調精神生活的改造。他說：「故中國之受病不在機器，不在物質，不在財產制度，而在人心風俗，然則將來奈何？曰以社會主義促進大多數人之覺悟，增進農工人之知識及生活之需要是屬於物質的，同時即人格教育責任精神應兼籌並顧，以一掃寡廉鮮恥、趨炎附世之風，是爲道德的。」〔註6〕梁啓超在《歐遊心影錄》中也表達了自己的主張，他認爲科學萬能的觀念引起了歐洲文明的沒落。他說：生物進化論、個人中心的自由主義和實證哲學結合而成的物質機械的人生觀念，「用必然法則說明人的內部生活與外部生活，否定人間的自由意志，造成善惡價值基準與分辨力的失調，終至破壞社會的整合併引起殘酷的一戰」。他主張中國應該在還沒有出現西方的弊病之前，力求避免重蹈覆轍，應該追求基於國民性改造的民主主義，並爲此推進個人人格自覺與精神解放，這是梁啓超自己關於國家建設構想的新方向。他的這種認識也獲得了當時與他一樣有著國家建設理想的知識分子的認同。

〔註 6〕張君勱《俄羅斯蘇維埃共和國憲法全文》，《解放與改造》1～6，1919 年 11 月 19 日。

從這個意義上說，科玄論戰確實不只是學術論戰，也是有關中國國家建設和中國知識分子精神變化歷程的反映。

在梁啓超批判「科學萬能」之前，中國知識分子都認爲科學是改造中國的最有力的手段。科學被認爲是代表歐洲文明的價值體系也是挽救中國民族危亡的唯一途徑。但陳獨秀說：「科學之功用，自倫理上觀之，亦自偉大。」說明科學也含有倫理道德方面的意義。而梁啓超批判科學萬能，也並不是否定科學原有的意思，而是要恢復其與精神文明兩者之間的平衡關係，補救因科學帶來的各種弊病。其實這兩方面沒有什麼可以爭辯的，彼此存在著相互理解的空間。所以我們才說，論戰的目的並不在學術，而在於在反思新文化運動的基礎上，探討國家建設的方向。

而要討論研究系知識分子的國家建設方向，還要從他們對待傳統的態度上談起。新文化運動的時候，張東蓀對於新舊思潮論爭的觀點是：「不妄助新派攻擊舊派，而對於新派所持之主義加工研究，然亦不作無價值之調和論。」〔註 7〕他還說：「我們若認定中國今天既需要新道德，新思想，新社會，我們就該儘量充分的把他輸入，不要與那舊道德，舊思想，舊文藝挑戰，因爲他自然而然會消滅的。」〔註 8〕這種態度和魯迅的「吃人」說完全不同。這裡，研究系知識分子已經把歐洲文明看做先進文化的觀點，而是主張由中國傳統文明與其他歐洲文明共同構成新的文明。他們認爲，與其批判傳統，還不如以新思想改造它。對於中國的現實情況，他們的看法也與他們對待傳統的看法一以貫之，中國的問題在於「由於傳統的思想道德的崩潰，文化的自立能力的喪失與資本主義淺薄文化的氾濫。」因此，他們指出，中國最需要的不是批判傳統，而是創造新的文明，這需要接受新的思潮與思想運動才能達到。

由此我們才能理解他們獨特的論調：「今日非西學不興爲患，而中學將亡爲患。」「自今往後二十年中，吾不患外國學術思想之不輸入，吾惟患本國學術思想之不發明。」他們的這種對於傳統的態度和觀點，和胡適、陳獨秀的文化激進主義不同，與梁漱溟欲調和中西的東方文化派也不一樣。

有人認爲，研究系知識分子的理性態度並不意味著「保守主義者」的軟弱，而是包含著一種超前性的眼光。實際上，他們確實並不從根本上反對民主、共和、個性解放，只不過反對隨之而來的道德淪喪；他們也不反對以新

〔註 7〕《本欄啓事》，《學燈》1919 年 4 月 23 日。
〔註 8〕東蓀《新與舊》，《學燈》1918 年 12 月 14 日。

的道德主義取代傳統道德主義，只不過反對解構道德形而上的新的道德實用主義。他們清醒地意識到，新的道德體系、新的道德形而上決不可能在一朝一夕建立起來。更何況激進主義者所藉以取代傳統的西方價值觀念、道德準則不但在西方業已沒落，到中國來更難見其本色。當然，考慮到中國國民當時的文化結構現狀，他們更是堅信西化論者所倡導的現代文明與現代道德不可能帶來民族的根本變革，國民精神的革新只能建立在民族道德主義的基礎之上方具備合理性與可行性。所以梁啓超在辛亥革命前極力表白自己「名為保皇，實為革命」。所以梁啓超等人一定要「虛君共和」。其實他們的道理並不複雜：因為封建道德主義在中國早已實現了它宗教化的功能，如果按當時中國的實際情況看，一旦沒有君主，維繫民族道德凝聚力的精神中介便不復存在，國家便會成為一盤散沙。他們所推崇的英國憲政已經證明，君主在近現代社會的過渡時期起到了不可替代的作用，而中華民國混亂不堪的政治局面則從反面證明了「虛君」的必要性。他們對傳統的重視，實際上源於他們想從文化深層維繫中國國民之根性，他們擔心如果作為民族之凝聚力的一切寄託完全被放棄，由之而來的道德淪喪、價值迷失、人心渙散，僅僅靠政治制度、社會結構的革命是不可能完成使命的。

在對待傳統文化的問題上，所謂的新派忽視了傳統文化在宗教精神方面的價值，而所謂的舊派則堅持把這一點放在更重要的位置上。

由此，研究系知識分子開始從傳統的知識分子向批判社會的理性角色轉換。他們批評其他各派在行動實踐中的盲目性和激進態度，探討通過道德整合社會的途徑和方法，以及保障人權、限制國家權力的法治秩序。他們以主張立憲為基礎，重視社會自律性和社會理性的自覺態度成為現代中國知識分子重要的思想資源和參照系統。

當我們回顧歷史，經常會陷入一個誤區：常常以過來人的眼光，用我們已經把握的歷史規律和必然性，以及在此基礎上形成的各種觀點和標準，去指點、撥弄或者要求當時的人們，而全然忘記了那已經被我們稱為歷史的，對於他們只能是不可預知的未來。而面對著不可預知的未來的茫然、猶豫、徬徨甚至恐懼，我們和他們是一樣的。

參考文獻

一、主要資料

1. 《晨鐘》。
2. 《晨報》。
3. 《晨報副鐫》。
4. 《文學旬刊》。
5. 《小說第一集》，晨報社叢書，晨報社 1920 年出版。
6. 《自己的園地》周作人，晨報社叢書，晨報社 1923 年出版。
7. 《京報副刊》。
8. 《時事新報》。
9. 《申報》。
10. 《改造》（1920 年）。
11. 《近代報刊資料抄錄》共 106 件，中國人民大學新聞系藏。
12. 北洋時期內務部文件檔案，南京中國第二歷史檔案館藏。
13. 《中國近代報刊史參考資料》上下冊，中國人民大學新聞系 1982 年出版。
14. 中共中央馬克思、恩格斯、列寧、斯大林著作編譯局研究室編《五四時期期刊介紹》，三聯書店 1978 年版。
15. 張靜廬《中國現代出版史料》，中華書局 1954 年出版。
16. 張靜廬《中國近代出版史料》，中華書局 1957 年出版。
17. 《魯迅回憶錄》，上海文藝出版社 1978 年出版。
18. 《五四運動回憶錄》，中國社會科學出版社 1979 年出版。
19. 張靜如等編《李大釗生平史料編年》，上海人民出版社，1984 年 8 月出版。

20. 《魯迅全集》，人民文學出版社 1981 年出版。

21. 《胡適的日記》，臺北遠流出版公司 1990 年出版。

22. 《冰心全集》，海峽文藝出版社 1994 年版。

23. 趙景深《文人剪影》，上海北新書局民國 25 年出版。

24. 川島《和魯迅相處的日子》，人民出版社 1987 年出版。

25. 曹聚仁《文壇五十年》，東方出版中心 1997 年出版。

26. 《楊杏佛文存》（上海書店影印本），平凡書局 1929 年出版。

27. 周作人《周作人文選・自傳・知堂回想錄》，群眾出版社 1999 年出版。

28. 梁啓超《飲冰室合集》，中華書局 1936 年出版。

29. 徐鑄成《報海舊聞》，上海人民出版社 1981 年出版。

30. 《辛亥革命大事錄》，文海出版社 1988 年出版。

31. 韓日新《陳大悲研究資料》，中國戲劇出版社 1985 年出版。

32. 《魯迅年譜》，安徽人民出版社 1979 年版。

33. 張友漁《報人生涯三十年》，重慶出版社 1982 年版。

34. 《魯迅在北京》，山東師範學院聊城分院 1977～1978 年版。

35. 趙家璧等著《編輯生涯憶魯迅》，河北教育出版社 2002 年版。

36. 清末民初史料叢書第 33 種《蘄水湯先生遺念錄》，據民國八年鉛印本影印，成文出版社。

37. 《國史館現藏民國人物傳遍史料彙編》第十七輯。

38. 四川省文史館、四川省政協文史資料研究委員會《四川近現代文化人物》，四川人民出版社 1989 年版。

39. 隗瀛濤、趙清主編《四川辛亥革命史料》，四川人民出版社 1982 年版。

40. 方慶秋、曹必宏、郭必強編著《民國黨派社團出版史叢》，江蘇人民出版社 1996 年版。

41. 《五四時期的社團》，北京三聯書店 1979 年版。

42. 北京大學校史研究室編《北京大學史料》，北京大學出版社 1993 年。

43. 馬蹄疾輯錄《許廣平憶魯迅》，廣東人民出版社 1979 年。

44. 《中國新文學大系導論集》，上海書店影印本 1982 年版。

45. 《中華民國史事件人物錄》，上海人民出版社 1987 年版。

46. 蒲伯英《沚盫詩鈔》，舊京文華齋民國 25 年（1936）。

47. 劉哲民編《近現代新聞出版法規彙編》，學林出版社 1993 年版。

48. 倪正太、黃曉明主編：《民國法規集成》，黃山書社 2000 年版。

二、參考論著

1. 方漢奇《報史與報人》，新華出版社 1991 年出版。
2. 方漢奇《中國近代報刊史》，山西教育出版社 1981 年版。
3. 戈公振《中國報學史》，上海古籍出版社 2003 年 8 月出版。
4. 賴光臨《七十年中國報業史》，中央日報社民國 70 年三月版。
5. 賴光臨《中國新聞傳播史》，三民書局印行，1978 年 10 月版。
6. 賴光臨《中國近代報人與報業》，臺灣商務印書館民國 69 年版。
7. 費正清編《劍橋中華民國史》，中國社會科學出版社 1994 年出版。
8. 李新、李宗一主編《中華民國史》，中華書局 1987 年 9 月出版。
9. 趙君豪《中國近代之報業》，申報館民國 27 年 9 月初版。
10. 馬克斯‧韋伯《學術與政治》，馮克利譯，三聯書店 1998 年出版。
11. 左玉河《張東蓀傳》，山東人民出版社 1998 年出版。
12. 楊光輝、熊尚厚、呂良海、李仲民編《中國近代報刊發展概況》，新華出版社 1986 年 9 月版。
13. 陸楊、王毅《大眾文化與傳媒》，上海三聯書店 2000 年 10 月出版。
14. 梁家祿、鍾紫、趙玉明、韓松《中國新聞業史》，廣西人民出版社 1984 年出版。
15. 陳明遠《文化人的經濟生活》，文匯出版社 2005 年。
16. 徐松榮《維新派與近代報刊》，山西古籍出版社 1998 年出版。
17. 陳鵬鳴《梁啓超學術思想評傳》，北京圖書館出版社 1999 年出版。
18. 胡太春《中國報業經營管理史》，山西教育出版社 1999 年版。
19. 陳平原《觸摸歷史與進入五四》，北京大學出版社 2005 年出版。
20. 陳平原《文學的周邊》，新世界出版社 2004 年出版。
21. 陳平原《文學史的形成與建構》，廣西教育出版社 1999 年版。
22. 陳平原《中國小說敘事模式的轉變》，上海人民出版社 1988 年版。
23. 陳平原《中國現代學術之建立》，北京大學出版社 1998 年版。
24. 錢理群、溫儒敏、吳福輝《中國現代文學三十年》，北京大學出版社 1998 年版。
25. 古斯塔夫‧勒龐《烏合之眾——大眾心理研究》，馮克利譯，中央編譯出版社 2000 年版。
26. 謝泳《逝去的年代——中國自由知識分子的命運》，文化藝術出版社 1999 年版。
27. 焦尚志《中國現代戲劇美學思想發展史》，東方出版社 1995 年版。

28. 姜振昌《中國現代雜文史論》，人民文學出版社出版。

29. 錢理群《返觀與重構》，上海教育出版社 2000 年版。

30. 錢理群《周作人論》，上海人民出版社 1991 年版。

31. 南帆《文學的維度》，上海三聯書店 1998 年版。

32. 楊聯芬《晚清至五四：中國文學現代性的發生》，北京大學出版社 2003 年版。

33. 范伯群《中國近代通俗文學史》，江蘇教育出版社 2000 年版。

34. 夏曉虹《晚清社會與文化》，湖北教育出版社 2001 年版。

35. 阿英《晚清小說史》，東方出版社 1996 年版。

36. 李歐梵《現代性的追求》，三聯書店 2000 年版。

37. 楊義《中國現代小說史》，人民文學出版社 1986 年版。

38. 陳平原、山口守編《大眾傳媒與現代文學》，新世界出版社 2003 年版。

39. 周海波、楊慶東《傳媒與現代文學之間》，中國社會科學出版社 2004 年版。

40. 阿蘭・斯威伍德《大眾文化的神話》，馮建三譯，三聯書店 2003 年版。

41. 李澤厚《中國現代思想史》，東方出版社 1986 年版。

42. 彭明等編《近代中國思想的歷程》，中國人民大學出版社 1999 年版。

43. 余英時《士與中國文化》，上海人民出版社 1987 年版。

44. 劉以芬《民國政史拾遺》，上海書店出版社 1998 年版。

45. 沈衛威《回眸學衡派：文化保守主義的現代命運》，人民文學出版社 1999 年版。

46. 劉義林、羅慶豐《張君勱評傳》，百花洲文藝出版社 1996 年版。

47. 陳方競《多重對話：中國新文學的發生》，人民文學出版社 2003 年版。

48. 希倫・A・洛厄里、梅爾文・L・德弗勒《大眾傳播效果研究的里程碑》，劉海龍等譯，中國人民大學出版社 2004 年版。

49. 約瑟夫・R・多米尼克《大眾傳播動力學》，蔡騏譯，中國人民大學出版社 2004 年版。

50. 陳昌鳳《蜂飛蝶舞：舊中國著名報紙副刊》，福建人民出版社 1999 年版。

51. 陳彤旭《出奇制勝：舊中國的民間報業經營》，福建人民出版社 1999 年版。

52. 劉小清、劉曉滇編著《中國百年報業掌故》，江蘇人民出版社 2000 年版。

53. 桑兵《清末新知識界的社團與活動》，北京三聯書店 1995 年版。

54. 劉納《創造社與泰東圖書局》，廣西教育出版社 1999 年版。

55. 哈貝馬斯《公共領域的結構轉型》，曹衛東等譯，學林版社 1999 年版。

56. 陳思和《陳思和自選集》，廣西師範大學出版社 1997 年版。

57. 汪暉、陳燕谷主編《文化與公共性》，三聯書店 1998 年版。

58. 徐寶璜《新聞學》，中國人民大學出版社 1994 年版。

59. 安東尼奧・葛蘭西《獄中箚記》，葆煦譯，人民出版社 1983 年版。

60. 約翰・基恩《媒體與民主》，卻繼紅、劉士軍譯，社會科學文獻出版社 2003 年版。

61. 張巨岩《權力的聲音》，三聯書店 2004 年版。

62. 葛兆光《中國思想史》，復旦大學出版社 2001 年版。

63. 葛兆光《中國禪思想史》，北京大學出版社 1995 年版。

64. 趙園《明清之際士大夫研究》，北京大學出版社 1999 年版。

65. 熊月之《西學東漸與晚清社會》，上海人民出版社 1994 年版。

66. 袁進《中國小說的近代變革》，中國社會科學出版社 1992 年版。

67. 陳萬雄《五四新文化源流》，三聯書店 1997 年版。

68. 《中國報刊研究文集》，上海人民出版社 1959 年版。

69. 申丹《敘述學與小說文體學研究》，北京大學出版社 1998 年版。

70. 周策縱：《五四運動史》，嶽麓書社 1997 年版。

71. 趙家壁《編輯憶舊》，三聯書店 1984 年版。

三、參閱論文

1. 劉增合《試論晚清時期公共輿論的擴張——立足大眾傳媒的考察》，《江海學刊》1999 年第 1 期。

2. 李林《晨報館》，《魯迅研究月刊》1995 年 07 期。

3. 劉爲民《晨報副鐫與科學雜誌》，《新文學史料》1997 年 04 期。

4. 錢曉文《五四時期晨報激進原因初探》，《新聞大學》1998 年 04 期。

5. 畢新偉《晨報副鐫・詩鐫》綜述，《開封教育學院學報》1998 年 01 期。

6. 樊亞平，吳小美《「『晨副』，我的喇叭」——論徐志摩主編的晨報副刊》，《甘肅社會科學》2000 年 01 期。

7. 辛實《徐志摩主編時期的晨報副刊——「自由主義熱」中的冷思考》，《文藝理論與批評》2001 年 02 期。

8. 賴斯捷《晨報副刊與現代中國文學的發生和流變》，湖南師範大學碩士論文。

9. 張芹《晨報附刊與「五四」新文學運動》，華中師範大學碩士論文。

10. 顏浩《1920 年代中後期北京文人集團和輿論氛圍》，北京大學博士論文。

11. 樊亞平《五四新文化傳播中的晨報副刊》，蘭州大學碩士論文。

12. 張濤甫《晨報副刊與中國現代文學》，復旦大學博士論文。

13. 譚雲明《整合：報紙副刊與中國現代文學》，南京大學博士論文。

14. 曾晟堂《五四時期知識分子社團研究》，華東師範大學博士論文。

15. 王金華《五四新文化運動中的晨報副刊》，中國人民大學碩士論文。

16. 王林《萬國公報研究》，北京師範大學博士論文。

17. 吳炳守《研究系知識分子群體的國家建設構想及其實踐》，復旦大學博士論文。

18. 趙建國《近代中國報界群體意識的自覺：1905 到 1921 年報界的團體與活動》，中山大學博士論文。

19. 郅庭閣《人與文的雙重關懷：二十年代晨報副刊研究》，復旦大學博士論文。

20. 姚奇《民初創辦報刊熱潮評析》，《社會科學研究》1996 年第 6 期。

21. 王政《李大釗在晨鐘報本事考信述要》，《學術研究》1999 年 03 期。

22. 王建輝《知識分子群體與近代報刊》，《華中師範大學學報》1999 年第 3 期。

23. 李乃英《五四運動與我國報刊事業的發展》，《人文雜誌》1999 年第 3 期。

跋：眞君子盧國華

在我指導過的 100 多位碩士和博士研究生中，盧國華與我相識最早，至今已超過 30 年。

1988 年，我碩士研究生畢業留校任教，我的名字第一次出現在山東師範大學中文系的課表上，就是爲盧國華所在的 1988 級本科生講授中國現代文學史。1991 年，我又爲這個年級開設選修課中國現代小說史。這門課程我布置了一個作業，具體題目忘了，是有關巴金小說《寒夜》的。看了 100 多份作業，有兩份作業特別突出，其中一份就是盧國華的。他把《寒夜》中人物對於家的複雜心態，提煉爲「困守與逃離」，不僅觀點新穎，而且分析得很有深度，更難得他小小年紀竟有如此豐富的學識。他這不只是一篇遠高於一般本科生的課程作業，而是高於當時一些學者在期刊上發表的學術論文。此後有很多次，我一講到《寒夜》就向學生推薦盧國華的這篇文章。

盧國華本科畢業後，先後跟我讀完碩士和博士研究生，所以他的同學見到我，往往會談起他，尤其是他的本科同學都很佩服他。多數人誇他學習成績好，猶記得他當年獲得推薦免試攻讀碩士研究生資格，是那一屆山師漢語言文學專業歷年考試的總分第一名。也有一些同學講他讀書多、專業能力強的事例；也有一些同學說他體育好，是當時中文系排球隊的主力隊員；還有的同學強調他的歌唱，說他是業餘歌手中最專業的……最熟悉盧國華的同學，讚美他的品德。我印象最深刻的是，有一個同學談起他，長出一口氣，看著遠處，說了幾個字「他可是眞君子啊！」潛臺詞似乎很多。

何謂「君子」？不僅是有德之人、好學之人，還得有成人之美的高尚、淡泊名利的境界和安貧樂道的操守。可是，生活中人們的追求與之相反。

　　30 年了，我們沒有發現盧國華受到生活中惡俗風氣的污染，儘管這惡俗的風氣甚囂塵上、幾乎無處不在。盧國華的所作所爲卻是反常態的。與多數人渴望推薦免試攻讀研究生不同，盧國華主動放棄了他的免試資格；與多數人渴望到京城工作不同，盧國華在團中央幫助工作被看好要留下他，他卻選擇回濟南；與多數人爭搶「飯碗」不同，盧國華碩士畢業和博士畢業時都有更好的單位要他，但他把機會讓給了同學；與多數人努力接近領導不同，當領導秘書的盧國華一次次拒絕陪同領導吃飯；與多數人爲文憑讀研不同，盧國華從碩士到博士六年間只關心學問；與多數人熱衷名利不同，盧國華得到的那點小名小利都是我與他合作的，否則本書中他的簡介會很「難看」；與多數人關心自我不同，他更關心公益事業，因此本書的出版拖了一年多……。

　　每當想起盧國華，我很慚愧！雖然名義上我是老師，但我教給他的東西很少，他教給我的東西很多，特別是如何近君子而遠小人。我與多數人一樣都是小人與君子的混合體。每當與君子相處，我身上的君子成分激增，自覺高大了不少；每當遭遇小人，我身上的小人成分暴漲，特別想用小人的方式對付小人。與盧國華在一起的時候，毫不誇張地說，是靈魂淨化的感覺，有時候自己的小人之心湧起，一旦想到盧國華馬上就會自我譴責。

　　如今盧國華到了知天命之年，能得到的和不能得到的幾乎一目了然。從世俗的標準來看，盧國華得到的不多，而且遠低於他應該得到的：做了近 20 年的行政工作，職務沒超過副處級；一直愛好業務工作，職稱還是副高級；社會上名氣很小，家裏房子也不大。也許，熟悉盧國華的人，絕大多數都可以向盧國華炫耀自己活得更舒服，但炫耀者有誰敢說比盧國華活得更乾淨？

　　30 年了，盧國華一直保持著精神的純潔，乾淨得就像《論語》爲我們描述的君子。子曰：君子周而不比，小人比而不周。盧國華無疑是前者；子曰：君子坦蕩蕩，小人長戚戚。盧國華當然是前者；子曰：「君子和而不同，小人同而不和」。盧國華當屬於前者；子曰：「君子喻於義，小人喻於利」。盧國華分明是前者……。

　　上帝虧欠盧國華的太多，只有一個賞賜，就是讓他成爲君子。

魏建

2019 年 4 月 10 日